Les Héritières

* *

AURÉLIE

Du même auteur

JACQUES DUQUESNE

Les Héritières

**

AURÉLIE

Plon/Le Seuil

I

— J'ai apporté mon Kodak, dit Julia.

Elle ne soupçonnait pas qu'elle allait découvrir un drame. Parce qu'il manquerait quelqu'un sur la photo.

— J'ai apporté mon Kodak, cria-t-elle, plus fort.

Elle brandissait la petite boîte noire — en carton bouilli, disaient ses amies — dans laquelle elle avait, le matin, placé un rouleau de pellicule en s'appliquant à tenir celle-ci bien serrée car il ne fallait pas risquer de voiler la première photo en l'exposant aux lumières du jour : chaque rouleau, qui n'était pas donné, n'en comptait que huit. Elle s'était même énervée parce que le bord de la pellicule ne voulait pas entrer dans le cran du haut, s'échappait, alors qu'elle était pressée, comme toujours.

Parce que, grève ou pas grève, Julia Bondues voulait se présenter à la fabrique à l'heure exacte. Pile.

Même si la sirène ne hurlait plus pour convoquer les ouvrières.

Même si l'on n'entendait plus, à Roubaix, depuis des jours, les mugissements de ces cornes de métal qui, du lundi au samedi, semaine après semaine, mois après mois, rivalisaient, se répondaient, s'unissaient pour mobiliser la population ouvrière. Une impression de vide, de vie suspendue. Qui lui avait fait penser que la victoire du Front populaire aux élections avait eu pour première conséquence le silence. Pas tout à fait, en réalité, puisque des

7

manifestations, fanfares en tête parfois, mêlaient de rue en rue hourras et revendications.

Le silence du matin n'avait pas changé le rythme de la vie puisqu'il importait de respecter les horaires. Afin de montrer que l'on avait — enfin : pas toutes, car certaines tiraient au flanc, s'attardaient — le sens de la discipline. D'une discipline libre. Qui durerait ce qu'elle durerait car il ne fallait pas nourrir trop d'illusions. Julia s'étonnait même que la quasi-totalité ait jusque-là suivi les directives établies le premier jour par le comité : les femmes quitteraient à l'heure habituelle les usines que l'on occupait, les laissant sous la garde des hommes des services d'entretien, et y reviendraient à l'heure dite, chaque matin. Un respect des règles qui l'avait réjouie.

C'est pourquoi elle avait apporté son Kodak : afin de garder un souvenir de ces jours heureux, en somme, de ces instants de liberté dans ces murs sombres comme ceux des casernes, où l'on s'enfermait, d'ordinaire, mais que l'on aimait un peu, par habitude.

Avec cette discipline, pensait-elle, on pourrait clouer le bec aux patrons qui commençaient à répandre de sales rumeurs sur la vie dans les usines occupées par les grévistes. Et pas seulement les patrons : des journaux, quelques voisines aussi, celles qui avaient trop de marmaille sur le dos pour travailler en outre à la fabrique et qui voyaient, d'ordinaire, rentrer leurs hommes pas très frais parce qu'ils avaient fait quelques stations dans les bistrots sur le chemin du retour, celles qui s'inquiétaient de ce qu'ils pouvaient bien fabriquer à l'usine, sans contremaîtres sur le dos, la journée durant, avec toute cette troupe de femmes dont certaines, on en connaissait, on connaissait assez la vie, avaient le feu où je pense. Pire que les hommes parfois.

Bien sûr, cette décision d'éviter la présence des femmes à l'usine, la nuit, avait suscité des plaisanteries sur les facilités qu'offraient ses bâtiments le jour. Puisque la laine, on n'en manquait pas, on la travaillait, et pour une fois on pourrait se coucher dessus, ni vu ni connu, dans un de ces petits recoins comme il en existait des dizaines dans la fabrique, on ne l'aurait jamais cru.

Car l'usine, jusque-là, on ne la connaissait pas. Pas vraiment : chacune était enfermée dans son atelier, à sa place, pas ailleurs. Sauf la cour, bien sûr, l'entrée, les bureaux parfois, peu de choses en somme. Ce qui avait surpris Julia quand, lasse de s'user les yeux en finissant chez elle pantalon après pantalon pour trois sous, elle avait quitté son village afin de se faire embaucher là. Quelques formalités, au bureau, avant qu'une contre-dame, comme on disait, l'amène devant une machine, lui explique les gestes, ordonne à sa voisine de l'aider et de la surveiller. Point final. D'où venait cette laine que la machine triturait et séparait, où allait-elle ? Des copines, à l'heure du casse-croûte, avaient donné de vagues explications. Contradictoires, par-dessus le marché.

Après avoir voté la grève, une semaine plus tôt — un rassemblement dans la cour, quelques mots d'un homme à l'accent belge qui racontait qu'ailleurs, dans les fabriques voisines, les machines étaient déjà arrêtées, une forêt de bras dressés pour accepter d'en faire autant —, on s'était rendu visite d'atelier en atelier.

Les femmes, soudain désœuvrées, se promenaient, nonchalantes, échangeaient des plaisanteries, se donnaient des nouvelles de la famille. Quelques-unes, comme Julia, se faisaient expliquer le fonctionnement et l'utilité de machines qu'elles découvraient, les admiraient souvent : les gens qui avaient inventé de telles mécaniques, si précises, si automatiques, intelligentes, devaient en avoir dans le crâne, de grands ingénieurs à coup sûr, pas comme ceux que l'on voyait parfois engueuler les contre-maîtres ou les contredames et qui s'en offraient une à l'occasion — car on connaissait de ces femmes qui n'étaient « montées en grade que par le cul » —, ces ingé-nieurs-là, ceux de la fabrique, n'étaient que des contrôleurs, ou, parfois des réparateurs. A part un ou deux peut-être. Il y a du bon et du mauvais partout. Dans toutes les classes.

Donc, on avait fait les touristes. Sans toucher aux bureaux, fermés, où quelques chefs travaillaient encore. Ou faisaient le guet. Mais on avait exploré tout le reste. Jusqu'aux caves. Tous un peu ébahis. Éberlués même : on avait osé !

Une drôle d'histoire en vérité. On avait à peine prêté attention aux premiers arrêts de travail après les élections du début mai, marquées par un succès de la gauche, baptisée Front populaire, un succès modeste si l'on comptait bien les voix, mais, bon, la victoire c'était la victoire. Ces grèves-là, celles du début, éclataient chez Breguet, chez Latécoère à Toulouse, chez Bloch dans la banlieue de Paris, toujours des usines d'aviation — un autre monde, des ouvriers presque riches peut-être, comme on en voyait dans les films discuter avec des pilotes en combinaison. Ces grèves semblaient se calmer, le travail repartait, et puis ça recommençait. Chez les mêmes ou ailleurs. Comme un feu qui rampe, ne veut pas s'étendre, mais ne s'éteint pas.

Julia avait même interrogé un ouvrier de l'entretien que l'on savait communiste : ils étaient une poignée, pas plus, à distribuer des tracts de temps en temps, aux grilles, et chaque fois la police aux trousses et les gardiens de l'entrée qui notaient les noms. Ce Quentin, donc, avait haussé les épaules : le gouvernement de Léon Blum n'était même pas constitué, de toute façon, on n'était pas au matin du grand soir.

Une formule qui l'avait fait sourire.

La semaine suivante, l'embrasement. D'abord à Paris, comme toujours. Le lendemain, chez les métallos de Fives-Lille. Roubaix ensuite. D'un coup, ou presque. Près de quarante usines occupées dans la région, assuraient les meneurs qui réunissaient les femmes chaque matin. Ces hommes, jusque-là, s'étaient à peine signalés comme syndiqués. Sauf ce socialiste à l'accent belge qui répétait une litanie : « On occupe, mais on ne s'approprie pas. » Ce que l'on ne comprenait pas très bien. Mais c'est comme cela avec ceux qui se mêlent de politique : un langage à eux, des formules toutes faites, apprises on ne sait où, inventées par leurs chefs, pas très claires.

C'est sur cette estrade improvisée dans la cour que Julia avait eu la surprise de voir grimper, le troisième jour, son Aurélie, sa fille, puisqu'elle avait fini par adopter le bébé reçu en garde pendant la guerre, près de vingt ans maintenant, et dont elle n'avait, malgré ses démarches, jamais retrouvé les parents — des riches peut-être à en juger par la layette qu'elle avait gardée parce qu'on ne sait jamais. Elle avait lu des feuilletons où l'on reconnaissait ainsi des enfants perdus.

Donc, elle avait fait embaucher Aurélie — après le certificat d'études parce que c'était comme cela, qu'il fallait gagner sa vie et qu'on ne trouvait rien ailleurs — dans le même peignage qu'elle : chez Surmont-Boidin où des machines délicates travaillaient la laine comme des cheveux, la nettoyaient, achevaient d'en retirer débris de paille ou de chardons, la séparaient en fibres longues et fibres courtes.

Aurélie s'était enthousiasmée pour cette grève et, ce matin-là, juchée sur une estrade avec des gens presque tous bien plus âgés, annonçait que la lutte — elle disait « la lutte » comme une communiste, bien qu'elle allât à la messe chaque dimanche — atteignait une ampleur qu'on n'aurait jamais imaginée, touchait des petites usines tranquilles, perdues dans les campagnes, le tissage Hacot à La Gorgue, le tissage Olivier à Boeschepe, au cœur de la Flandre, des cafés et des restaurants de Lille, des taxis, les ports, Maubeuge, Saint-Quentin, Denain, les mines bien sûr, tout le monde quoi.

Chaque annonce provoquait une clameur. A laquelle participait Julia. Doucement, d'abord. Puis plus fort. Pourtant préoccupée de l'avenir, elle se laissait emporter par la fièvre, la joie. Parce que pour la première fois, on se souriait à l'usine — même des gens qui ne se connaissaient guère — et pas seulement dehors. On se parlait à l'usine, et pas seulement dehors, quand on battait la semelle avant l'ouverture des grilles ou quand on sortait, pressées de faire les courses et de regagner chacune sa courée. Ça ne durerait pas, il ne fallait pas rêver. Mais c'était comme une petite fête. Il faut se souvenir des fêtes. En garder la trace.

C'est pourquoi Julia avait décidé d'apporter le petit appareil Kodak que ses jumelles et Aurélie lui avaient offert l'année précédente. Elle photographierait ses voisines, les femmes de son atelier. Souriantes. Devant leurs machines.

Elle ne soupçonnait pas qu'il en manquerait une.

Rassembler un groupe pour une photo, Julia en connaissait les difficultés. Depuis le mariage de Françoise, celle qu'elle appelait l'aînée de ses jumelles puisque, sortie la deuxième de son ventre, elle devait y être entrée la première.

Françoise avait rencontré un jeune Parisien qui faisait son service militaire au 43e RI, le régiment de Lille. Des fiançailles très chastes. Après avoir présenté sa demande, il venait, les soirs de permission, dans leur petite maison de la courée, s'asseyait près de la jeune fille, lui prenait la main parfois, sous le regard attendri de Julia Bondues et des autres, tentait d'entretenir une conversation qui bientôt s'éteignait, meublait, timide, le silence en faisant balancer du bout du doigt le tisonnier accroché à la cuisinière. Si bien qu'un voisin qui passait parfois par là, histoire de se faire offrir un peu de soupe, le père Fauconnier, un retraité de chez Lepoutre, l'avait surnommé « ch'balocheu d'tison », celui qui balance le tisonnier.

Bon. Ces soirées étaient douces au souvenir. Françoise était partie à Paris avec son Julien devenu chauffeur de taxi ; ils habitaient une banlieue au nom bizarre : le

Kremlin-Bicêtre. Mais si Julia les avait en tête, ce matin-là, c'était que la photo de la noce lui avait donné bien du tracas. Ils n'étaient pas très nombreux, pourtant, à la porte de l'église : une quarantaine en comptant large. Et le photographe, un professionnel, disposait d'un véritable attirail, grosse boîte de bois sur trépied, voile noir sur la tête et tout le saint-frusquin. Dans le genre : « Coucou, le petit oiseau va sortir !» De quoi impressionner. Mais il ne parvenait pas à rassembler ce petit monde sur les trois marches du portail. Une gamine s'échappait. Une cousine lui courait après. Un ami du marié se souvenait soudain qu'il avait oublié sur son prie-Dieu le cadeau apporté de Paris. Ça jacassait, ça s'embrassait, ça changeait de place. Elle, Julia, qui aimait l'ordre et qui essayait de les ranger, mariés au centre, parents à droite et à gauche, puis parrains, marraines, oncles, tantes, témoins, amis, s'était fait rudoyer par le photographe qui la soupçonnait de contribuer à la pagaille. Une injustice. Elle en avait eu les larmes aux yeux, d'autant que le départ, proche, de sa Françoise la bouleversait.

Ce matin-là, c'était bien pis. Toutes les femmes avaient apprécié l'idée, quand elle avait brandi son Kodak. Oui, une photo, ce serait très bien, toutes ensemble, ici. Un beau souvenir. On pourrait même l'envoyer au patron, Boidin. Ou au vieux Surmont-Rousset, qui régnait encore sur toutes ces fabriques, de loin mais quand même. Pour lui rappeler qu'on existait.

Là-dessus, quelques-unes avaient protesté. Elle en avait de bonnes, Julia. Elle aurait dû prévenir. Elles se seraient fait faire une indéfrisable, mais c'était impossible : on ne pouvait pas traîner chez la coiffeuse et occuper l'usine en même temps. Ou bien, à la rigueur, elles auraient mis des bigoudis pour la nuit. Et puis, la plupart portaient des robes-tabliers, de celles qu'on trouvait le samedi sur le marché quand on avait le temps de passer par là, des robes pas chères en tissu imprimé, un peu plus convenable pourtant que celui qu'on fabriquait à Roubaix pour l'Afrique, des toiles de couleurs criardes celles-là, tout juste bonnes pour les négresses, mais on n'était pas des moukères, on lisait des journaux de mode parfois, on savait se tenir. Alors, les robes-tabliers, non ; pas pour une photo que l'on enverrait peut-être à Boidin ou à Surmont-Rousset.

Il avait fallu leur expliquer que, justement, elles devaient montrer aux patrons qu'elles n'étaient pas honteuses de leurs tenues de travail. On est des ouvrières, et voilà. Pas de quoi être humiliées. Aurélie avait ramené de la paroisse, où les curés avaient transformé le patronage en JOC — Jeunesse ouvrière chrétienne — une chanson qui disait : « Sois fier, ouvrier ! Ton œuvre est féconde, sans toi que deviendrait le monde ? » Un peu comme ce poème d'un nommé Sully Prudhomme, si Julia se souvenait bien, où un boulanger disait à ce bonhomme de faire son pain lui-même, un tisserand de se confectionner un habit, et ainsi de suite. Et l'autre se rendait compte qu'il avait bien besoin de tous ces gens, qu'il méprisait un peu, comme ça, qu'il considérait comme la basse classe. Sans basse classe, que deviendrait la haute ?

Julia s'était surprise à tenir ces propos à quelques femmes éberluées de la trouver soudain si volubile, presque éloquente. Aurélie, descendue de son estrade, était venue à la rescousse. Mais ce n'était qu'un début. Parce qu'il avait fallu ranger cette petite troupe, installer les femmes dans le rectangle où la verrière du toit jetait un peu de lumière, et s'arranger pour qu'on aperçoive quand même, derrière toutes ces têtes, les machines, leurs maîtresses en somme, dont elles étaient fières pourtant. En plus, ces ouvrières remuaient toujours, se penchaient vers le centre pour être certaines d'apparaître sur la photo, ou au contraire s'écartaient pour se distinguer du groupe. Julia, l'appareil sur le ventre, la main devant le viseur pour éviter qu'un faux jour la trompe sur la qualité de l'image, commandait que l'on se rapproche, que les premières, peut-être, se mettent à genoux, et que les plus grandes passent derrière pour que tout le monde puisse être vu, enrageait parce qu'une sotte avait dressé deux

14

doigts — des cornes ! — derrière la tête d'une autre dont le mari courait tous les jupons de la création, demandait que l'on ait la patience d'attendre parce qu'un maudit nuage là-haut, loin au-dessus de la verrière, venait de voiler le soleil de mai.

Joyeuse et fière de son initiative au petit matin, elle était presque découragée désormais. Elle finit pourtant par faire bouger le petit levier de métal. Puis prit une deuxième photo, sans conviction, par peur d'avoir raté la première et d'essuyer ensuite les moqueries de ses compagnes. Qui se dispersèrent, joyeuses.

C'est alors seulement qu'elle constata l'absence de Juliette, l'autre jumelle. Qui travaillait dans la même usine, pourtant. Qu'elle avait réussi à faire embaucher parce qu'elle connaissait un peu — si peu, ça remontait à la guerre — Mme Boidin. Et dont l'attitude lui semblait un peu bizarre, sans plus, depuis des semaines.

Devenue majeure, Juliette avait voulu prendre son indépendance comme elle disait, vivre avec une de ses camarades.

Julia, pas très heureuse bien sûr, avait cédé. Mais elles se voyaient chaque jour, et souvent le soir en dehors du travail. Elles s'étaient aperçues le matin même, à l'ouverture des grilles : « J'ai apporté mon Kodak ! Tu viendras pour la photo. Toutes ensemble. Ce n'est pas ton atelier, mais quand même. Ça me ferait plaisir. — Bien sûr ! » Un petit « Bien sûr ». Murmuré. Mais quand même. Et puis, plus de Juliette. Disparue.

— Bois ça, disait la femme, ça te remontera.

Elle tendait une bouteille de rouge, barrée d'une large étiquette en forme de grappe : « Vin de table ».

— J'ai froid, j'ai peur, gémissait Juliette.

15

Elles étaient deux ou trois autour d'elles, curieuses ou inquiètes, tendues. Plus tard, bien plus tard, Julia finirait par penser que cette femme, qui tenait une tige de fer à la main, avait plutôt une bonne tête. Une grosse blonde aux lèvres ourlées, presque souriante. Le genre sérieux. Pas sorcière. Pas méchante. « De bon service », comme on disait.

Julia, qui cherchait sa fille depuis des dizaines de minutes, tendue puis angoissée, avait très vite compris. Elle avait assez entendu parler d'avortements dans sa courée, et même dans son village, jadis. Mais Juliette. Comment le croire ?

Elle se précipita. Dans ce réduit où l'on entassait les détritus, ce débarras qui puait le suint, la graisse de mouton, sa fille était allongée, jupe troussée, sang sur les cuisses, sang sur les mains, hurlant sa terreur. Et l'autre, la blonde, qui n'avait pas lâché sa ferraille ensanglantée, qui commençait à s'affoler, demandait aux autres de ramasser les chiffons, les bouts de laine qui traînaient là, pour étancher le sang, pousser une sorte de bouchon entre les cuisses. Balbutiait aussi des encouragements, des consolations, assurait qu'elle en avait vu d'autres, c'était bien pis, du sang comme un ruisseau et pourtant, le soir, ces filles, ces femmes, âgées parfois, des fragiles même, étaient sur pied. Un mauvais moment à passer. Mais ça s'oublierait.

Alors, Julia :

— L'hôpital. Il faut l'emmener à l'hôpital.

Mille questions dans la tête. Comment ? Quel père ? Et sans qu'elle le sache ? Mais il fallait repousser ces interrogations, les rejeter, n'avoir qu'une obsession : l'hôpital. Les autres criaient que ce serait la honte ; la blonde, offusquée, grognait qu'elle serait dénoncée, déshonorée. Elle semblait aimer ce mot, se le répétait : déshonorée.

Julia :

— Mais vous ne voyez pas qu'elle va mourir ! Ce sang. Ma fille. C'est ma fille !

Les yeux de Juliette. La terreur, une sorte de confiance aussi, peut-être. De soulagement.

— C'est ma fille !

Elle repoussa la blonde, secoua une grosse femme dont le chignon s'était défait, qu'elle connaissait un peu pour l'avoir rencontrée à la boulangerie.

— Allez le dire aux hommes de l'entrée : qu'ils trouvent une voiture, quelque chose. L'hôpital. Et essayez de trouver Aurélie Bondues, vous savez, celle du comité. C'est sa sœur.

L'autre baissa la tête, sans mot dire. S'en alla. Mais où ? Julia en envoya une deuxième, qu'elle n'avait jamais vue, une brune qui semblait délurée, très maquillée :

— Va avec elle !

Elle avait pris Juliette dans ses bras, la berçait sur sa poitrine, la lâchait, arrachait son jupon, qui était quand même plus propre que les chiffons et la grosse laine de ce réduit pour contenir le sang, s'interrompait pour observer sa fille qui avait fermé les yeux, le visage vert.

— Ne pars pas, Juliette, ma chérie. Juliette ! Juliette !

Elle pleurait.

— Je suis là, maman. On m'a dit.

C'était, derrière elle, la voix d'Aurélie.

— Si elle s'en tire, dit le jeune homme en blouse blanche, elle aura de la chance.

Julia quitta le banc où elle s'était laissée tomber, se dressa, longue, droite, le bras presque levé vers le visage de l'autre. Aurélie, aussitôt, la retint.

C'était un rougeaud à petites lunettes. L'air d'un porc, songeait Julia. Mais voilà : la vie de sa fille dépendait peut-être de ce petit bonhomme. Médecin ou apprenti médecin.

17

— Elle a quand même hurlé pendant le curetage, reprit-il. C'est bon signe.

Il parlait haut. Julia regardait à droite ou à gauche du couloir voûté, à la peinture brune écaillée, où traînaient quelques malades, des femmes aux seins pendants sous la chemise, des vieilles qui semblaient avoir perdu la tête en même temps que les dents, quelques jeunes aussi qui fumaient comme des hommes. Qui avançaient, prudentes, cherchaient à se grouper, pour écouter.

Aurélie :

— On peut la voir ?

Il fit mine de ne pas avoir entendu. Il voulait poursuivre son petit sermon.

— On leur fait toujours un curetage, comme ça, à vif. Ça les réveille. Et puis, ça leur apprend, pour la prochaine fois.

Le petit rire, encore, insupportable. Le bras de Julia qui se levait, la poigne d'Aurélie, plus ferme, qui la retenait.

Il s'en aperçut enfin. Recula. D'un pas. Parut vite se rassurer. Retrouva ce petit sourire qui laissait apparaître des dents d'un jaune crasseux, presque noires de fumée.

— Mais vous savez, lâcha-t-il, si elle aime ça, cette fille, elle recommencera. Il y en a, rien ne les retient.

Alors Julia cracha. Aussi fort qu'elle le pouvait. Comme on vomit. Comme on tire une balle, pour tuer. Mais il avait déjà, prudent, tourné le dos. Le jet de salive s'écrasa sur les dalles disjointes.

Les deux femmes se laissèrent retomber sur le banc.

— Pleure, maman, dit Aurélie. Pleure.

Les malades, maintenant, s'approchaient, à les toucher, prêtes, d'évidence, à les inonder de commentaires.

Aurélie les regarda, tour à tour.

Elles reculèrent, se groupèrent pour chuchoter dans un recoin de fenêtre.

— Je voudrais la voir, murmura Julia.

— Attends, j'y vais. Mais, toi, pleure. Ça te fera du bien. N'aie pas peur.

18

Elle câlina sa mère comme un bébé, se leva, revint bientôt.

Elle s'était heurtée à une infirmière, une grande femme au visage fermé, assez compréhensive en vérité, qui lui avait expliqué que Juliette, à présent, dormait : « Elle est épuisée. Elle n'est pas passée loin. Une toute petite porte. Encore heureux qu'on ait trouvé un donneur de sang tout de suite. Elle en avait tellement perdu. » Julia pleurait à peine. La tempête de questions lui battait la tête. On croit bien connaître ses enfants, avoir gagné, conservé leur confiance. On imagine qu'ils vont se blottir dans vos jupes au premier danger, même quand les filles sont grandes, qu'elles atteignent des vingt-cinq, vingt-six ans. Qu'elles viendront raconter leurs ennuis, leurs malheurs. Pas toujours demander conseil, bien sûr : il ne faut pas rêver. On se croit, à ces âges-là. Et puis voilà. La catastrophe, dont on ne connaît ni les causes ni les raisons.

Julia, qui n'a jamais connu ses parents, « née de père et de mère inconnus », dit son acte de naissance qui ne porte même pas de date précise, pense qu'elle aurait tant aimé, elle, se confier, quêter du secours, qu'elle n'aurait pas eu honte de dire. Peut-on éprouver de la honte pour se raconter à sa mère ? Toute femme peut se laisser avoir par un godelureau ou un vieux barbon. Il faut croire que si, pourtant, on pouvait se taire, étouffer son malheur. Puisque Juliette, le silence de Juliette.

Elles se voyaient moins, c'est vrai, depuis que la jeune fille était partie vivre, pas loin de là, à Croix, avec une amie. Une véritable amie ? Oui. Elle l'avait assez vue, Julia, cette Simone. Presque chaque dimanche, au début. Une employée des Postes, toujours coquette. Cheveux blondis à l'eau oxygénée. Elles arrivaient avec un petit gâteau acheté dans une pâtisserie de l'avenue du Peuple belge. Toujours à raconter des histoires. Surtout cette Simone, comme si elle avait passé la semaine à lire des journaux de cinéma derrière son guichet. Une gentille fille, quand même, dont les parents, des Normands, étaient des gens très bien à ce qu'elle disait, un père employé aux écritures dans une cidrerie.

Depuis quelques mois, c'est vrai, elles venaient moins souvent. Ou bien, Juliette était seule, laissait entendre que Simone connaissait quelqu'un. Mais c'était la vie, la destinée. Elle avait une petite mine aussi, Juliette, répondait aux questions en invoquant le travail : des hommes étaient apparus un jour dans son atelier avec des montres compliquées, des chronomètres pour mesurer le temps nécessaire à chaque mouvement des ouvrières ; ensuite, ils avaient établi une moyenne, ou bien s'étaient basés sur le temps le plus bas, on ne savait pas, et c'était celui-là qu'il fallait respecter. Une règle nouvelle. Un système de points. Et la feuille de paye au bout, qui variait. Un test, disait-on, une expérience qui s'étendrait peut-être à toute l'usine. Là-dessus, un débat avec Aurélie, curieuse comme toujours d'en savoir plus, comme s'il ne lui suffisait pas de lire des brochures et des livres tous les soirs. Du coup, le problème de la mauvaise mine de Juliette était oublié, résolu : le travail.

Il avait bon dos, le travail. Un enfant plutôt qui se nourrissait d'elle. Et dont elle n'avait pas voulu. Qu'elle n'avait pas pu supporter. Comme ses parents à elle, Julia. Eux ne l'avaient pas supprimée, quand même. Ce qui lui avait valu des années de bonheur. Avec François. Et ensuite, avec ses filles. Même s'il est difficile d'avouer que l'on peut être veuve et heureuse. D'avoir perdu celui dont on croyait la perte irréparable et d'avoir, pourtant, grappillé des morceaux de bonheur. Parce qu'elle l'avait voulu. Parce que les filles faisaient sa joie. Parce que c'était comme ça, la vie. Tant mieux après tout. Tant mieux. Parce que cette chose terrible, aujourd'hui, finirait peut-être, elle aussi, par être peu à peu oubliée. Il y aurait toujours une blessure, une cicatrice, comme la mort de François est restée une cicatrice. Qui n'a pas empêché Julia, un jour, de penser à se remarier, de refaire sa vie, avec un veuf, un brave homme, déjà à la veille de la retraite. Mais les filles ne l'aimaient pas. Juliette surtout. La même Juliette qui.

Regrets, pitié, amour et colère se mêlaient. Pourquoi n'avait-elle rien dit ? Qui était le père, l'homme dont elle n'avait jamais parlé, ni laissé entendre qu'il existait ? A tel point que Julia avait plusieurs fois interrogé Aurélie, la plus jeune, la seule fille qui vivait encore avec elle : il n'y avait donc pas de garçon, pas d'homme dans la vie de Juliette ?

Aurélie ne savait rien. Ou prétendait ne rien savoir. Ne voulait pas l'inquiéter, peut-être, si elle avait connaissance de quelque sale histoire. Mais non. Une sale histoire, Juliette ?

Elle se tourna de nouveau vers Aurélie :

— Tu étais au courant, toi ? Tu te doutais de quelque chose ?

Aurélie, qui avait les yeux rouges, haussa les épaules. Non.

— Viens, dit-elle. Il faut la laisser dormir. On reviendra ce soir.

Elle se levèrent.

— Ah, dit Aurélie, tu allais l'oublier.

Elle se pencha pour prendre une boîte noire sur le banc. Le Kodak.

II

— Alors, ça ne bouge pas ? Ça ne s'arrange pas ?

— Ça ne bouge pas. Ils ont même occupé d'autres usines.

Aline ne se sentait pas le courage de lui en dresser la liste. D'ailleurs, elle n'était pas venue pour cela. A quoi bon l'irriter davantage ?

Laurent Surmont-Rousset, tassé sur son fauteuil, posa ses lunettes, laissa tomber *Le Figaro*.

— Tu te souviens, je vous le disais déjà en 1917, quand la Révolution russe a commencé. Je vous revois, toutes. Ta mère était encore là. J'étais certain que l'Europe entière allait y passer. Tu ne voulais pas me croire. Tes sœurs n'écoutaient même pas. Je me suis seulement trompé de date. En 31 aussi, quand tout Roubaix-Tourcoing s'est mis en grève. Cent vingt mille personnes, pas moins. Tu te souviens ?

— Oui, mais vous vouliez baisser leurs salaires. Et vous l'aviez déjà fait en 28. Ça s'additionnait.

— Un prétexte. C'était la crise. On ne pouvait pas l'éviter. Les banques tombaient les unes après les autres. Même le Crédit du Nord qui aurait coulé si Joseph Béghin n'était pas venu à son secours. Parce que le sucre, ça marchait encore : l'alimentation, ça marche toujours un peu. Je vois encore ton mari, ton Boidin, affolé. Parce que là, il n'avait pas été prudent. Tout l'argent de sa nouvelle affaire dans la même banque.

Elle ne répondit pas, sonna pour qu'on apporte le thé. Son père avait presque ri au nez de Clément Boidin quand celui-ci — un peu avant 1926 — avait créé une petite société de vente de laine par correspondance, la Lainor. Le repas de Noël, cette année-là, avait failli tourner mal : « Vous imaginez les femmes acheter des pelotes de laine sans les avoir vues, touchées, senties ? » Boidin répondait qu'on leur adresserait des échantillons, des bouts de fil guère plus longs que le doigt, fixés à du papier-carton. « Et vous vous mettrez à dos les détaillants, les boutiquiers, les mercières et les autres, ripostait Surmont-Rousset. En tout cas, je ne placerai pas un sou dans cette histoire. » Elle avait dû monter sur ses grands chevaux, leur demander de parler affaires ailleurs, mais de ne pas s'accrocher ainsi un jour de Noël, pas devant les enfants, si petits encore.

La Lainor, depuis, se développait. Sans drame. Les fabriques des Boidin-Surmont, ou Surmont-Boidin, aussi. Alors que de nombreuses petites usines, surtout celles qui traitaient le lin, avaient vacillé. Ce qui avait permis à son père et à son mari d'en reprendre quelques-unes à bas prix. Une chance, en fin de compte, que Laurent Surmont-Rousset semblait avoir oubliée.

Il grognait toujours, plus bas, quand la bonne vint déposer la théière et les tasses, les madeleines et les biscuits. Elle crut comprendre qu'il accusait encore les Motte d'avoir rompu la solidarité patronale, lors des grèves de 1931, en limitant les baisses de salaires, chercha un dérivatif, crut le trouver en demandant pourquoi il avait abandonné le thé de Chine que Célestine, son épouse, avait toujours imposé dans la maison, un thé vert, rarissime, subtilement fleuri, le Dong Yang Dong Baï, dont la réapparition, en 1921 seulement, avait presque signifié pour la famille la véritable fin de l'invasion, de la guerre même, et provoqué quelques larmes.

Une question qui l'énerva davantage encore. Si l'on ne trouvait plus un gramme de Dong Yang Dong Baï, expliqua-t-il, c'est que tous les stocks étaient épuisés, que la

Chine n'était plus capable d'en exporter. « A cause des communistes, là aussi. » Elle hasarda, prudente, que les Japonais, envahisseurs de la Chine, portaient peut-être quelque responsabilité dans cette pénurie. Hypothèse qu'il balaya d'un geste. « Les communistes chinois, dans les campagnes, tu n'en as pas entendu parler ? Ils étaient là avant les Japonais. Et ils les boufferont. Comme Staline nous bouffera. C'est parti, cette fois. Sauf peut-être en Amérique. Encore que Roosevelt leur laisse trop de liberté. En tout cas, ton Boidin a eu raison d'acheter toutes ces terres en Argentine. Tes fils pourront toujours s'installer là, le moment venu. »

Trois fils.

Elle avait donné à Boidin — et à son père, pensait-elle parfois, attendrie, fière — trois solides gaillards. Laurent Surmont-Rousset l'en avait remerciée en lui offrant une bague à chaque naissance, avec des diamants gros comme des cailloux qu'il allait acheter place Vendôme à Paris. Alors qu'il s'était montré pingre avec Céline, mariée à un diplomate affecté pour l'heure à l'ambassade de Madrid, un de Lontrade, qu'il n'aimait pas.

Laurent Surmont-Rousset s'était surtout pris d'une sorte de passion pour l'aîné des enfants d'Aline, Henri. « L'héritier de l'empire », disait-il avec orgueil. Il lui faisait peur au début, avait même fait crier la nurse anglaise quand, de son seul bras valide, il saisissait le bébé dans le berceau. Il avait vite établi l'habitude, l'enfant grandissant, de l'inviter, le jeudi, dans la grande maison de Lille qu'il n'avait pas voulu quitter, qu'il occupait désormais seul, si l'on comptait pour rien le concierge et les bonnes.

Il l'avait même emmené, l'année précédente, à Bradford, en Angleterre, devenu le plus important centre lainier du monde, où il avait établi un bureau pour vendre les laines brutes que lui fournissaient ses comptoirs d'Australie et d'Afrique du Sud. Un voyage qu'il évoquait encore avec un sourire heureux, et pas seulement parce qu'il avait ainsi devancé la plupart de ses confrères français. Une tendresse et une confiance que ses filles ne lui avaient jamais connues, qui avaient même valu quelques manifestations de reconnaissance à Clément Boidin. « Tout compte fait, avait-il lâché quelques mois plus tôt à Aline, tu as bien fait de l'épouser. Tu as eu du nez. » Elle avait plusieurs fois médité sur ce « tout compte fait », ce bilan dressé après une quinzaine d'années de mariage. Que contenaient ces comptes ? Il mettait à son crédit les enfants, assurément. La marche des usines, peut-être, que son mari surveillait de près, où il introduisait des innovations que Laurent Surmont-Rousset critiquait toujours mais avec moins de verve — une modération qui ne valait pas pour la Lainor : il ne croyait décidément pas à la vente par correspondance, se moquait dès qu'apparaissait le moindre fléchissement dans les chiffres, comme si filature, peignage et tissage n'en connaissaient pas de rudes. Mais ce « tout compte fait » concernait-il aussi sa vie de couple ? Aline en doutait. Boidin était accaparé par les affaires. Et pas seulement par les affaires.

En dépit des grèves et de l'occupation de ses usines, il était parti à Paris la veille. Pour participer à des réunions patronales au plus haut niveau, c'est vrai, prendre des contacts aussi avec ceux qui seraient les nouveaux maîtres du pays dès la formation du gouvernement Blum, c'était vrai aussi. Mais il y entretenait une maîtresse, elle le savait. Ou des maîtresses successives.

Elle s'était révoltée d'abord, avant de se décider à lui rendre la pareille. Il lui avait révélé les richesses de son corps, les plaisirs qu'elle pouvait en tirer. Elle avait donc rencontré un après-midi, dans un hôtel de Lille, un professeur de maths qui donnait des leçons à Henri, peu intéressé par cette discipline. Un homme très jeune encore dont l'avait attirée le regard d'un bleu virant au noir. Mais il avait presque fallu l'initier. Il osait à peine la toucher, d'abord. Elle était sortie de là, déçue, avec le sentiment d'une piètre vengeance. Que le principal intéressé ignorerait. A quoi bon poursuivre ? A quoi bon faire des scènes à Boidin ? Elle se taisait donc, se donnait toujours à lui avec une sorte d'ivresse, le provoquait à l'occasion. Aimait aussi, dans les dîners et les réceptions, se laisser caresser par le regard des hommes, flatteurs encore. Se disait qu'un jour peut-être. Des accès de tristesse parfois l'assaillaient. Un sentiment de solitude. Pas d'amies véritables. Pas d'amour unique, éternel, absolu, comme celui dont rêvent les jeunes filles et comme l'évoquaient désormais les curés dans les sermons de mariage, car c'était ainsi, les curés s'y étaient mis, ils parlaient d'amour à propos du mariage. Une révolution.

Elle se sentait seule pour faire face. Comme lorsque Blandine lui avait, pendant la guerre, révélé attendre un enfant du Bavarois Hans Schmidt. La petite Aurélie. Perdue. Morte peut-être.

Vraiment seule ? Pas tout à fait, pourtant. Aline pensait parfois qu'elle avait un deuxième mari, un vieux mari, son père. Une véritable complicité les unissait depuis la guerre et ses épreuves, que les naissances des garçons avaient renforcée. Une complicité relative, certes — il lui arrivait encore de la traiter comme une gamine ignorante — mais quand même.

Pour l'heure, il grognait encore. Agitait un journal parisien où il venait de lire qu'un socialiste de gauche, un certain Marceau Pivert, bien introduit semblait-il, pas n'importe quel petit colleur d'affiches insultantes pour le patronat, avait écrit dans un long article que désormais «tout était possible». Tout était possible, parce que la droite avait perdu 2 pour cent de ses voix aux élections ? La Révolution ? Et ces gens-là se prétendaient républicains, ou démocrates, le nouveau mot à la mode ! Laurent Surmont-Rousset éructait.

Elle crut pouvoir l'apaiser en évoquant un sujet qui lui plairait, lui parla des bonnes notes d'Henri, qui terminait l'année scolaire en beauté, entrerait en première à tout juste quinze ans, et ramasserait des tas de lauriers et de livres à la prochaine distribution des prix.

Elle pensa avoir réussi. Son père sourit.

— Je viendrai, dit-il. Je ne voudrais pas manquer cela.

Mais il fronçait déjà le sourcil.

— Et les maths ? Il aura aussi un prix ? Au moins un accessit ?

Non. Cela ne s'améliorait pas. En dépit de toutes les leçons qu'elle lui avait fait donner. Par le jeune professeur au regard presque noir, d'abord. Puis par une mathématicienne réputée.

— C'est embêtant, dit Surmont-Rousset. Parce que, pour faire une bonne école d'ingénieur, il faut avoir son bac math élem.

— Mais il ne veut pas faire math élem.

— Remarque, pour réussir dans les affaires, il n'est pas nécessaire d'être ingénieur. Il suffit d'avoir du nez et d'être capable de multiplier, d'additionner, de diviser ou de soustraire sur un coin de table. La preuve : ton mari. Quand même, par les temps qui courent, on ne jure plus que par les diplômes. Sauf les syndicats, bien sûr.

Il allait repartir sur les grèves, les socialistes, les communistes et le reste. Lassant. Elle voulut à nouveau l'en écarter.

— Henri, ce qui l'intéresse pour l'instant, c'est la philosophie.

— La philosophie ?

Elle eut un petit rire, léger, qu'elle voulait complice et anodin.

— La philosophie. L'autre jour, il m'a dit qu'il voulait se faire jésuite, plus tard.

— Il plaisantait, non ? A son âge — quoi ? quinze ans ? quinze ans, c'est ça —, on veut être aviateur, ou commander le paquebot *Normandie*. Comme à quatre ans on veut être pompier. Mais, jésuite ! Ton troisième fils, je veux bien. Ça se fait dans nos familles, le quatrième ou le cinquième devient jésuite ou dominicain, parfait. Ou les filles missionnaires en Afrique, comme les petites Lahoutre, ça évite que des gendres viennent se mêler des affaires. Mais l'aîné, sa place est à l'usine. Bah, il n'a que quinze ans, cette idée lui passera. Quand il s'intéressera aux filles.

Elle s'obligea à rire, pour acquiescer. Revoyait pourtant Henri lui parler de ce projet avec sérieux.

Ce fut son père qui revint à la charge :

— Les jésuites des collèges, ils savent bien cela, qu'ils ne doivent pas recruter les aînés des familles. A mon avis, ton Henri, il a ramassé cette idée en allant au patronage de la paroisse. Il m'a raconté qu'il s'occupait des gosses d'ouvriers, là-bas, le jeudi.

— Vous savez ce qu'il leur fait ? Il leur montre des films avec un cinéma Pathé-Baby, comme celui qu'on a à la maison. Et aussi des images fixes, avec un petit projecteur — je ne sais plus comment ça s'appelle, ces appareils-là : on y passe des pellicules, plus larges que les films, et ce sont des dessins. *Les aventures de Tintin et Milou.* Milou, c'est un chien et l'autre, un journaliste. Il y a même une chanson.

Elle voulait à tout prix l'apaiser, se mit à chantonner :

> *« Qu'est-ce qui n'a peur de rien*
> *mais de rien,*
> *c'est Tintin*
> *Et qui est-ce qui l'suit partout*
> *mais partout,*
> *C'est Milou.*
> *Quand on voit Tintin*
> *Milou n'est pas loin*
> *Car Milou le brav' Milou*
> *Suit Tintin partout !*

Il consentit à sourire, plaisanta même :

— Tu chantes toujours aussi mal. N'empêche, ces jeunes vicaires dans les patronages, ils s'imaginent qu'ils vont changer la société. Ils ne sont pas loin de voter rouge, je parie. Tu ne te méfies pas assez.

Il avait saisi son journal comme pour signifier que leur dialogue pouvait s'arrêter là. Il poursuivait pourtant son soliloque, évoquait l'argent qu'il donnait à l'organisation des jardins ouvriers, les initiatives qu'il avait prises, avec quelques autres patrons, pour l'amélioration des conditions de logement, des mesures qui les plaçaient à l'avantgarde en matière sociale, mais que les grévistes semblaient avoir oubliées, manipulés qu'ils étaient par des agitateurs communistes, des comploteurs en vérité, il fallait bien le dire.

Elle se sentait un peu lasse ; elle entendait ces propos à chacun de ses passages. Elle reposa sa tasse de thé de Ceylan, qu'elle avait laissée trop refroidir. Un Orange Pekoe fruité à l'excès d'ailleurs. Elle promit de lui dénicher un autre thé, au goût plus proche du Dong Yang Dong Baï, s'éclipsa.

Margot avait étalé la main gauche sur la table, saisi un couteau qu'elle s'amusait à plonger entre les doigts. Assez lentement d'abord. En comptant : un, deux, trois, quatre, cinq. Puis plus vite. Mécanique. Un, deux, trois, quatre, cinq ; un, deux, trois, quatre, cinq.

— Qu'est-ce que tu comptes, Margot ? demanda Clément Boidin sans trop attendre de réponse. Il lisait dans *Paris-Soir* le récit des péripéties de la formation du gouvernement Blum.

— D'abord, je ne veux plus que l'on m'appelle Margot.

Depuis qu'il lui avait déniché un petit rôle dans un film où il avait placé quelque argent, Marguerite Pardini avait décidé d'être désormais Jany Star.

Il sourit, leva la tête. Elle était presque nue, n'avait gardé qu'un déshabillé qui laissait voir de petits seins pointus. Et elle continuait avec ce couteau, qui piquait le bois de la table, Un, deux, trois, quatre, cinq. Un, deux, trois, quatre, cinq.

29

Il se dressa, s'approcha.

— Mais tu es folle ! Tu vas te blesser.

— Il faut bien que je m'occupe, puisque Monsieur se désintéresse.

Il ne s'habituerait jamais à cet accent marseillais, qui l'amusait pourtant, que l'on entendait partout désormais, dans les chansonnettes, au cinéma, au théâtre. Marseille était à la mode, à cause de Pagnol, de Raimu, d'autres aussi.

— C'est Dora qui m'a appris le jeu du couteau. C'était avant qu'elle ne connaisse le peintre Picasso. Quand on la voyait aux Deux Magots, tu sais, à côté de l'église Saint-Germain-des-Prés, avec toute cette bande qui s'appelait les surréalistes. Tu te souviens ? Tu sais ?

Il savait. Il détestait cette manie des Parisiens, ou supposés tels, de croire que le reste de la France ignorait tout de leurs fêtes, de leurs modes, de leur langage, des nouvelles formes de leur snobisme. Ferrandon, au début de leurs relations, qui ne cessait de demander : « Vous connaissez ? » Maintenant, cette Margot, débarquée trois ans plus tôt de Marseille, d'un vieux quartier de marins, de dockers et de truands, le Panier, qui demandait à tout propos : « Tu sais ? » Comme s'il n'avait pas fréquenté les artistes avant elle. Comme s'il ne venait pas à Paris presque chaque semaine. Et comme s'il ignorait l'apparition, près de Picasso, de Dora Maar.

Ce qui l'avait surpris, en revanche, c'est que sa jeune maîtresse, rencontrée alors qu'elle courait les studios pour faire de la figuration, soit introduite dans ce monde-là. Explication simple : quand Henriette Theodora Markovitch, dite Dora Maar, née à Tours mais ayant longtemps vécu en Argentine, était débarquée à Paris, elles avaient vécu dans le même hôtel. Et avaient continué à se fréquenter.

— Tu la verrais, reprenait Margot-Jany Star : elle va très vite. Un, deux, trois, quatre, cinq. Comme cela. Et si elle se coupe, elle continue. Aïe !

30

C'était elle qui venait de se couper. Elle lui tendit son doigt.

— Suce-le.

Il le prit entre ses lèvres, aima le goût fade du sang sur sa langue, en profita pour la serrer contre lui, s'interrompit.

— Et qu'est-ce qu'il dit Picasso, quand elle se coupe ?

— Rien. Il rit. Alors, elle continue. Il trouve peut-être que c'est beau, le sang sur sa main blanche. Elle aussi, elle doit aimer le rouge. Tu as déjà vu ses ongles ? Tu sais ?

Encore.

— Oui, je sais. Très longs, très rouges. Je sais aussi qu'ils sont presque communistes, tous les deux, Picasso et elle. Il y a longtemps que tu les as vus ?

— Elle, Henriette, communiste ? Té ! Tu veux rire ! Je ne sais pas. C'est une intellectuelle. A l'hôtel, elle me tenait des discours. Les intellectuels, tu sais, on ne sait jamais où ils sont : tu les crois là et ils sont ailleurs. A peine ils ont trouvé une idée qu'ils en cherchent une autre pour la contredire. Comme si la première les ennuyait déjà.

Elle se redressa, regarda Clément Boidin, comme pour juger de l'effet de cette sentence. Il rit, songea qu'elle devait à de tels propos d'être acceptée dans cette bande. A son mince corps de brune aussi, dont elle ne lui gardait sans doute pas l'exclusivité.

Elle sourit, satisfaite.

— Les communistes, moi, je me méfie. Jacques Prévert, tu sais, le poète, là, qui doit faire un film avec ce nouveau metteur en scène, Marcel Carné, où il m'a promis un rôle. Carné, tu sais ?

Non, il ne savait pas. Mais fit comme si. Il n'allait pas lui accorder ce plaisir, en dépit de l'éclat de ses yeux dorés, et de ce déshabillé où s'accrochaient les pointes des seins.

— Eh bien, Prévert m'a raconté que l'an dernier, tu te souviens, pour le 14 Juillet, la grande manifestation de la Bastille avec Daladier, Blum, Thorez, celle où il y avait tant de monde, on sentait bien que le vent tournait...

— Et alors ?

— Bon. L'ami de Prévert, ce Carné, donc, avait filmé la manifestation avec une petite caméra, pour le compte du parti communiste. Plus tard, ils l'ont convoqué, Thorez et les autres. Il y avait même Aragon, je crois bien. Ils souhaitaient qu'il fasse pour eux un film de propagande avant les élections de cette année. Il n'avait pas le temps, mais voulait bien essayer quand même. Alors, ils ont pris Jean Renoir pour le faire, le film. Tu en as peut-être entendu parler : *La vie est à nous*, ça s'appelle. Eh bien, quand Carné l'a vu, *La vie est à nous*, il a sauté en l'air, il a failli faire un scandale dans la salle. Parce que Renoir et les communistes lui avaient piqué des passages entiers de son film à lui, sur la manifestation du 14 Juillet de l'année passée, sans dire d'où ça venait. Voilà comme ils sont les communistes. Alors, moi...

Elle se serra contre lui, frotta ses seins contre la chemise, empesée d'amidon, qu'il n'avait pas enlevée.

— Sinon, murmura-t-elle, câline, je ferai bien comme eux. J'ai des revendications à formuler, moi aussi. Regarde cela...

Elle s'écartait, montrait son déshabillé.

— C'est seulement de l'indémaillable. Pourtant, tu dois t'y connaître en dentelles, toi. Et puis, cet appartement, il est un peu vieillot, les meubles itou. Tu crois que j'aurais enfoncé le couteau dans une belle table, tout à l'heure ? On ne peut pas dire que tu me gâtes.

Il voulut plaisanter :

— Tu vas faire grève, toi aussi ? Mais ton usine, c'est ici, tu l'occupes déjà.

Elle haussa les épaules.

— Une usine ? Merci. Mais si tu n'as que des idées comme ça en tête, les gens ont bien raison de présenter leurs revendications. Tes enfants, ils ne te demandent rien ? C'est le moment pourtant, la lutte finale.

— Mon fils aîné, figure-toi, Henri, l'aîné, il te plairait,

il revendique lui aussi. Mais devine ce qu'il veut ? Devenir jésuite.

— Jésuite. Normal. Tu le mets au collège chez les jésuites, il veut être jésuite. Moi, quand j'étais à l'école primaire au Panier, je voulais être maîtresse.

— Eh bien, tu as réussi. Tu es ma maîtresse. Il faut dire que toi, tu es le dessus du panier.

Il la jeta sur le lit, roula sur elle. Elle rit. Elle avait entendu cette plaisanterie cent fois. Mais il fallait faire comme si. Et puis il l'attendrissait quand il lui parlait de ses enfants. Tout à l'heure, elle lui demanderait s'il avait de nouvelles photos à lui montrer.

Henri Dussart, qui aimait bien philosopher, le répéterait souvent : il suffit souvent de la rencontre de deux hasards, d'une coïncidence, pour provoquer les pires ennuis.

Premier hasard, si l'on peut dire : à Paris, ce jour-là, les employés du Royal Blue Palace, un superbe hôtel proche des Champs-Elysées, avaient décidé de faire comme bien d'autres, de se mettre en grève ; les femmes de chambre avaient mené le mouvement, convaincu les lingères, les liftiers, les garçons d'étage, les grooms, et même quelques employés des réservations et de la comptabilité. La direction avait dû prier les rares clients de passage à Paris en cette période troublée d'aller chercher meilleure fortune en d'autres lieux. Elle avait accepté pourtant d'en héberger quelques-uns, des Français pour la plupart, qui avaient là leurs habitudes, accepteraient de prendre leur petit déjeuner dans un bistrot voisin et ne feraient pas d'histoires si on ne changeait plus leurs draps chaque jour. Ainsi, Clément Boidin. D'ailleurs, on avait prévenu le jeune Robert Martin, un liftier qui avait accepté de jouer, pour l'occasion, le veilleur de nuit : « Si M. Boidin ne rentre pas avant huit heures, tu ne t'inquiètes pas. Il est souvent absent jusqu'au petit matin. »

Deuxième hasard, si l'on peut dire aussi, car il n'existe pas de hasard total et Henri Dussart, plus tard, en conviendrait, il expliquerait, docte, continuant de philosopher sur ses malheurs, que chaque événement découle d'un autre événement, que c'est la rencontre de deux événements qui peut être considérée comme un hasard ; ainsi lorsque deux voitures lancées à toute vitesse arrivent au même instant au même carrefour.

Le deuxième hasard était cette sale histoire survenue à l'usine. Henri Dussart, donc, chef de bureau au peignage Surmont-Boidin, non gréviste bien entendu, occupait néanmoins ses locaux pour empêcher les autres d'y pénétrer si l'envie leur en prenait et préserver les archives, les documents confidentiels. Il relevait dans ce poste de garde, chaque matin, un vieux gratte-papier proche de la retraite, un insomniaque qui ne se sentait vraiment bien que la nuit. Avant de prendre le relais, Henri Dussart s'arrêtait dans un estaminet assez éloigné, « Au rendez-vous des amis », où l'un des meneurs de la grève, soucieux de son avenir personnel, l'informait en détails de l'évolution des esprits afin qu'il puisse en faire rapport à Clément Boidin.

Ce matin-là, devant deux cafés arrosés de genièvre, il lui fit part de la rumeur qui montait dans l'usine et s'était même déjà répandue dans les quartiers ouvriers de Roubaix : une femme avait pratiqué dans un atelier du peignage un avortement qui avait mal tourné ; on avait dû transporter à l'hôpital la fille — « une certaine Juliette Bondues, la sœur d'Aurélie Bondues, la sainte-nitouche qui s'est infiltrée au comité » — et cette Bondues n'était pas bien du tout, on parlait même de coma. Le plus important n'était pas là, pourtant. On racontait aussi que Clément Boidin, informé, avait déjà décidé de jeter sur le pavé, dès la fin de la grève, l'avorteuse et l'avortée. Certains prétendaient même qu'il avait dénoncé à la justice ces malheureuses, pauvres femmes victimes du capitalisme en somme. Alors, les esprits s'échauffaient : « Vous savez ce que c'est, il y en a toujours une pour crier plus fort que l'autre ; hier soir, il y en a même qui parlaient de mettre le feu au bâtiment des bureaux — pas aux ateliers ; ça, c'est comme si ça leur appartenait — pour se venger du patron, ou lui donner un avertissement ; j'ai essayé de vous prévenir, mais vous aviez déjà quitté. »

Henri Dussart, aussitôt, courut à l'usine, aussi vite que le lui permettaient ses courtes jambes. Il fallait voir, puis téléphoner d'urgence au patron.

Son informateur ne l'avait pas trompé. Des cris s'entendaient de loin, bien avant qu'il n'ait atteint la grille de l'entrée. Il fut, un instant, tenté de reculer. Mais il ne manquait pas de courage. Et que dirait M. Boidin ? Il pénétra donc dans le bureau, par la petite porte qui donnait directement sur la rue. Sans illusions : chaque matin, les hommes et les femmes de l'entrée guettaient son arrivée.

Il décrocha le combiné, appuya, nerveux, sur son support afin d'attirer l'attention de la standardiste des PTT, priant pour qu'elle ne soit pas en grève, elle aussi, ou endormie, ou jacassant avec une collègue, ou occupée par d'autres clients, quand une pierre fracassa une vitre, vola à travers la pièce.

Il s'accroupit. Sans lâcher le téléphone. Soulagé soudain : la demoiselle des PTT répondait, prenait note du numéro du Royal Blue Palace, « Ne quittez pas ». Une chance. A condition que le central de Paris ne soit pas en grève.

Le jet du pavé n'avait eu, semble-t-il, qu'un but : permettre à quelques énervés d'ouvrir la fenêtre et de se précipiter dans la pièce.

Énervés, mais soudain immobiles, comme surpris d'avoir osé, de se trouver là, dans ce bureau dont ils observaient, curieux, les murs couverts de circulaires, les meubles et les hauts classeurs. Presque embarrassés d'être rassemblés, si nombreux, face à un homme seul, ce Dussart que beaucoup connaissaient et ne jugeaient pas mauvais bougre, au fond, bien qu'il fût l'homme de main du patron : il avait arrangé bien des affaires difficiles, fait embaucher leurs filles quand il le pouvait. Mais, redressé maintenant, trop content d'avoir obtenu le Royal Blue Palace pour penser à raccrocher le combiné, il demandait devant eux « M. Clément Boidin » à un lointain personnage qui ne semblait pas le comprendre.

Alors, Dieudonné Marchand s'avança.

C'était un grand bonhomme aux moustaches tombantes à la gauloise, récemment arrivé dans l'usine, un champion de la mécanique qui avait remis en ordre de marche des machines dont les pannes successives exaspéraient ses collègues, et qui avait pris, dès le premier jour, la direction du Comité.

— Passez-moi ça, dit-il à Dussart, terrorisé. Je vais lui parler, au patron, lui dire ce qu'on l'on en pense d'avoir dénoncé ces malheureuses aux policiers et aux juges.

Et il lui arracha le téléphone.

A l'autre bout de la ligne, le jeune liftier, Robert Martin, standardiste d'occasion, répétait, criait presque :

— Mais puisque je vous dis qu'il n'est pas là, M. Clément Boidin. Il ne faut pas vous inquiéter. On m'a expliqué que ça lui arrive souvent.

— Souvent ?

— C'est ça qu'on m'a dit. Moi je ne suis pas de nuit, d'habitude. C'est à cause des événements.

— C'est à cause des événements qu'il n'est pas là ?

— Non. C'est son habitude, il paraît que le personnel le sait. Il découche, quoi...

— Il... ?

Dieudonné Marchand n'alla pas jusqu'au bout de sa question. L'autre eut un petit rire, complice.

— Vous savez ce que c'est. Mais je lui dirai dès son arrivée, monsieur, euh...

— Dussart.

— Monsieur Dussart. Je lui dirai que vous avez appelé. C'est bien cela : monsieur Dussart ?

— Oui.

Dieudonné Marchand reposa le combiné, chercha des yeux Henri Dussart, recroquevillé près d'un classeur, puis fit face aux autres :

— Vous savez ce qu'il fait, le patron, M. Clément Boidin, pendant que la classe ouvrière est en lutte pour conquérir une vie plus digne, un peu de bien-être, tout ce qui lui est dû, quoi ? Vous savez ce qu'il fait ?... Il court les femmes, à Paris.

Il ne faudrait pas deux jours — chacun le savait — à tous les bavards et les bavardes, les malveillants, les rancuniers, les jaloux et les combatifs, les rieurs et les moralisateurs pour répandre ces deux histoires à travers la région.

Clément Boidin voulut rentrer dare-dare à Roubaix mais Aline l'en dissuada. Aussitôt informée par Henri Dussart, elle avait pris ses dispositions. Appelé d'abord sa sœur Delphine pour que l'on établisse une sorte de rideau de protection autour de son père. Qu'il en sache le moins possible. Une version officielle devait être désormais opposée à tous : l'oncle Lucien Rousset avait été victime d'une attaque cardiaque alors qu'il inspectait ses vignes ; la Charente était douce mais son soleil parfois rude, la chaleur accablante ; peut-être avait-il abusé du cognac ; bref, on avait craint le pire et Clément Boidin, déjà à Paris, était parti dans la nuit pour Angoulême, puisque, aussi bien, il ne pouvait que trépigner à Roubaix, pratiquement exclu de ses propres usines, dans l'impossibilité d'agir, chacun sachant que, cette fois, la fin de la grève se déciderait au niveau national — voire à Moscou.

Son départ précipité avait donné lieu à cette fâcheuse

méprise d'un remplaçant dans un hôtel en grève, à moitié fermé.

Elle-même, Aline, rejoindrait son mari dès que possible. Son chauffeur avait reçu ordre de préparer leur Renault Viva Grand Sport pour cette longue route. Voilà ce qu'il faudrait répondre aux questionneurs, voilà la rumeur qu'il importait de répandre aussitôt. Que Delphine, toujours fichue dans les salons de thé et les magasins les plus chics en compagnie de jeunes femmes férues comme elle de mode et de ragots, leur téléphone au plus vite — elle trouverait bien des prétextes, l'histoire se tenait, il importait d'insister, pour la rendre plus crédible, sur la bêtise de ce Dussart et de son interlocuteur parisien, ce veilleur de nuit d'occasion. Il faudrait attirer l'attention sur la vilenie des meneurs ouvriers qui avaient aussitôt cru, en répandant cette calomnie, pouvoir atteindre plus aisément leur patron. Qu'elle ne craigne pas, Delphine, de laisser entendre qu'Aline et son mari s'interrogeaient sur l'opportunité d'une plainte en diffamation.

— On ne me croira pas, objectait Delphine. Il n'était pas huit heures, ce matin, qu'Eugénie Botte me téléphonait déjà. Sous prétexte de remettre un rendez-vous, elle voulait m'interroger sur cette histoire.

— Et que lui as-tu répondu ?

— Rien, puisque je ne savais rien. Je tombais des nues. Je lui ai dit que c'était certainement un mensonge.

— Bien. Je vais m'en aller. Toi, tu commences par papa, tu lui dis que je suis partie très tôt, avant l'aube, que je n'ai pas voulu le réveiller et tu prends mille précautions pour lui parler de l'état de santé de l'oncle Lucien...

— Il est au courant, l'oncle ?

— Oui, le téléphone marche encore dans son coin. Et Clément est sur la route. Pas de taxi à Paris, les trains incertains ou tardifs, mais il a trouvé une voiture et un chauffeur à prix d'or. Bon. Fais attention avec papa. Déjà qu'il n'a pas un moral d'acier en ce moment.

— Et Claude ?

— Quoi, Claude ?

— Mon mari, voyons.

Delphine avait épousé, deux ans plus tôt, Claude Lescaves, le jeune patron ambitieux d'un tissage et d'une maison de confection pour hommes.

— Eh bien, quoi, ton mari ? Tu lui dis la vérité. Il est solide, je crois. Il a le sens de la famille. Il faut qu'il fasse front avec nous. Et n'oublie pas : dès que tu as vu papa, tu te pends au téléphone. Tu appelles tes amies. Trouve des prétextes.

— Tu parles comme un général qui commande une attaque. Toute raide. Tu me fais peur.

— Un général ? Pour l'instant, je n'ai qu'un soldat, un seul, toi. Alors, essaye de décrocher une citation à l'ordre de l'armée.

Aline voulait plaisanter mais sa voix s'était brisée, soudain. Et quand elles s'étaient embrassées, Delphine avait cru apercevoir, dans ses yeux, briller des larmes.

La voiture traversait des villes où les municipalités de gauche avaient équipé les rues de haut-parleurs qui diffusaient les chansons à succès — « Sombreros et mantilles », « La java bleue » et « Tout va très bien, madame la marquise » —, passait par des bourgades, presque des villages, où l'on était bloqué, parfois, par des manifestations populaires, longeait des usines où des files d'ouvriers assis sur des murs de clôture conversaient avec les passants, finissaient de vider les gamelles que leurs femmes leur avaient apportées pour midi, brandissaient des bouteilles de bière ou de vin, poussaient quelques cris d'admiration ou des insultes en apercevant cette automobile de luxe.

Aline avait demandé au chauffeur, un jeune, à son service depuis trois ans seulement, d'abandonner casquette et livrée, lui recommandait de contourner autant que possible les quartiers industriels. Mais il leur était arrivé, alors, de déboucher dans des faubourgs ouvriers aux rues mal pavées, mal carrossées, où il fallait ralentir, ce qui permettait à des gamins de leur lancer des cailloux.

Pour chasser la tempête qui la tourmentait, elle avait commencé, aussi, à lui raconter un autre voyage, celui qu'elle avait entrepris avec la Delaunay-Belleville, dans l'été de 1914, en prenant mille détours pour arriver à Paris. Mais le chauffeur avait soupiré — « ah oui, les tranchées » — sur le ton de quelqu'un qui a trop entendu d'histoires d'anciens combattants. Elle s'était arrêtée.

La tempête avait repris, plus forte encore. Dans le cœur et la tête. Le sentiment, d'abord, d'une humiliation qui ne s'effacerait jamais. Car on ne la croirait pas, elle en était certaine. L'histoire qu'elle avait inventée lui semblait plausible. Mais toutes ces familles si proches et si rivales, qui se tenaient les coudes tout en se guettant l'une l'autre, qui n'avaient admis Clément Boidin dans leur cercle qu'en raison de ses succès, qui n'ignoraient sans doute pas ses infidélités, ne laisseraient pas échapper de sitôt une si riche occasion de se moquer.

Elle les défierait, n'étaient les circonstances, les grèves, les usines occupées, en organisant pour le ban et l'arrière-ban du patronat de Lille-Roubaix-Tourcoing une éblouissante réception dont ils seraient, forcément, le roi et la reine, elle et Clément.

Clément.

Apparaissaient, plus déchirantes, plus secrètes, des questions sur leur couple. Elle revoyait, comme tant de fois, ce mouvement qu'elle avait eu, qui l'avait poussée, l'été 14, dans les bras de Clément Boidin. Pour un si bref instant. Mais décisif, peut-être. S'expliquait-il par le désir, cet appel obscur ? Ou la recherche d'une protection, le sentiment d'une complicité, la satisfaction d'avoir, ensemble, réussi ce qui paraissait impossible ?

La réussite, justement, les avait encore unis, ensuite.

La naissance des garçons : il avait su se montrer attentif, prévenant. Comme il se montrait attentif, au lit, à l'éclosion, chez elle, du plaisir. Et s'il la trompait, c'était à Paris, avec des inconnues. Une situation assez fréquente dans leur entourage pour qu'elle considère qu'il y avait là — en dépit de ce que disaient les prêtres — une sorte de norme, de fatalité, de règle du jeu. Elle s'étonnait pourtant de l'avoir acceptée, à la seule condition que cela ne se sache point — la deuxième règle du jeu —, d'avoir admis que ces bras qui la prenaient, qui l'enserraient, avaient pris, la veille peut-être, enserré, dans quelque hôtel parisien, une autre femme. Il ne lui avait jamais dit qu'il l'aimait. Elle n'avait, non plus, jamais pu prononcer ces mots-là. Même au plus fort du désir. Même quand, seuls le soir, la maison silencieuse, ils évoquaient, très proches, l'avenir des enfants, la marche des usines, les crises politiques incessantes, tous sujets dont il discutait volontiers avec elle. Elle n'avait pas eu à combattre pour qu'ils soient, ainsi, associés, et lui en était reconnaissante.

L'aimait-il ? L'aimait-elle ?

Elle s'en voulut soudain de s'interroger ainsi : elle n'était plus une gamine, quand même.

La question, pourtant, renaissait, revenait, la poursuivit jusqu'aux abords d'Angoulême. Où le chauffeur l'arracha à ses songes et à ses tourments : il fallait trouver la bonne route.

Elle éprouva tout à coup le sentiment d'une grande paix. Cette région semblait ignorer la crise sociale et les affrontements politiques. A moins qu'elle ne les cache derrière ses façades en pierre de taille, vieil ivoire, aux très hautes fenêtres ? Dans un bourg où il s'arrêtèrent pour prendre de l'essence, le pompiste leur dit que c'était jour de foire. Pourtant, on n'apercevait ni bétail ni charrettes. Seulement quelques paysans en casquette ou chapeau noir qui entraient dans des cafés. L'homme, dont la pompe faisait monter le liquide jaunâtre dans un gros tube de verre avant de le refouler vers le réservoir de la voiture, leur expliqua que c'était là, à l'ombre, autour des bouteilles de vin ou de pineau, que les bêtes changeaient de propriétaire.

Les vignes et les bois baignaient dans une lumière dorée, celle de l'été déjà, éclatante. Quelques vaches paissaient entre les peupliers, sur un fond de prairies. Trois chiens qui dormaient à l'entrée du domaine de Lucien Rousset ne dressèrent même pas la tête, ouvrirent tout juste l'œil quand la voiture s'engagea dans l'allée de marronniers qui menait à la grande maison blonde.

La tante Isabelle apparut aussitôt sur le seuil. Elle ne changeait guère. A peine si quelques filets d'argent serpentaient dans la longue et soyeuse chevelure brune qu'elle n'avait jamais coupée, indifférente aux modes, mais qu'elle laissait désormais flotter, libre, sur ses épaules. Les yeux aux éclats dorés, le sourire épanoui, disaient la santé et le bonheur. Dissimulaient pourtant, Aline le savait, une fêlure : ils n'avaient pu avoir d'enfants, et les médecins, innombrables, qu'ils avaient consultés, n'avaient pu leur en donner la moindre explication. Mais ils accueillaient joyeusement ceux des autres : ses trois garçons s'attardaient volontiers là, à la veille de la rentrée d'octobre, quand s'ouvrait la saison des vendanges.

— Tu sais, dit la tante Isabelle, que tu n'as presque pas menti ? Ton oncle est couché. Rien de grave. Mais il est tombé hier en se promenant dans les vignes, comme ça, pour vérifier que tout allait bien, après que l'on a taillé les rameaux à la faucille. Un trou dans la terre. Il est tombé sur un piquet qui a réveillé ses blessures. Un peu de fièvre. Une entorse et un coup de fatigue. Il en a pour trois jours.

— Et mon mari ?

— Arrivé dans l'après-midi. Ton oncle l'a envoyé faire un tour à Cognac. Comme un suppléant, en somme. Pour rencontrer un Anglais de passage, lui porter quelques bouteilles. Je crois que c'était un prétexte. Son œil brillait, complice.

— Allez ! Mets-toi à l'aise. Et monte le voir.

— Il a sauté sur l'occasion, ton Clément. Il ne trouvait même pas ça bizarre : jouer les commissionnaires, lui !

Lucien Rousset, adossé à des oreillers, dans un lit de marin, plutôt étroit, eut un petit rire. Puis, sérieux :

— Tu lui fais peur.

— Tu veux dire qu'il n'était pas pressé de me revoir ? Au téléphone, pourtant, quand je lui ai demandé de venir ici, je ne lui ai pas caché que j'étais au courant depuis longtemps, que ça n'avait pas été une surprise.

— Peut-être... Mais je ne t'ai pas dit que tu lui fais peur aujourd'hui seulement. Bien sûr, cette histoire l'embête. Il aurait préféré faire comme toi. Tu comprends : quand chacun sait où il en est, mais évite d'en parler.

— Je sais. Parfois, je suis près d'exploser. Le silence des familles m'étouffe. C'est comme père, qui ne veut pas entendre parler de Blandine. Quand j'essaye, c'est tout juste s'il ne me chasse pas.

— Ton Boidin, ce qui l'ennuie, c'est aussi la répercussion de cette histoire dans les usines. Mais, bon, il a trouvé formidable cette idée que tu as eue de me dire à moitié mort. Entre parenthèses, ça a failli être vrai : quand je suis tombé sur ce piquet de fer, j'ai bien cru qu'il allait me rentrer en haut du poumon, comme la balle qui m'avait troué en Belgique ; heureusement, j'ai réussi à m'accrocher à un cep et puis j'avais une veste épaisse en dépit de la chaleur. Ici, la chaleur...

Elle s'agaça soudain. Il était visiblement heureux de la revoir, de se raconter, de trouver une nouvelle oreille encore ignorante des circonstances de sa chute. Clément avait dû y avoir droit, lui aussi. Il s'était sans doute prêté volontiers au jeu, trop content d'éviter les questions gênantes.

Elle écoutait à peine tandis que Lucien Rousset lui racontait son retour à la maison, l'émoi d'Isabelle. Elle observait le nouvel aménagement de cette chambre tout entière garnie d'un mobilier de marin, bois exotique et cuivre, sans doute venu d'Angleterre. Elle se demandait comment Isabelle et lui pouvaient tenir ensemble, dans ce lit étroit. Explication simple : ils s'aimaient vraiment, eux.

Il toussa, porta la main à l'épaule.

— En plus, j'ai un rhume. Quand je tousse, ça me fait mal, là. Ça tire. Tu vois bien que je suis vraiment mal.

Un nouveau rire, pour démentir. Puis une question, quand même.

— Je ne veux pas me mêler de tes affaires, mais qu'est-ce que tu vas lui dire ?

— Je ne sais pas. Au téléphone, je lui ai seulement parlé de cette histoire et expliqué pourquoi il devait venir ici dare-dare et trouver le moyen de le faire savoir.

— Ça, il l'a fait. A peine arrivé. Il a téléphoné à tous ses directeurs pour leur expliquer qu'on pouvait le joindre ici. Ta tante était près de lui, dans le salon. Elle avait envie de rire, parce qu'à l'entendre, j'étais à l'agonie. Tous ces gens doivent s'interroger maintenant sur la date de l'enterrement. Pour mentir, il sait mentir.

— Je le sais. Merci.

— Excuse-moi, je ne voulais pas...

— Je le sais aussi. Mais s'il en a trop fait, il sera plus difficile d'expliquer notre retour rapide. Il faudra parler de fausse alerte.

— Tu veux déjà repartir ?

— Demain.

— Tu ne peux pas... ?

— C'est là-bas qu'il faut être. N'oublie pas les grèves. Ici, on est loin de tout ça.

— Détrompe-toi, ça bouge aussi, par-ci par-là, à Angoulême, dans les ports... Même la demoiselle du téléphone voulait s'y mettre. Puis elle a renoncé.

— Tant mieux. Mais je voudrais savoir : tout à l'heure, tu m'as étonnée en disant qu'il avait peur de moi, et pas seulement aujourd'hui. Qu'est-ce que c'est que cette histoire ? Lui ? Peur de moi ?

Elle pensait à leurs nuits quand il lui déchirait la chemise parfois, pressé de la caresser, quand il la bousculait sur le lit. Peur ?

— Je vais t'expliquer. Si tu avais fait la guerre...

Elle eut envie de l'interrompre. Que signifiait cette allusion à la guerre ? Son jeune chauffeur n'avait pas tout à fait tort. Ces anciens combattants se ressemblaient tous, ils ne s'en remettaient pas, il fallait toujours qu'ils aillent chercher, là, dans ce passé, cette passe noire de leur vie, des explications à tout.

— Si tu avais fait la guerre, été mêlée comme je l'ai été à tous ces ouvriers, ces marins, ces paysans, tu comprendrais mieux. C'est un autre monde. Un monde dont tu n'as aucune idée.

— Quand même : j'ai des yeux et des oreilles.

— Et tu n'es pas une imbécile, je sais. Mes nièces ne sont pas des imbéciles, je le sais depuis longtemps. Leurs enfants non plus, d'ailleurs. Mais laisse-moi continuer. Lui, ton mari, Boidin, il vient de cet autre monde. Je sais bien qu'il a changé, qu'à Paris, et avec toi ensuite, il a appris à mieux parler, à s'habiller, il s'est initié aux bonnes manières comme on dit. Mais on ne change jamais tout à fait. Il y a des mots, comme cela, qui surgissent dans une conversation tout à coup et qui sont des expressions de bistrot, de courée, même du patois ; il y a des gestes dont on se croyait déshabitué et que l'on refait un jour ou l'autre, sans savoir pourquoi ; il y a des situations auxquelles toi et moi nous pouvons faire face, presque instinctivement, parce que nous avons vu nos parents le faire avec hypocrisie, diplomatie, appelle ça comme tu voudras, mais lui ne connaît pas encore tous les trucs. Alors, tu lui fais peur. Il craint de ne pas être à la hauteur. A ta hauteur.

Pas la nuit. Pas la nuit. Ni cet après-midi d'été, à Ostende où il l'avait entraînée à l'hôtel, sans attendre, abandonnant les enfants sur le sable, peut-être parce qu'il avait été saisi d'un désir brutal pour une autre femme aperçue sur la plage : il l'avait prise debout, dans le vestibule, aussitôt refermée la porte de leur suite. Peur d'elle à ce moment ? Invraisemblable. Mais elle ne pouvait pas le raconter à son oncle.

Elle quitta son fauteuil, agacée, fit quelques pas dans la chambre.

— Comment sais-tu tout cela, toi ? Où as-tu trouvé qu'il avait peur de moi ! Il te l'a dit ?

— Ça ne se dit pas, des choses pareilles. Je l'ai compris, à des allusions. Surtout quand il est arrivé, tout à l'heure, assez démonté par cette histoire quand même. C'est encore un homme du peuple malgré toutes les couches de vernis qu'il s'est passé dessus. Comme ceux que j'ai connus à la guerre.

— Cocteau ? Un homme du peuple ?

— Ne te moque pas. Il y en avait d'autres. D'ailleurs, celui-là, je ne le vois plus. Un mot, de temps en temps. Il ne doit pas être très porté sur le cognac. Ces gens-là, maintenant, en ont pour le whisky. Quant à ton Clément Boidin, voilà : il a toujours peur de commettre l'erreur qui te fera regretter de t'être unie à lui.

— C'est pour cela qu'il a d'autres femmes ? Ce n'est pas une erreur, cela ? Ça ne me ferait pas regretter ?

— Va savoir. Ce sont peut-être des femmes du peuple, avec qui il est plus à l'aise.

Plus à l'aise ? Elle ne pouvait pas lui objecter que la nuit... Quelques souvenirs pourtant surgirent, des timidités soudaines qui l'avaient surprise, sans qu'elle y attache vraiment d'importance. Ou des brutalités qui cachaient peut-être des timidités.

Elle tournait dans la chambre, s'arrêta devant un tableau de marine, accroché au-dessus de la grande cheminée, une toile assez banale, très sombre, qui représentait une goélette secouée par une tempête.

— Je ne comprends pas, dit-elle enfin. Si tu avais raison, pourquoi aurait-il pris ce risque ?

— Écoute. Tu sais que j'ai fini par convertir ta tante à la pêche en mer, la pêche au gros.

Aline esquissa un sourire.

— A l'espadon ?

— C'est à propos d'un espadon, justement. Nous étions loin, dans l'Atlantique, et l'un d'eux, un beau morceau, tournait autour du bateau au lieu de fuir — j'allais dire « de fuir à toutes jambes », ça commence à aller mal dans ma tête. On le voyait et il nous voyait. Isabelle m'a dit : « Regarde, il sait ce qu'il risque ce poisson. Mais il est persuadé qu'il ne se fera pas prendre. » Elle avait raison. D'ailleurs, cet espadon, nous n'avons pas réussi à l'avoir. On a fini par se séparer, à la fin du jour.

Elle lui fit face :

— Isabelle, tu l'aimes ?

Il parut surpris par la brutalité de la question.

— Ça ne se voit pas ?

— Tu sais bien que... Ma question, c'est : est-ce que tu l'aimes, comme au premier jour ? Non, ce n'est pas cela ma question. Au fond... au fond... moi je me demande ce que c'est que l'amour, voilà. A mon âge, tu te rends compte. Je ne suis pas sûre de l'aimer. Souvent, très souvent, je me dis que, nous les filles, enfin les filles de notre monde comme tu dis, nos mères ne nous ont pas préparées à la vie. Ou mal préparées. Tu comprends ce que je veux dire ?

Elle se sentait toute gamine, rougit, se demanda comment elle avait osé, ce qu'il devait penser, marcha vers la porte.

— Attends.

Elle s'arrêta, la poignée en main.

— Je ne sais pas si ma sœur t'a mal préparée à la vie,

47

mais telle que je l'ai connue, c'est bien possible. Notre génération, tu sais... Toutes ces filles élevées chez des bonnes sœurs qui n'avaient souvent qu'une idée en tête, les pousser à se faire bonnes sœurs à leur tour...

Elle pensa qu'il allait se perdre dans de vagues considérations, incapable de répondre. A moins qu'il ne cherche à gagner du temps, réfléchisse tout en débitant des banalités. Elle s'approcha du lit, lui sourit. Tendre soudain :

— Je t'ennuie, non ?

— Oh, non... Tiens, redresse-moi cet oreiller. Aïe ! Bon. Ça va. Tu vois : je ne me suis jamais demandé si je l'aimais, Isabelle. Alors, ta question est un peu difficile. J'ai envie de dire que l'amour — bon, je ne suis pas un poète, Cocteau dirait cela beaucoup mieux ; encore que lui, les femmes... — je le lis dans ses yeux, l'amour, les yeux d'Isabelle... Comme une petite lumière, tu comprends. Mais ça n'est pas du tout cuit, si tu me permets l'expression. Ça se construit tous les jours, comme une maison qu'il faut toujours consolider.

— Pourquoi ? Parce qu'on désire quelqu'un d'autre ? Parce que l'on se sent tout à coup plus proche de quelqu'un d'autre ?

Elle rougit à nouveau, se jugea ridicule de le questionner ainsi. A son âge. Mère de trois garçons. Comme une petite fille, une écolière. Lucien Rousset avait élargi les bras, comme un orateur, cria de douleur, se reprit :

— Et comment ! Je pourrais t'en raconter, tiens. Mais il n'y a pas que ça. Il y a les jours où l'on se sent loin de l'autre, où Isabelle m'agace, à moins que ce ne soit moi. On ne se comprend pas. Alors, l'amour, c'est la souffrance. Ce n'est pas le bonheur tous les jours. Il n'y a que les jeunes mariées ou les gamines pour le croire, peut-être. Les innocentes. Je vais te dire : pour s'aimer, se supporter, pour oublier les mauvaises passes, il faut beaucoup d'indulgence, une indulgence infinie, il faut être capable de se satisfaire de petits riens et même d'en être comblé, de les trouver formidables, ces petits bonheurs.

Il toussa de nouveau, s'interrompit à peine ; il était lancé.

— Mais le plus dur, le plus difficile à supporter, c'est de ne jamais arriver à l'union totale. On est côte à côte. Mais on ne fait pas un, vraiment ; on n'est pas un, vraiment ; jamais un. Ceux qui prétendent le contraire, les romanciers ou les poètes — il y a aussi les curés maintenant qui s'y mettent ; ils ont trouvé cela ; avant, ils ne voulaient pas en entendre parler ; le mariage, c'était le devoir, faire des gosses, pas l'amour. Bon, où j'en étais ?

— Ceux qui disent le contraire...

— Ils disent des bêtises. Parce qu'on souffre de ne pas être un. Même pendant... quand on est l'un dans l'autre, tu comprends. Il y a toujours un petit quelque chose. Mais si on était un, Isabelle ne serait plus Isabelle.

— Ni toi, toi.

— Donc, je dois accepter cette séparation, cette distance. Parce que c'est Isabelle qui m'intéresse.

Il rit, soudain.

— Dis donc, qu'est-ce que tu me fais raconter ! Je ne suis pas un philosophe, moi.

Elle se jeta sur lui pour l'embrasser, ce qui le fit crier de douleur.

— Tu parles comme un livre !

— Ne te moque pas. Les livres ne parlent pas comme cela. D'ailleurs, je n'avais jamais eu ces idées.

Elle alla vers la fenêtre, regarda les marronniers qui avaient perdu leurs fleurs, dont les longues feuilles s'assombrissaient déjà. Elle pensait à son père avec qui elle n'aurait jamais pu parler ainsi. Un tel trouble l'avait saisie qu'elle crut vaciller, soudain, se laissa tomber dans un fauteuil, au contact un peu rude. Ces trucs de marine !

Il l'observait, inquiet à son tour.

— Je t'ai ennuyée ?

— Ah non ! Mais je me demande encore pourquoi je t'ai ennuyé, toi, avec ces questions. Ce n'est pas bon signe. Parce que Blandine, ma sœur, quand elle est partie rejoindre son Hans Schmidt en Allemagne, à la fin de la guerre, elle ne savait même pas s'il vivait encore, elle ne s'est pas demandé ce qu'était l'amour, si elle l'aimait, et ainsi de suite...

— Parce que c'était la passion, Aline. D'autant plus que tes parents ne pouvaient même pas en supporter l'idée. Ça la renforçait. A cet âge. Aujourd'hui, elle te parlerait sans doute comme moi.

— Tu sais, dans ses lettres, elle ne fait pas de dissertation. La santé, les études des enfants, c'est tout. Parfois, j'ai l'impression qu'elle craint la censure, comme pendant la guerre.

— Il a des ennuis avec les nazis, l'ingénieur Schmidt ?

— Je crois. J'aurais voulu aller les voir cet été. Maintenant, avec tous ces événements ..

— Tu devrais. Ça se tassera. Les grèves ne seront pas éternelles. Emmène ton mari, tiens. A propos, tu ne lui as jamais dit pour Blandine !

— Dit quoi ?

— L'enfant, la petite Aurélie.

— Tu sais bien que mon père m'avait fait jurer de ne jamais lui en parler. C'était la condition qu'il avait mise à notre mariage.

— Je sais bien qu'il ne voulait pas caler. Et quand il ne veut pas. N'empêche. Ensuite, tu aurais pu. Dans un couple, on peut partager des secrets.

— Tu veux dire que nous ne sommes pas un vrai couple ? D'abord, j'avais juré.

Elle enrageait.

Il eut un geste vague.

— Je crois que l'on ne se dit jamais tout. On garde toujours des choses pour soi. Des petites ou des grandes.

— Même quand on s'aime vraiment, comme des fous ?

Isabelle, entrant, les interrompit. Clément Boidin, rappela-t-elle, rentrerait bientôt de Cognac. Alors, elle préférait savoir ce que préférait Aline : fallait-il faire préparer deux chambres séparées ?

Aline les regarda tour à tour, surprise par la question.

— Une seule chambre, dit-elle. Comme d'habitude.

Le soir, quand elle s'y retrouva seule avec son mari, elle lui dit qu'elle ne voulait plus entendre parler de cette histoire, jamais, qu'elle ne souhaitait pas qu'il lui en parle, jamais.

Puis elle se jeta dans ses bras. Il recula d'abord. Il n'osait pas la toucher. Il se laissa enfin emporter. Elle pleurait un peu.

III

Ces yeux vert émeraude, pâles et brillants. Ceux de Blandine. Et ce prénom : Aurélie.

Aline écoutait à peine la jeune fille, venue lui demander grâce pour sa sœur Juliette, chassée de l'usine. Le travail avait repris, cahin-caha. La grève s'était défaite après les accords signés à Paris entre syndicats, patronat et gouvernement. Le cœur n'y était pas. Les uns sortaient d'un rêve, retrouvaient les rudes routines de la réalité, tout juste nantis de la promesse d'un meilleur salaire, aspirant encore aux congés payés que promettait le nouveau pouvoir. Les autres, en face, se persuadaient que les communistes, maîtres en duplicité, attiseraient le feu à la première occasion pour provoquer l'explosion finale.

Aurélie avait forcé le barrage des bonnes, surgi dans le salon où Aline, plantée devant une haute glace, essayait un chapeau de Caroline Reboux — paille, soie, longue voilette vaporeuse — qu'elle porterait au mariage d'une lointaine cousine. « Vous connaissez ma mère, depuis 1918. Mme Bondues. Bondues Julia. C'est elle qui était venue vous annoncer... pour votre maman. » Aline, alors seulement, s'était retournée pour regarder l'intruse, qu'une bonne, penaude, agrippait par le bras, prête à la chasser.

Ces yeux vert émeraude. Ceux de Blandine.

— Laissez-la. Laissez cette fille.

— Mademoiselle. Je m'appelle mademoiselle Aurélie Bondues.

52

Le regard audacieux, la voix timide aussi de Blandine quand, en 1914, elle avait, à la table familiale, osé prendre la défense du lieutenant bavarois Hans Schmidt.

— Vous vous souvenez de ma mère ?

Oui. Aline se souvenait. Une petite femme courageuse qui avait sonné à sa porte de nouveau, des années plus tôt, en pleine crise du textile, venue la prier de trouver du travail pour ses filles.. Ce qu'elle avait fait.

Mais ces yeux.

Coïncidence. Ce ne pouvait être qu'une coïncidence. Pourtant.

— Excusez-moi, mademoiselle, quel est votre âge ?

— Dix-neuf ans. C'est vrai, je suis mineure, mais ce n'est pas une raison. Je vois qu'on vous a dit que j'étais dans le comité.

Dix-neuf ans. Née, donc, en 1917. Comme la fille de Blandine. Aurélie. Mais ce n'était pas possible. D'autres enfants étaient nés, bien sûr, cette année-là. Et puis, les prénoms, Aline l'avait déjà remarqué, suivaient des modes, étaient choisis la même année, sans que l'on sache pourquoi, par des milliers de parents, ou de grands-parents, des parrains et des marraines, qui s'ignoraient. Troublantes quand même, toutes ces coïncidences. Aline songeait au fol espoir qui l'avait animée quand elle avait retrouvé, peu après son mariage, les neveux de l'abbé Vanparys, ceux qui, après sa mort, avaient emporté ses papiers. Un espoir vite déçu. Ils n'avaient gardé que des souvenirs de famille, quelques photos. Le reste avait servi, chaque matin, à allumer le feu dans leur grande cuisinière émaillée. Le reste où se trouvait sans doute quelque indication sur la fille de Blandine.

Ensuite, elle avait abandonné ses recherches. Désespérée.

— Pardon, madame.

— Qu'y a-t-il ?

Aline sursauta presque.

— Je crois que vous ne m'avez pas écoutée.

Elle l'aurait chassée. Pour impertinence. Mais ces yeux. En savoir plus, surtout.

— Vous êtes née en 1917. Votre père n'était pas soldat ? Et votre mère dans le pays envahi, par ici. Ce n'était pas votre père, donc ?

Aurélie se redressa. Rouge.

L'audace des yeux. Blandine. Pas possible.

— N'allez pas croire, madame. Mon père n'était pas un Allemand. Ma mère...

— Votre mère vous a adoptée ?

— Mais, madame, je n'étais pas venue pour cela. Vous ne m'avez pas entendue. C'est à cause de ma sœur.

L'écouter. Il fallait l'écouter d'abord. Sinon, il serait difficile de la faire parler, d'en savoir plus. Cette Aurélie semblait avoir de l'énergie à revendre. Elle pouvait bien se refermer, rentrer dans sa coquille, si on allait trop vite.

— Eh bien, je vous écoute, mademoiselle Aurélie.

Le plaisir, soudain, de prononcer ce nom.

— Je vous disais que ma mère n'allait pas bien. Elle est presque neurasthénique. Sinon, elle serait venue elle-même, bien sûr, puisqu'elle vous connaît, et que vous avez toujours été gentille avec elle.

Une chance qu'elle ne soit pas venue, cette Julia Bondues, dont Aline peinait à retrouver le visage et se disait qu'elle aurait certainement remarqué ses yeux si. Mais non : cette Aurélie n'avait certainement pas les yeux de sa mère. Et son père... L'apprivoiser. L'écouter d'abord.

— Vous vouliez me parler de votre sœur.

— C'était elle, vous n'avez peut-être pas fait attention, pour cette histoire dans l'usine, pendant la grève, l'avortement. Vous êtes au courant, bien sûr.

Au courant ! Le scandale. Clément surpris à Paris avec une donzelle. Toute l'usine murmurant et bientôt tout Roubaix, Lille même. Leurs retrouvailles chez l'oncle Lucien. Au courant ! Et c'était donc une fille de cette Julia Bondues, qui avait tout déclenché, une sœur de cette Aurélie, une sœur... pas vraiment peut-être.

Aline jeta sur un fauteuil le chapeau de paille.

54

— Asseyez-vous, mademoiselle Aurélie.

La surprise dans les yeux vert émeraude.

Le plaisir, encore, de prononcer ce nom. Le fol espoir.

Un rêve, à coup sûr, qui se dissiperait.

— Merci, madame. Ça va bien.

Elle n'avait pas bougé. Ne se laisserait pas amadouer si aisément.

Il fallait retrouver le naturel, se montrer la femme du patron. Plus raide.

— C'était un scandale. Se faire avorter. Dans l'usine en plus. Je comprends que votre mère soit malheureuse. Mais je n'y peux rien, moi. D'ailleurs...

Elle était près d'évoquer la suite, les ennuis que cette affaire lui avait valus. Se reprit :

— Je ne vois pas ce que je peux y faire.

— Si. Parce que M. Dussart, le directeur du personnel, n'a pas voulu la reprendre à la fin de la grève. C'est ce que ma mère aurait voulu vous demander : qu'il passe l'éponge, qu'il oublie, que ma sœur ne soit plus marquée à l'encre rouge.

— L'encre rouge ? Quelle encre rouge ?

— On dit ça, que les... que les patrons se donnent les noms des ouvriers et des ouvrières dont ils se méfient pour qu'ils ne retrouvent plus d'embauche, nulle part, qu'ils les inscrivent sur une liste écrite à l'encre rouge.

Aurélie eut un petit sourire. Le premier. Comme pour s'excuser. Émouvante de timidité, à présent.

— Ce n'est peut-être pas vrai. Mais c'est une façon de parler.

— Les autres ne l'ont pas défendue, votre sœur ?

— Les autres ?

— Les grévistes. Quand le travail a repris. Les communistes. Les meneurs.

Le comité. Cette Aurélie, Aline s'en souvint tout à coup, avait évoqué, presque d'entrée, sa participation au comité qui s'était formé dans l'usine pour organiser la grève.

— Le comité, vous en étiez, je crois ?

— Oui, je vous l'ai dit. Mais je ne suis pas communiste, madame. Jociste.

— Quoi ?

— Je fais partie de la Jeunesse ouvrière chrétienne. Vous connaissez ?

— Et c'est ce qu'on apprend à la Jeunesse ouvrière chrétienne, à se faire avorter ?

— Madame !

Dressée. Les yeux brillants. Ces yeux.

— J'admets : ce n'est pas vous. Elle en fait partie aussi, votre sœur, de la Jeunesse ouvrière chrétienne ?

— Non, madame. Moi. Pas elle. Moi.

— Et vous, vous faisiez partie de ce comité ? Avec les communistes. Et vous vous dites catholique ?

— Catholique, oui. Ouvrière aussi. Si vous veniez une fois dans la courée où j'habite encore avec ma mère, vous comprendriez pourquoi on a fait grève. Si vous connaissiez un peu ce que c'est que le travail dans vos usines...

— Taisez-vous !

— Mais vous ne comprenez donc pas ? Vous ne comprendrez jamais ?

— Vous me faites la leçon, maintenant ? Tant pis. Nous n'avons plus rien à nous dire.

— Au revoir, madame.

Aurélie faisait demi-tour, était déjà à la porte.

— Revenez !

Elle s'était arrêtée, mais ne bougeait pas.

Ce fut Aline qui s'approcha.

— Votre comité n'a pas défendu votre sœur ?

— Un petit peu. Mais il fallait bien finir la grève, parce que pendant ce temps-là, on ne gagne rien, on ne touche pas de quinzaine et on a la famille à nourrir. Et puis le comité... ce sont des hommes, madame.

Aline lui saisit le bras, douce, comme pour lui dire qu'elle comprenait. Complice.

— Bien. Je vais réfléchir. Mais ce sont les hommes qui décident, là aussi. J'en parlerai à mon mari.

Faire traîner les choses. Le temps de se renseigner. Pour qu'elle revienne.

— Madame, si vous pouviez... si vous pouviez me dire oui, tout de suite. C'est pour ma mère, vous comprenez. Ça lui ferait tellement de bien. Je suis certaine que ça la guérirait.

— Bon. Je les pousserai. Je vous appuierai, je le promets.

— Ah ! Merci, madame. Merci. De toute façon, ma sœur ne restera pas longtemps. Seulement un jour ou deux.

— Pourquoi ? Elle quittera l'usine ? Je ne comprends rien à votre histoire.

— Elle a la tuberculose, madame. Elle doit aller dans un sana. Ils ont trouvé cela à l'hôpital, quand... Il ne faut pas le dire, bien sûr, parce que cela ferait peur aux autres. La contagion.

— Pourquoi revenir à l'usine, alors ?

— Pour l'honneur, madame. Pour effacer... ce qui s'est passé, voilà. Pour l'honneur.

Elle s'enfuit.

Aline fut près de pleurer. La faire revenir. La revoir. De toute manière, elle avait une réponse à donner.

Ce fut Julia Bondues qui se présenta, un soir, après le travail. « Ma fille Aurélie ne pouvait pas, aujourd'hui. Elle vous demande de l'excuser. Elle avait une réunion à la paroisse. Mais quand le bureau nous a fait dire que vous vouliez la voir, j'ai compris que c'était pour Juliette. Je ne voulais pas vous manquer, vous comprenez. »

Aline observait Julia Bondues qui semblait avoir rétréci avec l'âge, le travail, les malheurs. Elle s'interrogeait aussi : cette Aurélie s'était peut-être dérobée, gardant un souvenir déplaisant de leur affrontement à propos de la grève, ou craignant de nouvelles questions. Elle semblait forte, pourtant. Plus que la mère sans doute, aujourd'hui cassée. Une chance : celle-ci se laisserait plus facilement questionner.

Elle fut tentée de la faire lanterner, attendre la seule réponse qui importait pour elle, y renonça aussitôt : les yeux de Julia Bondues brillaient, mais de larmes. Ils étaient bleus, pas vert émeraude.

— C'est arrangé pour votre Juliette. En souvenir de ma mère. Qu'elle se présente lundi, à 7 heures, comme les autres.

— Ah, merci ! Merci, madame.

Julia s'était précipitée, lui prenait les mains, comme pour les baiser. Aline se dégagea, brusque.

— Asseyez-vous.

Julia regarda les fauteuils de cuir.

— Je ne suis pas en tenue, madame : je suis venue tout de suite après l'usine. Et si vous permettez, je vais rentrer. La nuit tombe tard en juin, mais il y a tout le travail de la maison maintenant. Juliette attend votre réponse, aussi. Elle sera heureuse. Vraiment. Merci encore. Vous savez, elle est passée par une belle porte.

— Vous voulez dire une porte étroite ?

— C'est cela, madame. Elle avait perdu beaucoup de sang avant l'arrivée à l'hôpital. J'ai bien failli la perdre.

— Asseyez-vous, je vous en prie. Racontez-moi. Je suis une mère, comme vous. Je comprends que vous avez beaucoup souffert. Et quand on se confie, cela soulage un peu, parfois.

Aline avait le sentiment de parler faux. Il faudrait multiplier les détours avant d'arriver à ce qui l'intéressait seulement, Aurélie. La mère se méfierait peut-être, flairerait un piège.

Elle ne s'asseyait pas.

— Il y a quelque chose que je ne comprends pas. Vous ne m'en voudrez pas pour cette question : pourquoi votre

Juliette veut-elle absolument entrer à l'usine si c'est pour partir au sanatorium ensuite ?

— Pour son honneur. Pour pouvoir garder la tête haute. Moi aussi. Parce que, par rapport à l'usine, elle n'avait pas fauté n'est-ce pas ?

Julia avait repris un peu d'assurance. Elle parlait presque comme l'autre fille, Aurélie. Qui avait dû inventer, trouver toute seule cette question d'honneur à sauvegarder. Et lui faire la leçon.

— Vous me parlez d'honneur. Quand même : l'avortement... Et puis, l'usine. Quand même, ce n'était pas un lieu pour...

— C'est sûr. Je lui ai bien dit. Mais elle s'est laissé influencer. Il y a des mauvaises personnes partout, même chez nous, les ouvriers.

— Elle est influençable ? Pourtant, elle vous a convaincue de tenter cette démarche qui vous coûte, n'est-ce pas ? Elle tient autant à... à garder la tête haute, comme vous dites ?

— C'est Aurélie qui nous a persuadées. Maintenant, si Madame le permet, je dois partir.

Aurélie. Bien sûr. Comme elle l'avait pensé. Ce n'était pas le moment de laisser filer la mère. La pseudo-mère peut-être.

— Elle a du caractère, votre fille.

— Vous voulez dire : Aurélie ? C'est sûr. Même que...

Julia avait reculé, timide, pressée de partir.

— Même que ?...

— Ah, madame, ce serait trop long à raconter. Et puis, je ne veux pas vous ennuyer.

— Mais vous ne m'ennuyez pas.

Julia reculait encore.

— Faites excuse, je dois y aller tout de suite. Juliette va s'inquiéter, s'imaginer. Avec l'idée d'aller au sana, maintenant, elle voit tout en noir.

— Et Aurélie ?

— Elle est à sa réunion, ce n'est pas la même chose.

Voilà. Merci encore, madame. Je ne vous remercierai jamais assez. Jamais assez.

Aline la laissa fuir. Elle se jugeait maladroite. Cette femme blessée était pourtant à sa portée. Elle se rassura vite : justement, c'était cette blessure, une pitié aussi qui l'avaient retenue, presque à son insu. Puis elle songea à Blandine, qu'elle espérait rencontrer en Suisse, l'été.

Il fallait chercher encore. Puisque après tant d'années, une lumière apparaissait. Si faible.

— Voilà, dit l'homme, cette demoiselle Aurélie Bondues est en vérité une enfant adoptée. Mme Julia Bondues la présente toujours comme sa fille, mais dans son village, au lendemain de la guerre, tout le monde savait que c'était sa nièce.

— Sa nièce, vous en êtes certain ?

— D'après l'acte d'adoption, elle serait née dans les Ardennes, en 1917. Père inconnu. Mère : une certaine Augustine Dehaynin. Dehaynin, c'est le nom de jeune fille de Mme Bondues. Cela correspondait parfaitement.

Aline se laissa retomber sur la chaise vétuste. Déçue. Ce petit homme aux allures de comptable, chauve, lunettes étroites sur le bout du nez, s'était pourtant montré assez efficace. Elle s'était imaginé autrement un détective privé — jeune, mystérieux, séducteur, une manière détachée de tenir une cigarette au bout des doigts — et avait failli renoncer quand elle s'était présentée la première fois dans son petit bureau minable, perché au quatrième étage d'un très vieil immeuble du vieux Lille. L'annonce qu'il faisait paraître dans *L'Écho du Nord* représentait un personnage en chapeau mou dissimulé derrière de larges lunettes noires. Rien à voir.

Il avait flairé une histoire d'adultère, de mari qu'il fallait suivre, puis d'héritage, une sombre affaire de famille. Elle ne lui avait rien dit, même pas son nom. Seulement sa mission : découvrir la vérité sur la famille Bondues, les liens véritables qui existaient entre ces quatre femmes. Pour le reste, quelques billets de cent francs avaient eu raison de sa curiosité.

— Cela correspond parfaitement, répéta-t-il. La mère meurt en accouchant d'une fille. Elle s'est préoccupée avant de quitter cette terre de faire garder par sa sœur ce qu'elle avait de plus cher au monde, sa fille.

Il parlait avec emphase, comme un acteur.

— Et si la fille est née dans les Ardennes, comment a-t-elle pu se retrouver dans le Nord, chez sa tante ?

— Elle a pu être confiée à une camarade de sa vraie mère.

Il eut un sourire un peu fat, poursuivit :

— Je me suis renseigné, madame. A cette époque, je ne sais pas si vous l'avez su, les Allemands qui occupaient la région avaient réquisitionné des jeunes gens, filles et garçons, pour les envoyer travailler dans les bois, là-bas. Couper des arbres, paraît-il, pour consolider les tranchées. D'autres disent que c'était pour les usines à papier. Tous ces jeunes ensemble... Vous voyez bien ce que je veux dire. Des naissances, il y en a eu pas mal, ensuite, certainement.

Tout cela était plausible. Cet homme raisonnait avec justesse, en fin de compte. Aller jusqu'au bout, pourtant.

— Vous avez vérifié que cette jeune femme... la mère...

— Augustine Dehaynin ?

— C'est cela. Vous avez vérifié qu'elle avait été déportée ?

— Non, madame. Je ne sais pas si c'est possible. Vous savez, les archives, si elles n'ont pas été détruites, on n'a pas le droit de les consulter.

Elle s'agaçait.

— Mais il y a toujours un moyen de se débrouiller. Retrouver cette famille Dehaynin par exemple. Ou des témoins, je ne sais pas, moi... C'est votre travail.

Elle fouilla son sac, en tira quelques billets de cent francs, les jeta sur la table recouverte de moleskine claire où s'étalaient des taches d'encre.

— Voilà pour vous. Mais je veux des résultats. Sinon, je m'arrangerai autrement.

Il baissa la tête vers la table. Soumis. Ou soucieux déjà de compter les billets.

Elle le détesta.

Aline avait choisi les plus grands salons et le meilleur traiteur de Lille, fait dresser des tentes dans la cour du plus vaste hôtel, lancé des centaines et des centaines d'invitations. Le tout-Lille, le tout-Roubaix, le tout-Tourcoing. Les industriels des environs aussi, belges compris. Elle souhaitait qu'il y eût foule : « Qu'ils viennent manger dans nos mains, avait-elle lancé à Clément Boidin, qu'ils soient obligés de nous regarder en face aussi ; ils seront plus gênés ensuite — un peu, il ne faut pas trop espérer — pour raconter leurs sales histoires ; ils se seront soumis. Pour un soir. Et peut-être pour toujours. »

Elle avait aisément trouvé un prétexte. En 1836, un Louis Surmont, adonné au commerce des laines et à quelques activités de transformation — un peignage, du filage au rouet confié à des paysannes —, s'était lancé sur un plus grand pied, avait créé une vraie filature. Pas très importante, en vérité : douze métiers que faisaient fonctionner deux chevaux tournant sans cesse comme des animaux de cirque. La révolution de 1848 avait ruiné ce Surmont-là, car il travaillait sans trésorerie et la consommation s'était effondrée, d'un coup. Mais enfin, c'était un début. On célébrerait donc le centenaire de cette filature, la première usine Surmont, bien qu'elle ait été seulement l'affaire d'un cousin du grand-père de Laurent. Rares, sans doute, seraient les dupes d'un tel motif à cérémonie et réjouissances. L'essentiel était qu'ils vinssent. Nombreux.

Elle crut, d'abord, avoir perdu son pari. Autour des buffets chargés de candélabres et de plats d'argent, de flacons de vermeil et de longues carafes, les maîtres d'hôtel s'activaient ; les garçons aux cheveux gominés effaçaient les derniers faux plis des nappes damassées qui recouvraient les dizaines de tables rondes, redressaient ici une fleur, écartaient là une assiette, essuyaient d'un revers de manche une tache sur un couvert, bref, faisaient mine d'être occupés, jetant des regards discrets, sournois, vers l'entrée où nul, ou presque, ne paraissait, à l'exception des directeurs des usines, de quelques fournisseurs ou obligés de Clément Boidin soucieux, à l'évidence, d'être les premiers à se montrer. Deux ou trois dizaines de couples seulement, qui se croyaient tenus de parler bas, n'osaient guère s'approcher des buffets, cherchaient des contenances, maladroits et troublés.

Aline se fit verser une coupe de champagne, puis une seconde. Un complot, c'était un complot. Ils, les autres, s'étaient donné le mot, avaient lancé une consigne, pour les humilier. Elle se voyait déjà, le soir, faisant face à Boidin qui n'était pas persuadé de la nécessité d'une telle fête, avait longtemps argumenté, réticent, avant de se laisser fléchir. Elle s'imaginait aussi affrontant son père, qui se garderait peut-être de toute remarque, mais lui lancerait un de ces regards tendrement méprisants dont elle avait souffert depuis l'enfance.

Soudain, pourtant, ce fut la cohue. Comme si le seul complot tramé de Lille à Roubaix et à Tourcoing, de plus loin aussi, avait eu pour but de la faire lanterner, trembler. Les couples se pressaient aux portes, formèrent bientôt une longue file, tandis que des voitures et encore des voitures amenaient de nouveaux invités. Elle avait fait asseoir Laurent Surmont-Rousset dans un fauteuil entre son mari et elle. Pour lui éviter toute fatigue, avait-elle pensé d'abord. Mais elle s'amusa bientôt de les voir se pencher, s'incliner pour le saluer, tous courbés devant leur trio, les banquiers et les maîtres de la laine, du coton et de la dentelle, les hauts fonctionnaires et les élus de la droite, les rois du négoce et les grands rentiers. En smoking et en frac, à l'exception de quelques officiers bardés de médailles, égarés sur ce terrain de fausses manœuvres. Ils s'inclinaient, pour son plaisir, ces hommes qu'elle estimait presque tous pour leur énergie, leur capacité à résister à chaque crise et à rebondir ensuite, leur esprit d'invention et de conquête, mais qu'elle redoutait aussi. Ils murmuraient des mots de félicitations, soulignaient parfois qu'il fallait du courage, par ces temps troublés, pour organiser une telle fête, évoquaient des souvenirs de combats communs, interrogeaient Boidin sur l'avenir comme s'ils reconnaissaient en lui un augure aux prédictions sûres.

Les femmes avaient vidé la bourse que leur octroyait leurs époux. Un chatoiement de couleurs qu'autorisait le début de l'été, des jupes vaporeuses sous des corsages ajustés, des dentelles pailletées, des lamés noirs à carreaux d'or, des crêpes bleus que voilaient des franges bruissantes de soie, des satins brochés, de droites robes de crêpe georgette arrêtées à mi-mollet comme Chanel en avait lancé la mode dix ans plus tôt, des tulles brodés de perles, de très nombreux boléros, quelques boas de plumes d'autruche qui défiaient la chaleur. Là-dessus, des broches en étoile ou en fleur, des rivières de perles, des colliers étincelants, des chaînes comme Chanel — encore elle — en avait créées, chargées de grenats, de verre, de motifs d'or ou d'argent reprenant des têtes d'animaux. Quelques femmes seulement, les plus âgées, avaient gardé chignons et robes noires, simples, amples parfois, souvenirs du temps — pas si lointain — où il était de bon ton de ne pas exhiber sa richesse.

Les temps, justement, changeaient. Claude Lescaves, le mari de Delphine, dont Aline appréciait la vivacité, lui fit remarquer qu'en somme toutes ces dames étaient aux modes, parce que la mode n'existait plus. Malgré Chanel, malgré Schiaparelli sa rivale, qui ne faisaient pas la loi, en dépit de leur talent et des pages que leur consacraient les magazines. Parce que le monde éclatait.

Après que Laurent Surmont-Rousset, Boidin ensuite eurent prononcé quelques phrases de bienvenue, Aline alla de table en table, satisfaite, s'efforçant de ne pas triompher. On la complimentait sur sa robe à volants de dentelle noire, brodée en blanc de feuilles et de fleurs. On s'extasiait sur son collier d'émeraudes carrées serties de diamants ronds — un cadeau de Clément pour leur quinze années de mariage, expliquait-elle, mais ils avaient fêté cet anniversaire-là dans l'intimité, à Paris. Elle crut bon d'ajouter parfois que c'était au retour de leur voyage précipité en Charente, quand ils avaient cru l'oncle Lucien sur le point de mourir, une fausse alerte, heureusement : faisant étape dans la capitale, ils avaient décidé, le soir, de célébrer seuls, en couple, ces quinze années de bonheur ; et le lendemain, alors que les joailleries de la place Vendôme ouvraient à peine, Clément lui avait offert la surprise de ce superbe bijou.

Quelques dames feignaient la jalousie, taquinaient leurs époux qui n'en auraient pas fait autant, assuraient-elles, surtout pendant ces jours de troubles. D'autres baissaient les yeux, sceptiques peut-être, sceptiques sûrement. Aline crut même deviner, sur quelques visages, des sentiments d'ironie. Se promit de ne pas oublier les noms, d'en garder à l'esprit une petite liste. Elle nota aussi que les conversations s'arrêtaient quand elle surgissait près de certains groupes. A vrai dire, elle s'en moquait. Puisqu'ils étaient venus, puisqu'ils s'étaient inclinés devant son couple et son père, sa vérité était acceptée, devenait en quelque sorte officielle. La vérité.

IV

Le marchand de barbe à papa, un petit bonhomme au visage ridé comme une vieille pomme, sourit comme un bébé.

— Alors, les amoureux, lance-t-il, c'est pour bientôt le mariage ?

Aurélie regarde Paul Bonpain, qui la regarde, qui sourit. Elle n'est pas certaine qu'il ait entendu. La place de la Bastille vibre de mille bruits. Ceux des manèges et des baraques foraines, ceux des musiciens et des chorales du Front populaire installés sur une grande tribune où flottent les drapeaux rouges, les tricolores, et les pavillons de toutes les provinces, où se dressent aussi les portraits de Robespierre, Marat, Voltaire et Jean Jaurès. Un tintamarre. Ceux-ci chantent « La Marseillaise » et « L'Internationale », ceux-là clament « Ça vaut mieux que d'attraper la scarlatine », tandis que de jeunes hommes juchés sur les toits des taxis s'égosillent à annoncer qu'il faut prendre garde à la Jeune Garde car « c'est la Révolution qui commence, la revanche de tous les crève-la-faim ». Assises aux terrasses des bistrots, ou au bord des trottoirs, les familles reprennent en chœur, les gosses piaillent, se disputent, s'arrachent les brassards rouges que vendent des camelots entre sandwiches et cornets de frites.

La ducasse, la fête, pense Aurélie. La plus grande ducasse qu'elle ait jamais imaginée.

Elle souhaite que Paul Bonpain n'ait pas entendu la question du petit marchand de barbe à papa. Elle n'a pas résisté lorsqu'il l'a prise par la main pour l'entraîner jusqu'à celui-ci. Mais elle voudrait à présent rejoindre les autres membres du comité. Ce Paul aux allures de sportif, en polo et pantalon de golf, lui plaît, c'est vrai. Elle a apprécié son calme pendant la grève, le sérieux de ses interventions lors des réunions, parfois houleuses, du comité où ils étaient les deux seuls jeunes. Mais il ne faudrait pas qu'il croie. D'abord, il est communiste. Donc.

Quand les membres du comité de grève, qui ont continué à se retrouver après la reprise du travail — parce qu'on ne sait jamais, que la lutte n'est jamais finie —, ont décidé d'aller tous ensemble participer au défilé parisien du 14 Juillet, elle a beaucoup hésité. Cela sentait la politique. Pas son affaire à elle. Et puis, les autres ont tellement insisté : « On s'est tenu les coudes au combat, on ne va pas se quitter pour la fête de la Victoire. » Sa mère s'est mise de la partie. Elle avait promis, elle, d'accompagner le vieux Fauconnier, son voisin de courée, à Malo-les-Bains, la plage de Dunkerque : à soixante-douze ans, il n'avait jamais vu la mer et la Compagnie des chemins de fer du Nord proposait des prix alléchants pour amener des foules de Lille à la côte dans des « trains du plaisir ». Julia Bondues a expliqué à Aurélie que ce n'était pas la place d'une jeunesse comme elle, qu'elle s'ennuierait avec ce vieux ronchon. Elle-même, déjà, n'y tenait pas vraiment, mais c'était en somme une bonne œuvre. Que sa fille saisisse l'occasion d'aller à Paris, puisqu'elle n'y avait jamais mis les pieds.

Partis dans la nuit, débarqués au petit matin sous un ciel gris, ils ont admiré, sur les Champs-Élysées, les chars lourds et les canons, les nouveaux uniformes kaki de l'infanterie de forteresse, celle qui occupe les fortins de la ligne Maginot. Ils ont même crié « L'armée avec nous » au passage des Africains en shakos et des gardes républicains. Mais cet après-midi, à la Bastille, attendant le passage des cortèges qui vont confluer vers la place de la Nation, ils se sentent vraiment entre eux. Chez eux. Bien.

Voilà que déferle enfin la vague des casquettes et des bérets, hérissée de pancartes, ondulant sous les drapeaux et les drapeaux, les banderoles et les banderoles. Tous les poings levés : ceux des hommes souvent vêtus de noir parce qu'ils ont mis leur plus beau costume, celui de leur mariage, dont beaucoup ne parviennent plus à fermer la veste, mais qu'importe. Puis les femmes en robes rouges, les premières en bonnets phrygiens, des gerbes de blé dans les bras. Avec elles une pancarte : « Donnez des droits à celles qui donnent la vie. »

Aurélie applaudit.

Ce raz de marée l'inquiète. Elle craint de s'y noyer. S'interroge encore sur ses raisons d'être là. Mais cette pancarte, elle l'applaudit. Parce qu'elle se demande toujours pourquoi son institutrice qu'elle admirait, qui l'a amenée jusqu'au certificat d'études — première du canton, zéro faute à la dictée —, pourquoi Mme Destombes, donc, n'a pas le droit de voter, tout comme sa mère, Julia, si méritante pourtant, alors que le père Grétillat, l'ancêtre de la courée, qui ne sait même pas signer son nom, dont la bedaine est un tonneau de bière et la bouche un entonnoir à Pernod, peut à chaque élection glisser dans l'urne un bulletin qu'il n'a sans doute même pas pu identifier. Ce sont les sénateurs, de vieux barbons, qui ont refusé d'accorder aux femmes le droit de vote, lui a dit Paul le matin. Paul qui lui expliquerait bien toute cette politique qui l'intéresse, mais dont elle craint de connaître mieux les tours et les détours, sans doute sales, voire répugnants. Paul qui dresse le poing, crie avec les autres, enthousiaste et joyeux. Il est communiste. Alors...

Toujours les poings levés. Ceux des métallos de Renault, des milliers, qui ont fait grève deux fois, en mai et en juin. Paul lui a dit que ce sont les communistes, la deuxième fois, qui les ont poussés à reprendre le travail.

Ce qu'elle n'a pas compris : les communistes, contre la grève ?

La foule des trottoirs, quoi qu'il en soit, applaudit.

Et voici les mineurs du Nord, en casque de cuir et serre-tête bleu, portant des lampes, quelques-uns des pioches. Elle songe à François, qu'elle n'a pas connu, François dont la photo jaunie, un peu gondolée maintenant, occupe toujours la première place, au centre, sur le buffet de la cuisine, dans l'étroite maison.

Des femmes accompagnent ces mineurs, beaucoup de jeunes filles portant foulard sur la tête, comme au travail quand elles séparent charbon et pierres noires. Mais quelques-unes le laissent flotter autour du cou, pour montrer leur indéfrisable, les ondulations dorées de leurs cheveux que la poudre noire, cette fois, n'a pas souillés.

Ses sœurs, ce sont ses sœurs. Aurélie se tourne vers Paul :

— On y va ?

Il semble à peine surpris, acquiesce. Les voilà dans le cortège, main dans la main. Il crie des slogans, comme les femmes autour d'eux. Il chante « L'Internationale », comme les filles autour d'eux. Elle s'y refuse, accompagne seulement « La Marseillaise ». Alors, il se tourne vers elle, lui sourit, taquin, complice. Elle lui sourit. Elle est heureuse.

Le soir, sous la pluie, quand ils retrouveront au point de rendez-vous les autres membres du comité, Paul lui demandera s'ils peuvent sortir ensemble, le dimanche suivant. Elle répondra oui, avant de se reprendre : ce jour-là, elle doit aller voir sa sœur, au sanatorium.

« Mais le dimanche d'après, peut-être. »

Il se contentera de ce peut-être, n'insistera pas. Elle lui en saura gré.

D'ici là, après tout, ils se reverront. A l'usine.

Les toux se sont calmées. Le silence est tombé sur les alignements de lits blancs. Poignant. Juliette n'aime pas ces silences qui la ramènent à ses peurs et à ses peines, qui réveillent toutes les angoisses de celles qui sont couchées là, mais qu'étourdissent d'ordinaire le passage des infirmières, les cris des filles de salle, les allées et venues des femmes qui ont le droit de se lever, qui savent se tenir debout, qui vont d'un lit à l'autre, se disputent, racontent leurs amours et leurs terreurs, plaisantent ou pleurent. Mais vivent. La peur au ventre, les larmes aux yeux. Mais vivent encore.

Aujourd'hui, celles-là, celles qui marchent, ont toutes quitté la longue salle grise pour aller écouter le reportage sur les fêtes du 14 Juillet diffusé par un gros poste Ducretet-Thomson que l'administration a installé au croisement de deux couloirs.

Juliette n'a pas le droit de bouger. Repos absolu de rigueur. Les deux poumons sont atteints. L'avortement n'a rien changé, bien sûr : si elle s'y est résignée dès qu'elle s'est sue enceinte, c'était justement parce qu'un médecin, au dispensaire, lui avait fait passer une radio qui montrait l'étendue du mal. Elle n'a pas voulu que le bébé en souffre, elle s'est mis dans la tête qu'il naîtrait handicapé, forcément, d'ailleurs elle avait déjà entendu des histoires de ce genre, et qui pouvait certifier qu'elle vivrait encore six mois plus tard ?

Cela, elle ne l'a pas dit à sa mère, elle n'a pas osé, parce qu'elle ne voulait pas l'inquiéter sur son état de santé. Une bêtise, elle le sait maintenant. Mais elle n'est pas disposée à l'avouer. Elle garde pour elle ses regrets. C'est comme cela. On peut la juger trop fière, trop secrète, une « fière cul », comme disent quelques-unes, à l'usine, toujours prêtes à raconter en détail leurs histoires de bonshommes, de santé ou de famille. Pas son genre.

Elle n'a même pas craqué quand sa mère, affolée, tellement tendre aussi, l'a interrogée à l'hôpital après cet avortement sanglant. Elle a tout mis sur le compte du garçon, un amoureux de son amie Simone. Un petit boutiquier de Lille qui était débarqué un soir, à demi ivre, presque en pleurs, dans le deux-pièces qu'elles se partageaient.

Les créanciers aux trousses, la justice aussi, il venait d'être mis en faillite. Simone absente, elle avait tenté de le consoler. Les bonnes paroles n'avaient pas suffi. Il l'avait bientôt saisie aux épaules, comme il l'aurait fait d'une sœur aimée. Mais une main était descendue jusqu'à son sein droit. Elle l'avait laissé faire, troublée, attendrie. Elle ne pensait pas qu'il irait plus loin. Elle ne manquait pas d'expérience pourtant : elle avait déjà fréquenté deux garçons, elle connaissait le désir des hommes. Il avait fini par la basculer sur le lit, bien qu'elle se débattît, mollement pour ne pas attirer l'attention des voisins : dans ces habitations à bon marché on entendait tout à travers les murs.

Et puis, elle se laissait un peu aller, fataliste, depuis qu'elle se sentait si fatiguée, que des quintes de toux, certains soirs, lui déchiraient la poitrine. Elle craignait vaguement la tuberculose, mais ne voulait pas se l'entendre confirmer. Ce jour-là, justement, quand Hubert Delmont était venu taper à la porte de Simone, elle était allée jusqu'au dispensaire pour consulter, passer peut-être une radio. Mais à la dernière minute, presque arrivée à la porte, elle y avait renoncé. La peur de savoir. La honte de reculer.

Le garçon, que l'alcool et la brutalité du désir rendaient un peu maladroit, l'avait prise sans précaution. S'était excusé ensuite, penaud. Un mollasson, en vérité, qu'elle avait fini par jeter à la porte. Elle n'avait rien dit à Simone. Il ne s'était plus montré. Mais une fois avait suffi.

Quand Juliette a raconté cette histoire à sa mère, elle l'a présentée comme un viol, presque. Ce qui était un peu vrai, après tout. Julia Bondues a presque crié qu'elle irait lui dire deux mots, à cet Hubert Delmont. Elle n'a trouvé que boutique fermée et bonhomme disparu.

Ensuite, il a bien fallu lui parler de la tuberculose. C'est Aurélie qui s'en est chargée. Juliette ne se sentait pas de force. Elle craignait de transmettre sa peur à sa mère. Elle sait aussi comme les tuberculeux deviennent parfois un objet de terreur : la contagion. Elle a connu à l'usine une femme qui avait fui avec ses enfants l'appartement où elle vivait avec son mari malade.

D'ailleurs, quand Juliette est retournée au travail, deux jours seulement — « pour l'honneur », disaient Aurélie et leur mère, « pour faire chier les autres », pensait-elle —, les autres justement ne lui avaient guère fait fête, s'étaient écartées au contraire, comme si elles savaient. Car ce n'était pas l'histoire d'avortement qui les éloignait, elles en avaient vu d'autres. C'était la crainte. Si bien qu'elle les avait un peu provoquées, l'air de rien, en allant leur parler dans la figure, en leur soufflant presque au nez. Comme une idiote peut-être. Mais une idiote qui ne dormait presque plus la nuit, tant elle craignait pour sa vie, et qui se demandait toujours qui lui avait passé cette saleté.

Ici au moins, au sana, les choses sont claires. Le jour, on parvient à cacher sa peur. Il arrive au contraire, la nuit, que l'on entende des sanglots étouffés. Des femmes parfois — dans un rêve ? — appellent leur maman. L'autre semaine, l'une d'elles, une des plus âgées, mère de trois enfants, s'est dressée dans son lit, hagarde, affolée, criant qu'elle étouffait et réveillant celles qui avaient réussi à s'endormir. Quand l'infirmière de nuit est repartie, après avoir calmé tout le monde, Violette s'est levée pour enguirlander, violente, la pauvre femme.

Violette occupe le lit voisin de Juliette. Depuis des mois qu'elle est au sana, elle s'est acquis dans la salle une sorte d'autorité presque incontestée, joue les petits chefs, même devant les infirmières. Il lui arrive de consoler les « tubardes » affolées, de jouer les gamines comme pour retrouver l'enfance, le temps heureux d'avant la maladie, de raconter aussi comment le jeune médecin toulousain qui est en stage dans leur service la coince dans les couloirs pour lui caresser la poitrine qu'elle a fort belle — « creuse mais belle », dit-elle, souriante, un brin arrogante. Juliette est certaine de l'avoir entendue pleurer, elle aussi, la nuit.

Car Violette ne nourrit guère d'illusions. Dès le premier jour, elle le lui a confié. Un vrai cours sur la tuberculose, des bacilles de Koch — « on dit les BK » — aux cavernes et du pneumothorax à la thoracoplastie, un cours assaisonné d'un total scepticisme sur l'efficacité de tous les traitements, exemples à l'appui. De quoi convaincre Juliette qu'elle avait désormais deux ennemis à vaincre : la maladie, bien sûr, et le cafard.

Pour l'heure, Violette regagne son lit. La séance de TSF est terminée. Le défilé du 14 Juillet a été un vrai succès, glisse-t-elle à Juliette, et Paris est en fête malgré la pluie. Il se passe aussi des choses en Espagne, mais elle ne sait pas quoi au juste. Elle s'est surtout intéressée au Tour de France. Dans l'étape des Pyrénées, aujourd'hui, Speicher est tombé. Un autre Français, Archambaud, garde le maillot jaune, devant le Belge Sylvère Maes. C'est son favori, Sylvère Maes. Elle lui a écrit plusieurs fois, depuis le début du Tour, puisque le journal sportif, *L'Auto*, qu'un homme de service lui prête, donne les adresses où l'on peut écrire aux coureurs. Sylvère Maes n'a pas encore répondu. Il n'en a guère le temps bien sûr. Mais Violette ne désespère pas tout à fait. Elle attend une lettre pour l'été. « Si je suis encore là », chuchote-t-elle. Et elle se cache sous les draps.

Les trains s'étaient succédé, bondés de familles entassées sur les bancs de bois des troisième classe, de gamins des patronages emmenés par de jeunes vicaires en soutane, de fanfares et d'harmonies municipales qui peinaient à se regrouper avant de traverser la ville, jusqu'à la plage, en jouant des pas redoublés.

Julia avait choisi l'une d'elles, presque au hasard, pour les beaux uniformes galonnés de ses musiciens et leurs casquettes plates d'aviateur, une fanfare qui s'était assemblée derrière trois jolies cantinières et un tambour-major en chapeau à plumes. Ils étaient une centaine, venus de Valenciennes disaient les lettres d'or de leur bannière pourpre, qui prirent le départ les premiers, raides, sérieux comme des papes, tambours battant, clairons tourbillonnant par-dessus les têtes avant de sonner, trombones rutilants. Femmes et enfants suivaient en cortège, les bras alourdis de sacs et cabas chargés de maillots, de serviettes et de provisions pour la journée. Le vieux Fauconnier, que ces airs martiaux avaient ragaillardi, marquait le pas, tête haute, demandant parfois si elle était loin encore, la mer, impatient comme un fiancé qui attend sa promise. Et il s'était arrêté, stupéfait, au déboulé d'une rue, incapable de dire un mot, en apercevant cette masse vert et bleu, ourlée de vagues, où s'ébattait déjà une petite foule de familles.

Le ciel faisait grise mine, pas brillant pour un 14 Juillet. Mais il se chuchotait que le vent finirait par écarter les nuages. A l'heure de la marée, affirmaient les informés. Quelle heure ? Ils ne le savaient pas exactement.

Ce fut vrai. Enfin : presque. Vers midi, la grisaille, repoussée, avait laissé place à des traînées blanches puis de gros nuages, d'un roux laiteux, qui s'enroulaient, se déchiraient, se dressaient comme des statues d'immenses et rondes Vénus, mais permettaient au soleil de se tailler d'assez larges places. Tandis que la mer, c'était vrai aussi, enflait, s'avançait peu à peu sur le sable si fin, presque une poussière, lançait en avant-garde des vaguelettes d'écume aux allures d'étranges et minuscules monstres marins avec lesquels des centaines de gosses piaillants jouaient à se faire peur.

Après qu'ils eurent regardé et regardé ce spectacle toujours renouvelé, que le père Fauconnier eut trempé dans

74

l'eau ses orteils aux ongles jaunes et déformés, et regretté qu'il ne soit plus en âge, sinon elle verrait, car il avait toujours rêvé de nager, Julia l'a amené au début de la digue, là où se serrent les petits bistrots. Elle a repéré l'un d'eux des années plus tôt, lorsqu'elle est venue avec ses filles. Presque une baraque, surchargée d'enseignes pour les apéritifs Dubonnet, Byrrh, Saint-Raphaël, les bières Motte Cordonnier ou Duflos. Sa toiture de tôle est rouillée. Elle fait tache devant le casino moderne, les belles villas et les hôtels aux architectures baroques qui tentent, étrangement, de copier à la fois la Perse, la Russie et l'Espagne.

Le patron du bistrot, l'allure et la tenue d'un boucher, une casquette de marin sur un crâne presque chauve, n'a pas changé, un peu grossi peut-être. Il a fait mine de reconnaître Julia, ce qui l'a flattée. Ce sera donc des moules et des frites, et de longues pintes de bière.

Le vieux Fauconnier, presque muet encore, regarde à peine la plage où se dressent, verticales, des tentes étroites et pointues comme des clochers, bariolées de vives couleurs. Il n'a d'yeux que pour la mer, plus lointaine, qu'il avait imaginée moins vivante, dit-il, plate et calme comme un étang, mais dont, soudain loquace, il explique qu'elle est sans doute peuplée, là-bas, bien loin, de poissons inconnus, de petits monstres dont il rêve la nuit, que l'on ne verra jamais parce qu'ils savent éviter toutes les diableries inventées par les hommes pour les pêcher, d'animaux marins étranges cachés là depuis l'origine des temps, depuis Noé peut-être.

Car il connaît bien l'histoire de Noé et, tout en prenant posément une frite entre les doigts — elles sont bien meilleures ainsi, sans le goût de ferraille de la fourchette —, il en détaille tous les épisodes, soulignant qu'après tout nul ne sait si ce personnage qui vécut si longtemps n'a pas emmené un jour son arche de ce côté du monde.

Julia l'écoute à peine. Elle se revoit à cette même table, ou peut-être est-ce la voisine, avec ses filles. Un moment de bonheur, de ceux qu'il faut savoir goûter, saisir au vol. Les gamines avaient pleurniché pour acheter un paquet de cacahuètes et monter sur l'un de ces ânes gris aux oreilles pomponnées de rouge qui défilaient sur le sable, nonchalants, entre les parasols, les tentes, et les couvertures étalées par des familles pour marquer leur territoire d'un jour. Elles s'étaient disputé les maillots de location. Des riens. Le bonheur, quand même. La confiance totale.

Aujourd'hui, l'éclatement, le désarroi, l'inquiétude provoquée par la santé de Juliette, dont Julia pense qu'elle ne lui a pas tout dit, vraiment tout, sur cette histoire d'avortement. Comme si elle avait peur, comme si elle voulait cacher quelque chose, quelque chose que sa mère ne pourrait entendre ni comprendre. Alors qu'une mère, juge-t-elle, peut tout entendre. Alors qu'elle avait tenté d'établir depuis toujours entre elles cette règle simple : « On se dit tout. »

C'est sur cette plage, justement, six ou sept ans après la guerre, qu'elle a parlé avec Aurélie de sa naissance, lui a révélé qu'elle n'était pas sa fille. Enfin : pas la fille de son ventre, mais celle de son cœur. Les deux autres étaient parties sauter entre les vagues, elle les surveillait, assise sur le sable. La foule était moins nombreuse. C'était l'époque où les baigneuses pudibondes ou frileuses se faisaient emmener jusqu'à l'eau dans des cabines roulantes au toit pointu que tiraient de solides percherons. Quelques dizaines de familles seulement se partageaient l'immense plage où rôdait un vilain vent frisquet et elle n'avait pas voulu qu'Aurélie, enrhumée, quitte pull et jupe pour jouer dans l'eau, s'amuser à s'éclabousser. Ce qui faisait pleurer la petite. Elle avait traité Julia de « mauvaise maman », déclenchant ainsi, imprévues, les confidences.

Aurélie, alors, n'avait pas cillé. Posé seulement des questions. Elle voulait tout savoir. Mais il y avait peu à dire. Sauf l'abbé Vanparys tué à la fin de la guerre, ses neveux qui, ayant emporté tous les papiers, n'avaient pas répondu aux lettres de Julia. Qui, c'est vrai, avait alors craqué. Puisqu'elle se heurtait à ce silence, elle garderait l'enfant. « J'ai été égoïste, je me suis arrangée avec de faux papiers. Dans la pagaille de l'époque, c'était facile. » Et puis, prise de remords, elle était repartie à l'assaut du nouveau curé, lui avait reproché son manque de confiance : il pouvait bien lui donner l'adresse de ces gens-là au lien de vouloir jouer les intermédiaires ! « Il parlait toujours de discrétion, mais c'était ton bonheur, le bonheur de ta mère, peut-être, qui comptaient. » Il avait fini par céder. Elle était allée sonner à la porte de ce couple de neveux, de drôles de gens, qui ramassaient des peaux de lapins à travers les campagnes pour les vendre aux usines. « Des gens qui ne pensaient qu'à eux puisqu'ils n'avaient même pas pris la peine de me répondre. » Elle les avait suppliés. Qu'ils veuillent bien chercher un nom, une trace, une indication. Mais non : affaires de famille exceptées, ils avaient tout bazardé. « Des lourdauds, des brutes que rien n'intéressait, qui vivaient le nez sur leurs peaux de lapins. Des égoïstes. »

A ce moment, elle se voit encore, elle voit encore Aurélie qui semblait avoir oublié la mer et le jaillissement de ses vagues, la plage et ses cris, elle se voit encore près de pleurer : « Moi aussi, j'avais été égoïste, c'est vrai. Pendant des mois. Avant d'aller revoir le curé pour lui arracher l'adresse puisque les autres ne répondaient pas. C'est que, d'abord, j'étais contente qu'ils ne répondent pas, j'avais peur quand je voyais passer le facteur, peur qu'il apporte une lettre de ces gens. Parce que je voulais te garder. Je t'aimais. Je ne pensais qu'à moi. Et à toi aussi, c'est vrai, parce qu'on ne sait pas ce que tu serais devenue, où tu serais tombée. J'ai peut-être perdu du temps. Tu me pardonnes ? »

Aujourd'hui encore, elle se demande ce que la gamine, à ce moment-là, a compris de ce long discours, de ce fleuve de mots mal contrôlé. Elle se souvient seulement de l'élan d'Aurélie, qui s'est nichée contre elle, de ses yeux immenses qui la fixaient, elle entend encore, elle entendra longtemps, son « Je t'aime, maman ».

Le vieux Fauconnier qui, après Noé, a évoqué d'autres patriarches, a maintenant terminé ses frites. Il commande des cafés, avec un peu de lait froid s'il vous plaît, regarde encore les bariolures de la plage, cligne les paupières pour mieux observer l'avancée d'un long cargo, qu'il distingue sans doute à peine, si loin là-bas, près de la ligne d'horizon.

— Il va peut-être à Valparaiso, rêve-t-il. Ou à Shanghai. Ou Bornéo. Loin.

Il comprend qu'elle l'écoute si peu.

— Vous étiez dans vos pensées, hein ? Vous inquiétez pas. Faites pas attention à moi.

Elle esquisse un sourire un peu contraint, se secoue comme pour chasser regrets et inquiétudes.

— Et si on allait faire un tour sur la digue ? Vous verrez, il y a de beaux magasins. Des orchestres aussi, aux terrasses des cafés, des accordéonistes.

Il se sent d'attaque, il est d'accord.

Ils se mêlent à la foule des promeneurs. Elle pense au défilé de Paris. Aurélie qui s'est laissé entraîner dans cette affaire. Mais elle est forte. Très. Julia voudrait bien savoir d'où elle a hérité cette énergie. D'un Allemand ? D'une putain de Lille, une « poule de luxe » comme on dit à l'usine, assez riche pour payer une grosse mensualité à la nourrice de sa fille jusqu'à la fin de la guerre, et qui est ensuite disparue ? Ou bien d'une « fille à papa », de la femme d'un prisonnier, d'un soldat. Quelqu'un qui ne manquait certes pas d'argent, qui n'a rien fait — c'est étrange — pour retrouver ensuite sa fille. Qui l'a abandonnée à Julia en somme. Et qui peut-être, sans y prêter attention, la regarde passer, aujourd'hui, derrière la fenêtre d'une de ces belles villas.

— J'aurais dû amener mon canari, dit soudain le père Fauconnier. Il n'a jamais vu la mer, lui non plus.

Son canari est un des bonheurs de la courée. Quand le soleil grimpe assez haut dans le ciel pour éclairer l'étroit passage entre les petites maisons, ce qui ne dure jamais bien longtemps, le vieux retraité accroche la petite cage à la fenêtre et l'oiseau, heureux, chante. Il peine à se faire entendre depuis que plusieurs habitants ont acheté des postes de TSF : comme une mode, tout à coup, pour écouter à la radio le reportage des funérailles de la reine Astrid de Belgique, si belle, bien plus que les vedettes des films, et morte dans un bizarre accident de voiture dont le roi son mari, qui conduisait, n'a presque pas souffert ; ils ne voulaient pas rater cela, une occasion de pleurer et de rêver, c'était à qui aurait son poste le premier ; à crédit bien sûr ; c'est une autre mode nouvelle, le crédit, mais Julia s'en méfie ; après, on ne sait plus où passe son argent. Bref, l'oiseau souffre de cette concurrence puisque, quand le soleil se hasarde dans la courée, toutes les fenêtres s'ouvrent, et se mêlent alors les musiques et les chansonnettes de Radio-Normandie, de Luxembourg et d'Hilversum, une station hollandaise dont beaucoup aiment bien le programme musical.

— J'aurais dû emmener mon canari, répète Fauconnier.

— Il n'en serait pas revenu. Vous l'imaginez dans ce train bondé ?

Elle rit. Elle n'a pas ri depuis longtemps. Depuis que. Juliette.

Ils croisent quelques gamins éméchés, des musiciens, casquettes en bataille, qui, concert terminé, jouent encore du clairon pour épater les filles.

Le bonheur serait-il encore possible ?

Laurent Surmont-Rousset arrête la radio où un speaker au ton solennel vient d'évoquer, longuement, le défilé militaire du matin et de signaler celui des partis de gauche et des syndicats l'après-midi.

Il ne veut pas en savoir davantage. Il sonne pour appeler une bonne. C'est la petite brune qui se présente. Odile. Elle se prénomme Odile et respire la joie de vivre, paraît encore une enfant, à peine faite, baignée de grâce innocente et claire. Une jolie poitrine pourtant que l'on devine sous la robe noire et le tablier blanc, et qu'il aimerait caresser. Mais il n'ose pas.

Il lui commande un thé. Il n'aime pas vraiment celui qu'Aline lui a trouvé et presque imposé, qui est si proche, assure-t-elle, du Dong Yang Dong Baï qu'il aimait et ne parvient plus à se procurer.

Elle a beau dire, ces deux thés n'ont rien de commun. Ce n'est pas que celui-ci soit mauvais, mais voilà : il lui manque le fumet très particulier du Dong Yang Dong Baï. Il n'en fera pas la remarque à sa fille. A quoi bon ? Elle penserait qu'à son âge, on se perd dans des nostalgies. Il déteste se sentir vieux dans le regard des autres.

Comme, sans doute, dans celui de cette petite Odile qui revient, chargée d'un plateau d'argent, le dépose sur la petite table avec précaution et lorsqu'elle se penche ainsi, il aperçoit la peau, si blanche pour une brune, de son cou. Il voudrait y hasarder la main. Mais il n'ose pas. Elle crierait peut-être. Ou le laisserait faire puisqu'il est le patron. Quoique aujourd'hui... On le traiterait de vieux barbon, de vieil obsédé, comme si un tel geste était déplacé, beaucoup plus honteux, quand il est le fait d'un homme de son âge. On ne pardonne pas grand-chose aux vieux. Tandis qu'il faut bien, n'est-ce pas, que jeunesse se passe.

La petite bonne est partie, légère. Il se débarrasse vite du thé qui lui paraît moins chargé de douces senteurs que jamais, reprend les comptes de la Lainor que son gendre lui a fait porter. Ils sont décidément très bons : en dépit de toutes les crises, le fichier des clients, des clientes plutôt, dépasse maintenant plusieurs centaines de milliers de noms. Boidin avait raison d'évoquer toutes ces femmes qui tricotent, le soir quand les enfants sont couchés, l'après-midi quand ils sont en classe, et qui fabriquent des pulls, des écharpes, des layettes. C'est qu'il avait vu faire sa mère, sans doute, et leurs voisines, dans sa jeunesse.

Laurent Surmont-Rousset se souvient de ce que lui a lancé Oustland, le grand filateur, à l'annonce des fiançailles d'Aline : « Alors, votre fille va épouser un homme du peuple... Il est vrai qu'elle est veuve. » Oui, mais un homme du peuple sait ce que le peuple veut, ce qu'il consomme, comment il vit, ce qu'il a besoin d'acheter. La preuve : la création de la Lainor. Et où en est-il Oustland, aujourd'hui ? Il n'a pas survécu à la grande crise : en 1932, il a été contraint de vendre ses usines à bas prix, presque à la casse. Dans le même temps, Boidin transformait son usine de Roanne pour fabriquer de la rayonne, en utilisant le procédé viscose, comme les Lyonnais, les gens de la Rhodiaceta. Il appelle cela la soie artificielle et ça marche. Ça marcherait mieux sans les crises et les grèves, mais c'est l'avenir. La preuve : l'Allemagne où Hitler finance la recherche des produits capables de remplacer les matières premières qui font défaut au pays. Les Français se moquent de ces ersatz. Il n'empêche que l'industrie chimique allemande va bientôt produire du pétrole et du caoutchouc synthétiques. C'est l'avenir.

Il faudrait à présent que la Lainor propose à ses clientes plus que de la laine, des chaussettes et des sous-vêtements : des tissus, des draps, des couvertures comme le font déjà La Redoute et La Blanche Porte, dont on voit partout le slogan : « De notre usine dans votre lit. » La vente directe. Là, Boidin a un peu de retard quand même. Trop sûr de lui peut-être. Il faudra le pousser.

L'autre soir, Laurent Surmont-Rousset est passé à l'office, comme par mégarde. En réalité, il savait y trouver la petite Odile. Elle tricotait une brassière blanc et rose qu'elle a tenté de cacher, prise en faute, à son entrée. Il l'a rassurée. Elle lui a expliqué que le petit vêtement était destiné à une nièce et elle suivait pour le faire — un point comme ceci, deux autres comme cela, puis on tourne un fil — une sorte de recette qu'elle avait recopiée elle-même, d'une écriture appliquée d'écolière dans *Pénélope*, un journal de tricot lancé par La Redoute. Il est resté à bavarder, la regarder. Elle paraissait surprise, lui répondait à peine. Avec un sourire coquet pourtant. Qui accentuait un trait de rouge à lèvres qu'il n'avait pas remarqué. En la regardant il a pensé : un journal de tricot aussi gai, coloré, pratique soit-il, ne suffirait pas au bonheur des femmes du peuple. Elles avaient droit, comme les autres, à un magazine de mode. Qui les ferait rêver, acheter, consommer.

Ce soir-là, il était pris aussi de l'envie, folle, de saisir la main de la jeune fille et de l'entraîner dans sa chambre. Il a fait le compte : voici plus de dix ans qu'il n'a plus serré un corps de femme contre le sien.

Un vent sec et chaud, le fœhn disent les habitants, court dans la vallée, se faufile dans les rues de Berchtesgaden. Mais personne n'y prend garde. C'est la fête chaque jour ici quand le Führer vient dans sa résidence du Berghof, un peu plus loin, à quatre kilomètres de la station de ski. Qui a un peu oublié, il faut bien le dire, qu'elle a d'abord vécu du ski. Ses boutiques vendent plutôt des photos d'Adolf Hitler, en civil, en chemise brune, en uniforme, dans toutes les tenues et toutes les compagnies, des cendriers-souvenirs aussi et des petits chalets de bois qui font entendre quelques notes du « Deutschland über alles » où des chants du parti quand on soulève leur toit.

Oscar voudrait bien en acheter mais Gertrud le retient, le ramène dans la rue : il sera toujours temps de s'encombrer de ces objets quand on sera redescendu du Berghof où il y a une chance d'apercevoir le Führer, paraît-il, en fin de matinée. Donc, pas question de s'attarder. Il existe bien un autocar de la poste du Reich qui mène les touristes jusque-là, par la route tracée à flanc de montagne entre prairies et forêts. Mais ils sont trop nombreux aujourd'hui. Il faut aller à pied. Comme des pèlerins. Oscar et Gertrud se glissent dans la file. Colorée. Remuante et recueillie. Des gymnastes en tricots clairs et pantalons repassés impeccables. Des groupes de jeunes en chemise vert olive avec un baudrier passant sur l'épaule qui semblent jouer aux soldats. Des paysans, nombreux, souvent en costume bavarois. Des classes menées par des musiques de gamins avec tambours plats comme des galettes, fifres, trompettes et même une grosse caisse qu'il a fallu faire porter par deux gosses, ce qui a amusé Gertrud. Mais Oscar l'a réprimandée. Doucement. Il aime cette musique. C'est son bonheur de l'entendre quand ils vont à Munich. Il se garde toujours une heure, au moins, pour s'installer dans une brasserie et écouter.

Des brasseries, il n'en manque pas à Berchtesgaden, qui proposent repas à prix modérés et bière sur des terrasses ombragées, avec musiciens bien sûr, qui ne jouent pas des marches militaires ceux-là, plutôt des chansons à la mode, des ritournelles d'amoureux, des rengaines joyeuses. Car l'Allemagne est gaie. L'Allemagne est heureuse.

Une société cycliste passe, les rayons des roues enveloppés de papiers de couleur. Un groupe d'anciens combattants aussi, qui marchent au pas, arborent des rangées de médailles. L'un d'eux a le visage défoncé, plus de nez, c'est à peine si on lui voit les yeux. Oscar est ému. Il se dit qu'avant, dans la vie dont il ne se souvient plus, ou si peu, dont il ne veut plus se souvenir alors que, parfois, lui revient l'image d'une jeune femme, il a peut-être tiré sur celui-ci, ou celui-là. Ce sont eux, pourtant, les Allemands, qui l'ont sauvé, là-bas, en Belgique. Pas les Français qui l'avaient laissé pour mort. Les Français qui, plus tard, dans le camp de prisonniers dont il a oublié le nom — il a ainsi des trous de mémoire, il n'aime pas demander toujours des réponses à Gertrud, il laisse aller, tant pis — dans ce camp donc, ils l'ont accusé des pires choses, maltraité.

Voilà pourquoi il est devenu allemand. Avec le gouvernement de révolutionnaires qui avaient pris le pouvoir à Munich juste après la guerre, c'était facile. Ils parlaient de l'union entre les prolétaires de tous les pays. Alors, Français, Allemand, pareil. Il ne regrette pas. Il est heureux avec Gertrud. Il a craint la pagaille et la ruine, surtout quand la monnaie ne valait plus rien, que les marks se comptaient par millions. Mais aujourd'hui, depuis qu'Adolf Hitler a pris le pouvoir, tout est rentré dans l'ordre. Pas comme en France, avec toutes ces grèves dans des usines auxquelles il pense parfois comme s'il les avait connues. En France, aujourd'hui, c'est la fête nationale, l'anniversaire du 14 juillet 1789, un jour où des Parisiens excités, qui avaient sans doute beaucoup bu, ont promené quelques têtes sur des piques. Et ils osent dire que les Allemands sont des barbares ! Gertrud, une barbare ! Et Maria, leur fille, une barbare !

Ils n'ont eu qu'une fille. Ils ont bien entendu l'appel lancé sur toutes les ondes : « Chaque femme allemande doit offrir un enfant au Führer. » Mais pour eux, c'était trop tard. Maria, seize ans aujourd'hui, membre important du BDM, la jeunesse hitlérienne féminine, le fera, cet enfant, dans quelques années. De tout cœur, de tout corps. Avec un Nordique, de préférence.

Oscar est allé écouter une conférence au village, un savant venu de Munich qui expliquait que la race aryenne, celle qui dominerait l'Europe et la sauverait, est composée de Nordiques, de Westphaliens comme Hindenburg et d'une troisième catégorie dont il a oublié le nom, puisque sa mémoire lui joue toujours de vilains tours, trois catégories dont un homme forme la synthèse parfaite : Adolf Hitler justement, qu'ils verront peut-être tout à l'heure, avec un peu de chance. Il a retenu aussi les signes caractéristiques de la race nordique : le nez étroit, la bouche aux lèvres minces, les yeux clairs. Rentré chez lui, il s'est regardé dans la glace : ça allait. Aujourd'hui, il observe les grappes d'hommes et de femmes qui montent vers le Berghof. C'est vrai : beaucoup ont le nez étroit, bien droit, pas comme les juifs. Pas tous, cependant. Mais ils chantent presque tous : « Donnez le meilleur à notre peuple et vous appartiendrez au meilleur peuple », ce qui lui semble juste, comme idée. Quelques-uns crient : « Nous voulons voir notre Führer », mais celui-ci ne peut évidemment les entendre encore, bien que l'on approche de sa résidence.

Cela se devine à l'agitation qui règne sur la route, une sorte d'excitation dans l'air, des voitures plus nombreuses, des piquets de soldats en uniforme vert-de-gris qui contrôlent on ne sait quoi, des camions de chantier lourdement chargés car on termine les travaux d'agrandissement. Oscar l'a lu dans les journaux : le chalet qu'avait acheté le Führer était devenu trop petit — normal pour un chef d'État, surtout celui-là. On n'y a pas touché, mais on l'a entouré de vastes constructions. On a pavé les chemins forestiers. Un homme qui monte avec eux assure que l'on a détruit aussi deux ou trois petites chapelles que des paysans avaient édifiées là depuis des siècles, mais Oscar ne le croit pas. Il aurait volontiers riposté mais Gertrud l'a poussé du coude. Pas d'histoires.

D'ailleurs, voilà, on arrive. Des membres du parti en chemise brune canalisent la foule, des jeunes gens en culotte courte, noire, et au brassard rouge à croix gammée expliquent que le Führer est là, qu'il a bien voulu sortir, mais qu'il faut patienter. Et c'est vrai : le voilà. Enfin ! Lui.

Un petit mur lui sert de piédestal. Il est en civil aujourd'hui : complet gris croisé, chemise blanche, cravate grise aussi. Un groupe d'hommes derrière le mur, beaucoup en uniformes. La foule salue en tendant le bras, sauf les petits gamins des fanfares qui tapent éperdument sur leurs tambours plats. Mais il fait signe que l'on s'approche, serre des mains, caresse les joues des enfants.

Oscar, il ne sait comment, se retrouve au premier rang. Il voudrait trouver une phrase, un mot à dire. Il n'a que sa main à donner, que le Führer saisit, serre à peine avant de passer à une autre, puis une autre. Oscar regarde sa main, incrédule. Elle a touché celle du maître de l'Allemagne, celui qui fait la leçon à toute l'Europe. On le pousse. Il montre sa main à Gertrud. Tu te rends compte. Elle se rend compte. Le bonheur.

V

— Essaye encore de te souvenir. Ce qu'il faudrait, tu comprends, ce sont tous les détails. Dans le tas, il y en a sûrement un, un seul, qui pourrait être utile.

Julia se prenait la tête à deux mains, comme si elle voulait se presser le cerveau, torturer sa mémoire. Un geste qui bloquait net les questions d'Aurélie. Même si Julia, aussitôt, se croyait tenue d'ajouter qu'elle ne serait pas jalouse, joyeuse au contraire, heureuse, si celle-ci retrouvait ses parents. La preuve, c'était qu'elle avait cherché elle-même, avait supplié ces rustauds, ces méchantes gens, les marchands de peaux de lapins, les neveux de l'abbé Vanparys.

Que Julia ne soit pas blessée, attristée par ses questions, Aurélie n'en était pas tellement certaine. Mais elle avait décidé de savoir. Elle saurait.

Il suffit parfois d'un mot, d'une remarque, d'un geste, pour vous mettre en tête une idée, qui s'y installera, que vous ne parviendrez plus à déloger. Pour Aurélie, c'était le soir du 14 Juillet.

La nuit, déjà, était tombée. L'autocar poussif qui ramenait de Paris les membres du comité et quelques sympathisants peinait à gravir les douces collines de l'Artois. Plusieurs, épuisés d'avoir trop marché ou trop arrosé, s'étaient assoupis. Aurélie, fatiguée, en eût volontiers fait autant, laissé sa tête s'incliner sur l'épaule de Paul, son voisin sur la banquette du fond. Mais elle ne voulait pas qu'il s'imagine que. Parce qu'elle ne savait pas elle-même si. Et puis, dans ce coin, précisément, il n'était pas question de somnoler. Quelques bavards semblaient s'y être donné rendez-vous, qui évoquaient des souvenirs de grèves, d'autres défilés, moins massifs et joyeux, ou comparaient les usines qui les avaient employés.

L'épouse d'Henri Vergriete, que l'on appelait Maria la Belge parce qu'elle était originaire de Menin, pas très loin en vérité, s'était taillé un franc succès en racontant ses débuts chez Tiberghien, une douzaine d'années plus tôt. Les ouvrières qui, comme elle, venaient de l'autre côté de la frontière, avaient été surprises par l'augmentation des tarifs des trains, multipliés par trois en quelques mois, et obtenu d'être emmenées à l'usine de Tourcoing en camion. Elles étaient surveillées par un chef de convoi officiellement chargé par la direction de veiller à la moralité. Mais ce qui avait provoqué rires et exclamations, c'était l'histoire de la prière : à l'arrivée dans les ateliers, se souvenait Maria la Belge, on fermait soigneusement la porte, et l'on disait des « Je vous salue Marie » avant de se mettre à l'ouvrage. C'était elle, Maria, qui récitait le chapelet, parce qu'elle avait une belle voix.

Du coup, chacun y était allé de son histoire, mentant peut-être pour enchérir, faire remarquer que la vie, quoi qu'on dise, avait changé, que l'ouvrier était plus libre, même avant les dernières grèves, même si l'on n'aurait jamais pu imaginer l'occupation des usines. Là-dessus, Henri Vergriete s'était retourné, gentiment, vers Paul et Aurélie : « Vous n'avez pas connu ça, vous avez de la chance. » Puis une question sur leur âge. Rien que de très banal. Mais la date de naissance d'Aurélie, 1917, en avait suscité d'autres : « Ta mère est veuve de guerre, non ? Et on était occupés par les Boches. Alors ? » Elle ne s'était pas laissé démonter, ce n'était pas la première fois. Il suffisait de donner la version habituelle, d'expliquer qu'elle était en vérité la nièce de Julia, adoptée par la suite.

Après des commentaires flatteurs sur le courage de celle-ci, les autres avaient repris leurs histoires d'usines, s'étaient passionnés tout à coup à comparer les mérites des machines à faire les jours dans les draps de lit et les taies d'oreiller. Mais Paul, alors que le car atteignait les faubourgs de Lille, lui avait demandé comment était sa véritable mère, si elle en avait gardé une photo, quelques souvenirs. Et son père ? Alors, peut-être parce que la question venait de lui, elle avait balbutié, désemparée. Il n'avait pas compris les raisons de son trouble, s'était excusé : « Je ne voulais pas te faire de la peine. » Ce qui l'avait touchée. Mais c'est à ce moment que, pour la première fois, elle s'était juré de prendre le relais de Julia, de chercher elle-même d'où elle venait, vraiment.

Comment en parler à Julia ? Elle avait laissé passer quelques jours, attendu d'abord le dimanche suivant où elles devaient, ensemble, faire visite à Juliette au sanatorium de Liessies, dans le sud du département, une région dont le pittoresque et la beauté les avaient surprises, un pays presque montagneux, si ce mot avait, là, un sens, avec des vallées encaissées, des bois peuplés de hêtres et de chênes centenaires où couraient chevreuils et sangliers.

Juliette jouait les courageuses. Mais sa toux, sa pâleur, ses joues creusées avaient presque désespéré Julia. Pas question de l'ennuyer davantage. Aurélie avait décidé d'attendre. Jusqu'à ces journées d'août où elles s'étaient trouvées toutes deux en congés payés.

Quinze jours de liberté ! Payés ! Pas question de partir à la mer ou la montagne comme le racontaient les journaux qui montraient des photos de couples en tandem sur les routes, de familles entassées sur les quais de gare avec des cannes à pêche ou des filets à papillons. Des histoires de Parisiens, cela. Elles n'avaient pas assez d'argent. Elles profiteraient de cette neuve liberté pour tapisser et repeindre leur logis. Avec l'aide de Paul qui s'était proposé pour les aider, ce que Julia avait accueilli avec un certain sourire.

Aurélie, ce soir-là, avait cru le moment venu. Commençant par dire qu'entre ce Paul et elle, il n'y avait rien, mais rien de rien. D'abord, il était communiste. Et puis, vraiment, elle n'avait jamais pensé à lui autrement que comme un ami. Non, ce qui l'intéressait en ce moment, ce qui lui revenait souvent à l'esprit, c'était une question sur ses origines, ses vrais parents. Oh, elle ne la tracassait pas, elle n'en faisait pas tout un plat, elle considérerait toujours Julia comme sa mère, sa maman, mais voilà : il y avait ce trou noir, qu'elle aimerait tant éclairer. Parce qu'on a bien le droit de savoir, n'est-ce pas ?

Julia avait opiné. Mais que dire ? Aurélie savait tout, depuis ce jour, sur la plage, quand elle avait sept ans, huit ans peut être. Julia ne pouvait que répéter ce qu'elle avait dit alors.

Aurélie, pourtant, n'abandonnait pas. Et en fut, un soir, récompensée.

Elles avaient fini de peindre le petit réduit qui servait à la fois de cuisine, de cave et de débarras. Paul, qui connaissait un peu d'électricité, était parti après avoir installé une lampe au-dessus du réchaud à gaz. Et Aurélie avait repris ses questions. Bon : l'abbé Vanparys, ses neveux, tout cela, c'était après. Mais avant, il y avait bien eu un avant ?

— Avant ? Si je le savais, tu le saurais. Mais je n'ai vu que l'abbé Vanparys et ce grand bonhomme.

— Le grand bonhomme ? Quel grand bonhomme ?

— Mais si, ce monsieur qui t'avait amenée. Je t'en avais parlé, tu sais bien.

— Mais non.

— Tu sais bien que si. Sur la plage, rappelle-toi. Et ensuite.

— Jamais.

— Mais si. Tu n'étais pas arrivée là comme ça. Tu n'étais pas tombée du ciel. Il y avait eu cet homme qui me demandait le secret.

— C'est lui qui te donnait ensuite de l'argent pour ma pension ?

— Non. Ça, c'était l'abbé. Le monsieur, je ne l'ai vu qu'une fois, la première.

— Tu ne m'en as jamais parlé !

Elles faillirent se disputer. Aurélie, énervée, multipliait les questions. Julia, en pleurs, jurait qu'elle n'avait rien voulu lui cacher, jamais. D'ailleurs, qu'est-ce que cela changeait ?

— Je ne l'ai vu qu'une fois, je te dis. Un grand, le visage sévère. Un peu l'air d'un curé, lui aussi. Mais je n'ai jamais su son nom, ni d'où il venait. Rien de plus. Je crois bien l'avoir aperçu une autre fois. Il traversait le village. Il me tournait le dos, assez loin. Je ne suis même pas sûre que c'était lui.

— Tu ne lui as pas couru après ?

— Pour quoi faire ? Tu oublies qu'il y avait des Allemands partout. Ils couchaient dans les fermes et les maisons, faisaient l'exercice dans les prairies, tout ça. On ne voulait pas se faire remarquer. Et puis, cet homme, il m'avait impressionnée.

— C'était mon père, peut-être.

— Non, je ne crois pas. Il faisait assez âgé. Un chauve. Un peu l'air d'un curé, je t'ai dit. Sa façon de se tenir aussi. On avait l'impression qu'il servait d'intermédiaire. Il ne savait pas comment tenir un bébé.

— Et après la guerre, tu ne l'as jamais revu ?

— Jamais, je te l'ai assez dit. Une seule fois, je l'avais vu : quand il t'a amenée. Quelques minutes. Pas plus.

Julia, excédée, s'était remise à pleurer. Aurélie la prit dans ses bras. Pour la bercer. Comme une enfant.

Laurent Surmont-Rousset avait attendu que Clément Boidin soit parti pour l'usine. Ils venaient d'évoquer la situation internationale, la guerre civile en Espagne, les prétentions de l'Allemagne hitlérienne à laquelle personne ne semblait vouloir s'opposer vraiment et les difficultés du gouvernement de Front populaire : les prix qui montaient en flèche, les capitaux qui s'enfuyaient, l'épargne qui se dégonflait, la spéculation contre le franc. Boidin assurait que la dévaluation était proche, « une question de jours d'après mes informateurs parisiens, le temps de se mettre d'accord avec les Américains et les Anglais ; nous ne sommes déjà plus indépendants ». Laurent Surmont-Rousset se préoccupait davantage de la situation internationale, voyait la guerre proche, à nouveau : « Les Allemands la veulent. Nous n'y couperons pas. Pensez-y. Pour les usines. »

Clément Boidin avait opiné, sans dire mot.

A peine avait-il franchi la porte du salon que Laurent Surmont-Rousset interpellait Aline :

— As-tu des nouvelles de ta sœur ?

— Céline ? Elle a quitté le centre de Madrid depuis les événements pour la périphérie. Mais son diplomate de mari est obligé de rester à l'ambassade, bien sûr.

— Je le sais, merci. Elle me l'a écrit aussi. C'est de Blandine que je veux parler. L'Allemande.

Il avait dit « l'Allemande » sur un tel ton qu'elle se dressa, révoltée. Mais se tut. Attendit. Surprise.

C'était la première fois qu'il rompait le silence qu'il lui avait imposé au lendemain de la guerre, peu après son mariage avec Clément Boidin.

A la suite de mois et de mois de recherches, le corps de son épouse avait été retrouvé en Belgique et Laurent Surmont-Rousset avait commandé des obsèques solennelles avec théories de prêtres et de séminaristes en surplis, chevaux empanachés de noir pour traîner le corbillard le plus luxueux, couronnes de perles et fleurs à foison. Aline l'avait supplié de laisser venir Blandine.

Non, non et non. Ils s'étaient longuement affrontés, chassant même du grand salon où ils se trouvaient aujourd'hui les deux plus jeunes sœurs, Céline et Delphine, que les éclats de voix avaient attirées. Non, non et non. Il ne voulait rien entendre. Même quand, suprême argument, elle avait invoqué le pardon qu'en bon chrétien qu'il voulait être, il devait accorder à sa fille. Alors, lui : « Je ne suis pas chrétien, mais catholique. » Elle : « C'est la même chose. » Lui : « Pas vraiment, les catholiques respectent l'ordre. » Elle : « Pour le pardon, c'est la même chose. » Lui : « Bon, si tu veux, je lui pardonne, mais je ne veux plus en entendre parler. » Elle : « Ça ne veut rien dire. Pardonner, c'est tirer un trait, essayer de renouer, de recommencer ensemble. » Lui : « Je m'arrangerai avec mon confesseur. Maintenant, n'en parlons plus. » Et quand, au lendemain des obsèques qui avaient rassemblé tout le Nord de l'industrie, du commerce et de la finance, elle avait cru devoir lui dire que Blandine, prévenue par elle, était venue dans l'église, au terme d'un voyage harassant, cachée sous un long voile de deuil, il avait haussé les épaules, s'était détourné, enfermé dans un obstiné silence.

Elle était remontée à l'assaut, plusieurs fois. En vain. Il faisait mine de ne pas l'entendre. Ou la rabrouait vertement : « Quand on perd ma confiance, quand on me trompe, je ne peux pas l'oublier. C'est comme ça. On me blesse, tu comprends. Alors, tu ne dois pas ouvrir à nouveau la blessure. Ça suffit. »

Ils s'étaient disputés à nouveau, vivement, un jour où il l'accusait d'avoir aidé Blandine. Et comme Aline rétorquait que s'il lui en voulait de l'avoir fait, il eût dû rompre toute relation avec elle aussi, il avait murmuré après un long silence — de gêne, de surprise ? — qu'il fallait bien qu'elle restât près de lui pour prendre en charge ses deux sœurs. Un argument qui l'avait choquée, qu'elle considérait comme un mauvais prétexte.

Elle le lui avait dit. Mais doucement. Car elle se sentait privilégiée, à part, malgré tout, malgré ses attitudes parfois méprisantes. Ses sœurs avaient souffert de le décevoir parce qu'elles n'étaient pas des garçons. Elle, en revanche, s'était trouvée admise à peu près convenablement dès la naissance puisqu'elle était la première et que tous les espoirs d'avoir des fils étaient encore permis à Laurent Surmont-Rousset. Ensuite, les aventures des années de guerre, son mariage avec Boidin qu'il avait fini par considérer comme une assez bonne affaire, avaient créé entre eux une certaine complicité. Peut-être, chez lui, quelque considération. Tandis que, dès les premières années, il avait rangé Blandine, la discrète, parmi les faibles. Il n'avait pas admis, ensuite, s'être trompé. Il ne l'admettrait jamais.

Et voilà qu'aujourd'hui il s'inquiétait de son sort, le sort de « l'Allemande » ! Il insistait même, puisque, abasourdie, elle ne lui avait pas répondu dans la minute.

— Eh bien, réponds-moi. Vous avez continué à vous écrire, non ?

Donc, il savait. Mais n'avait jamais rien dit.

— Bien sûr, c'est ma sœur. Nous nous sommes même revues, figurez-vous. En vacances, en Suisse, l'année où Hitler a pris le pouvoir.

— 1933.

— Oui. Elle était avec ses deux enfants...

— Avec l'autre, le lieutenant bavarois ?

— Et avec l'autre, comme vous dites, Hans. Il a bien réussi. Il dirige une grosse usine, près de Munich.

— J'ai entendu dire qu'il avait des ennuis.

Où voulait-il en venir ? Elle s'étonnait et s'agaçait.

— Ah ! Vous avez entendu dire...

— Elle te l'a écrit, non ?

— Je ne sais pas tout à fait. Ses lettres ne sont pas claires. On dirait qu'elle craint d'être lue par je ne sais quelle police.

— Elle a raison.

— Mais comment savez-vous tout cela ?

— C'est ma fille, non ?

Elle n'en pouvait plus, s'effondra. En sanglots.

Furieuse. Ainsi, il lui avait joué la comédie. Elle avait envie de vomir, se releva, courut vers l'escalier, sa chambre de jeune fille qui n'avait pas changé, s'abattit en pleurs sur le lit.

Il finit par monter lui aussi, gratta à la porte, n'attendit pas de réponse, entra. Elle pleurait encore. Il lui passa la main sur le cou, une douce caresse qu'elle n'avait jamais connue.

Elle se secoua, le repoussa.

— Pourquoi ?

— Pourquoi quoi ?

Il baissait la tête. Comme un gamin pris en faute.

— Pourquoi ne m'avez vous jamais dit que vous continuiez à vous intéresser à Blandine, que vous preniez de ses nouvelles, hein, pourquoi ?

Elle était furieuse à présent. Et l'attaquait d'autant plus qu'elle le sentait sur la défensive. A sa merci.

— Parce que, dit-il seulement.

— Parce que quoi ? Eh bien moi je vais vous le dire. Parce que vous n'osiez pas. Parce que...

Elle avait failli lui crier que c'était son orgueil qui le ligotait. Son fichu orgueil.

Il se taisait, tripotait un vieux vase.

Elle courut à la fenêtre, lui tourna le dos.

Le silence. Puis le bruit d'un vase qui tombe. Elle sursauta, s'obligea à ne pas regarder.

L'image lui revint d'une autre scène, une nuit de la guerre, où elle s'était tenue au même endroit, les yeux fixés sur un immeuble, en face, où brillait une pâle lumière. C'était Blandine, alors, qui était venue lui révéler son secret. Qui avait failli la faire hurler. Faudrait-il que toujours ?...

— C'est depuis 1933, justement, dit-il enfin.

— Quoi, depuis 1933 ?

Elle n'avait pu que murmurer, si bas qu'elle pensa n'avoir pas été entendue, répéta :

— Quoi, depuis 1933 ?

— Quand l'autre est devenu chancelier en Allemagne, Hitler. Ça n'annonçait rien de bon.

Elle se sentit capable de lui faire face :

— Vous vous êtes inquiété ? C'est ce que vous voulez me dire : vous vous êtes inquiété !

Il secoua la tête. Oui.

Elle le prit dans les bras, tendre.

— Père !

Il se dégagea, se détourna. Pour cacher son émotion, jugea-t-elle. L'orgueil, encore. Elle tenta de le rattraper. Il était déjà à la porte, lui fit face à nouveau.

— Au fait, dit-il, ce bébé qu'elle avait eu pendant la guerre, Blandine. Tu sais ce qu'il est devenu, cet enfant ?

Elle repartit vers la fenêtre.

— Allez-vous-en ! Laissez-moi !

Elle entendit qu'il refermait la porte. Elle pouvait pleurer.

Le petit détective chauve semblait très fier de lui.

— Je craignais de ne plus vous revoir, dit-il. Vous ne m'aviez laissé aucune adresse, pas un numéro de téléphone, rien. Pourtant, j'ai du nouveau. Du nouveau qui peut vous intéresser. De toute façon, je crois que je vous aurais fait signe. Discrètement, bien sûr, madame Boidin.

Aline sursauta, se contint. Comment connaissait-il son nom ? Après tout, c'était son métier. Elle avait été sotte de jouer la mystérieuse. Mais il ne fallait lui donner aucune raison de triompher. Trop cauteleux, cet homme. Crasseux en outre.

— Et votre nouveau, c'est quoi ?

— Asseyez-vous, je vous prie.

Elle se posa sur le bord de la chaise de paille, sans

attendre. Qu'il ne la fasse pas lanterner. Qu'il ne joue pas ainsi avec elle.

Il remuait quelques paperasses. Elle serait volontiers sortie.

— Voilà, dit-il enfin. J'ai pensé qu'il fallait d'abord s'intéresser de plus près à Mme Bondues. Julia Bondues. C'est une orpheline, vous le savez. Donc, élevée dans un orphelinat. J'ai retrouvé cet orphelinat, grâce à un cousin de son mari, mort à la guerre, vous le savez. Un mineur comme son mari, retraité maintenant. Il n'est pas très brillant, cet homme : la silicose. Et la boisson, vous savez.

Elle s'énervait :

— Plus vite, allez au fait. Alors, Julia Bondues ?

— Mais il faut que je vous explique, madame, sinon vous pourriez vous étonner.

S'étonner de quoi ? De l'argent qu'il avait déjà reçu ou de celui qu'il demanderait ? Peut-être voulait-il le justifier en détaillant ses démarches ? Ou simplement lui démontrer son habileté ? Normal, en somme. Le laisser parler. Elle n'avait pas d'autre choix. Il avait les meilleures cartes dans son jeu. Sauf l'argent, qui les dominait toutes. Il finirait bien par tout lâcher.

— Poursuivez.

— J'ai eu de la chance : cet homme-là, le parent de Mme Bondues, savait dans quel orphelinat elle avait été placée. A Arras. J'ai retrouvé l'orphelinat, qui n'avait pas été touché par la guerre. Pourtant, à Arras...

– Poursuivez. Plus vite.

Il fit mine de ne pas avoir entendu.

— ... les bombardements et les combats ont causé beaucoup de destructions. Mais elles, les bonnes sœurs, elles ont été protégées. Presque rien, sauf un obus sur un coin de la chapelle ; heureusement il n'y avait...

Elle ouvrit son sac à main, en tira un billet qu'elle lui jeta.

— Je veux la suite ; tout de suite.

Il avait déjà ramassé l'argent.

— Eh bien, voilà : dans les archives de cette maison il

n'y a que Julia Dehaynin. Seulement Julia. Aucune trace d'une Augustine Dehaynin qui serait sa sœur, la mère de la petite Aurélie. Autrement dit, elle n'existe pas. Julia Bondues n'a pas de sœur. C'est sans doute une enfant trouvée. Abandonnée.

— Cette fois, vous allez trop vite. On a pu les séparer.

Elle était satisfaite d'avoir marqué un point contre lui. Mais comprit, l'instant d'après, que c'était aussi contre elle. Car s'il était établi que l'histoire de la sœur n'était qu'une fable...

Le petit détective avait baissé la tête, comme vaincu. La redressa vite, pourtant.

— Pourquoi voulez-vous qu'on les sépare ?

— Écoutez : je vous paye pour savoir. C'est votre métier. Ce que je veux, ce sont des certitudes. Pas des hypothèses. Avez-vous demandé à ce mineur-là, le retraité, le parent, si Julia Bondues — enfin : Dehaynin — avait une sœur ? non ?

Il baissa la tête, de nouveau.

Elle se leva, triomphale. Furieuse aussi.

— C'était pourtant élémentaire. Essayez de le retrouver, de le faire parler.

Elle était à la porte quand il la rappela :

— Excusez-moi, madame Boidin, mais vous ne m'avez pas laissé terminer. Il y a autre chose, quelque chose d'important. Vous savez, l'acte d'adoption de Mlle Aurélie Bondues dit qu'elle est née dans un petit village des Ardennes...

— Et alors ?

— Alors, madame Boidin, ce village a été complètement rasé par les Allemands dans les premiers combats, en août 1914. Plus de mairie, plus d'église, plus rien. Plus d'état civil. Alors, les gens qui fabriquaient des faux papiers pendant l'invasion ont parfois fait naître là des prisonniers évadés, même des Anglais, vous vous rendez compte ! Les Allemands ne pouvaient pas vérifier. Pour de faux papiers, c'était idéal vous comprenez.

Elle se tenait à la chaise. L'espoir fou. Mais non. Il se trompait.

— Vous avez peut-être raison pour ceux qui étaient nés avant 1914. Mais ce n'était pas le cas de la petite Aurélie. Comment la faire naître dans ce village, avec un acte de naissance de ce village, s'il n'y avait plus de mairie, plus d'état civil ?

Ce fut à lui de triompher.

— Vous savez, je me suis renseigné auprès d'une association d'anciens de réseaux qui aidaient les alliés pendant l'invasion, des gens qui avaient besoin de faux papiers. Et j'ai trouvé un monsieur qui connaissait bien l'histoire de ce village. Il m'a dit que c'était devenu comme une habitude. Jusqu'à la fin de la guerre, enfin jusqu'au départ des Allemands, on a donné ce nom comme lieu de naissance. C'est parfois bête, les habitudes, dangereux même.

L'espoir fou, à nouveau.

— Votre monsieur, celui que vous avez rencontré, il ne s'appelle pas Dautriche... ou plutôt Berton ? Un grand, un peu chauve, mince...

— Ah, non. Plutôt petit et grassouillet, vous savez. Il est notaire à Valenciennes. Tassaert, il s'appelle. M. Robert Tassaert. Mais si je puis me permettre, vous m'avez parlé d'un monsieur... comment avez-vous dit ?

— Berton. Ou Dautriche. Dautriche, c'était le nom qu'il avait pris pendant la guerre. Il s'occupait d'activités clandestines, justement.

— Ah, je vois. Mais je pourrai peut-être le rechercher, si vous croyez que cela pourrait m'aider. Vous ne me dites pas tout. Ça rend les choses plus difficiles.

Un sourire en coin qui l'exaspéra. Il n'avait pas tort, pourtant.

— Ce M. Berton, finit-elle par dire, appartenait à une sorte de réseau, où se trouvait aussi, par exemple, Roselaere, le brasseur...

— Mais il est mort, Roselaere.

— Je sais.

— Il ne peut donc pas nous aider.

— Il ne savait rien.

— Cela fait des années qu'il est mort. Vous l'aviez donc vu avant ?

— Bien sûr. Je ne suis pas allée l'interroger au cimetière.

Elle rit, nerveuse. Elle l'aurait giflé.

L'homme plissait les paupières, comme pour mieux l'observer.

— Vous ne m'avez même pas dit ce que vous cherchez exactement...

— Vous le savez maintenant, non ? Puisque vous vous êtes tout de suite intéressé au cas d'Aurélie Bondues...

— Pour les autres, il n'y avait pas de problème. Mais vous pensez que ce M. Belleton...

— Berton.

— Berton, excusez-moi... Que ce M. Berton pourrait être le père d'Aurélie Bondues, le vrai père ?

Elle haussa les épaules. Non.

— Mais il aurait connu Mme Bondues ?

— Peut-être.

— Si vous me disiez tout, madame, ce serait plus facile.

Elle lui jeta quelques billets encore.

— Je vous dis ce que je veux. Parce que je ne peux pas faire autrement. Vous pouvez comprendre cela ?

Elle avait presque crié. Il se leva, hocha la tête, comme s'il compatissait. Ce qui l'exaspéra davantage.

— Je repasserai très vite, dit-elle. Essayez d'avancer d'ici là.

Elle dévalait déjà l'escalier. L'espoir, à nouveau. Si tout ce que disait cet homme se vérifiait, cette Aurélie Bondues ne s'était jamais vraiment appelée Dehaynin. Et alors...

Dans sa voiture, elle pensa soudain à son père. Pour s'informer du sort de Blandine et de sa famille, avait-il eu recours, lui aussi, à un détective privé ou quelqu'un du même genre ? Qui serait peut-être plus efficace, moins ondoyant surtout. Elle s'arrêta devant la chocolaterie Meert, la plus connue de la ville, qui importait aussi du thé, en acheta pour se fournir un prétexte.

Laurent Surmont-Rousset apprécia le chocolat, répéta que ce thé ne valait pas le Dong Yang Dong Baï. Quant aux informations sur Blandine, c'était tout simple : elles lui étaient fournies par un industriel allemand, un vieux client, qu'il approvisionnait en laines venues de ses comptoirs d'Afrique du Sud et d'Australie.

— Au fait, dit-il, si elle venait en France...

— Vous croyez que ?

— C'est peut-être ce qu'ils auraient de mieux à faire. Mais je ne veux pas la voir. Et ils n'ont pas intérêt à se montrer dans la région. Tu sais bien que je l'ai dite morte de consomption sur la Côte d'Azur et enterrée là-bas. De quoi j'aurais l'air ?

Son fichu orgueil.

— Elle était venue aux obsèques de mère.

— En se cachant. Elle a eu raison pour une fois.

Ses mains tremblaient. L'âge ? La colère ?

VI

Bien sûr, elle n'aurait pas dû. Tout le monde le savait et des affiches disaient qu'il ne fallait pas glisser ses mains dans les machines, entre les cylindres, même à l'arrêt. Mais c'était la faute du contremaître aussi, qui avait tardé à siffler la fin de la pause, à remettre en marche cet entrelacs de courroies et de rouleaux. On savait bien pourquoi : parce qu'il venait de se satisfaire avec son amie du moment, Mauricette Pousquet, une rousse aux formes abondantes, dans les toilettes, si l'on pouvait appeler ainsi ce réduit. Alors, Sophie Rossel avait pensé qu'elle avait le temps, avec la main, d'enlever une saleté, un long fil vert qui était resté mêlé à la laine, en dépit du lavage, du passage sur le « rouletabosse », le cylindre briseur, et qui, peut-être, survivrait, l'entêté, au passage sur les « hérissons », d'autres cylindres munis d'aiguilles qui nettoyaient et guidaient les fibres de laine.

Sophie Rossel n'avait pas vu le contremaître rentrer dans l'immense atelier. Et voilà : les machines remises en marche, les aiguilles avaient déchiré sa main. Une bêtise. Mais les cris, le sang, l'affolement.

Aurélie, aussitôt, s'était précipitée vers sa voisine, l'avait emmenée à l'infirmerie, apostrophant au passage le contremaître. Lequel, au retour, lui avait dit deux mots, et plus encore. Lui reprochant sa participation au comité de grève, évoquant l'avortement de sa sœur dans l'atelier — « et tu voudrais faire la morale » —, ajoutant quelques obscénités. Elle avait riposté. Violente. « Trop », lui dirait Julia le soir. A quoi elle répondrait en évoquant la chaleur, la poussière, la fatigue, la grossièreté du bonhomme dont elle avait plusieurs fois repoussé les avances. « Il y a des moments où tu n'en peux plus. Il faut que ça sorte. »

C'était sorti. Et le lendemain, la sanction. Déguisée. Elle s'était trouvée affectée au nettoyage. Des horaires impossibles, des odeurs de cambouis, de sueur, de bétail, dans le labyrinthe de l'énorme usine où il fallait traquer l'impalpable et partout présente poussière, traîner seaux, balais, serpillières et chiffons graisseux. Pire que l'assujettissement à la machine. En compagnie de femmes épuisées par la vie, les enfants ou l'alcool, la plupart illettrées, qui se traînaient, essayaient d'en faire le moins possible, se racontaient de pauvres histoires de gosses malades, d'hommes ivres qui s'écroulaient sur elles le samedi soir après les avoir battues parfois, pour des vétilles.

Aurélie essaya plusieurs jours de faire face. Pour ne donner aucune satisfaction au contremaître et à la direction.

Elle alla consulter aussi les syndicalistes du comité, Henri Vergriete et aussi Dieudonné Marchand, la grande gueule qui lors de la grève avait déclenché un scandale en arrachant le téléphone des mains d'Henri Dussart, le directeur du personnel. Mais les temps avaient changé, la fièvre du printemps était retombée, le Front populaire venait de subir un premier échec éclatant : la dévaluation du franc, qui avait perdu 25 pour cent de sa valeur d'un coup ; les prix grimpaient chaque jour, on aurait perdu bientôt à la fin de septembre ce que l'on avait gagné en juin comme augmentation de salaire. Bref, le moral n'y était plus.

Ces hommes plaignaient Aurélie, évidemment. Mais que faire ? Elle leur dit leurs quatre vérités, un peu découragée tout de même, les traita de « communistes en pantoufles », ce qui ne sembla pas les émouvoir. Paul Bonpain, qui était venu à sa rescousse, en vain, lui expliqua ensuite que son parti donnait des conseils de modé-ration car il ne fallait pas effrayer les classes moyennes, c'était déjà pourquoi les communistes avaient refusé, au printemps, de participer au gouvernement et fait cesser quelques grèves ; l'objectif aujourd'hui était de réaliser l'union la plus large possible afin de lutter contre le fascisme allemand ou italien, chaque jour plus dangereux, le fascisme qui menait maintenant la guerre en Espagne contre le gouvernement républicain, un gouvernement tout à fait légalement élu, c'était dire.

Elle lui répondit qu'elle comprenait parfaitement toutes ces tactiques, ces tours et ces détours, même s'ils la dépassaient un peu. Mais ce n'était pas son problème. Son problème à elle, Aurélie, c'était l'injustice dont elle souffrait.

Elle faillit pourtant, ce soir-là, tomber dans ses bras, chercher quelque réconfort chez ce grand garçon dont elle se perdait à explorer les yeux bleus, tellement profonds. S'il avait fait un geste... Il lui proposa seulement, une fois encore, de l'accompagner le dimanche suivant au cinéma, à Lille. Ce dimanche-là n'était pas, pour Julia et elle, jour de visite au sanatorium. Elle accepta.

Le lendemain matin, alors qu'elle avait terminé le nettoyage des bureaux, la partie la moins éprouvante de son travail, elle décida d'y attendre l'arrivée d'Henri Dussart, le chef du personnel. Elle retira son tablier, trop taché, se laissa tomber dans un fauteuil... et s'assoupit. Fut réveillée sans ménagements par une employée de la comptabilité qui venait travailler et la somma de déguerpir : ce n'était pas sa place, elle n'avait rien à faire là. A quoi elle répondit qu'elle avait eu justement beaucoup à faire parce que ces demoiselles qui tenaient les registres des salaires, qui établissaient les feuilles de paye et ainsi de suite, ne se privaient guère de laisser traîner à terre des paperasses, des bouts de gomme, des morceaux de papier-buvard ou de crayons à papier, voire des mégots teintés de rouge à lèvres qui pourraient bien un jour mettre le feu.

Le ton montait quand Henri Dussart survint, surpris. Avec la même question : que faisait-elle là ? Elle aurait dû avoir terminé son travail depuis longtemps.

La réponse fusa :

— Je suis là parce que vous m'avez humiliée.

— Humiliée ?

— J'étais aux machines et après l'accident de Sophie Rossel on m'a mise au nettoyage, en me changeant tous mes horaires. Vous le savez, bien sûr.

— Ah, c'est vous !

Il s'approcha. Fut surpris d'abord par l'éclat de ses yeux, si vif dans un visage délicat, fragile, d'un blanc presque maladif. Il eût voulu — une envie brutale, inexplicable, qu'il réfréna aussitôt — arracher le foulard qui protégeait sa tête de la poussière, pour connaître la couleur de ses cheveux.

C'était donc elle, cette fille Bondues qui appartenait au comité de grève, dont la sœur avait avorté dans l'usine, provoquant un scandale à rebondissements et bénéficiant ensuite d'une curieuse protection de M. Boidin, lequel avait ordonné sa réintégration alors qu'elle devait quitter presque aussitôt son travail pour raison de santé. C'était donc elle.

Il était plus étonné qu'irrité par ce mélange de chance, de faiblesse et d'audace.

— Que voulez-vous ?

— Reprendre ma place, ma vraie place. Je n'ai commis aucune faute.

— Vous avez injurié votre contremaître.

— Vous savez très bien ce qu'il faisait. Sophie Rossel était en tort, c'est vrai. Mais lui aussi.

Elle parlait posément, semblait veiller à gommer toute trace d'accent dans sa voix.

— Pourquoi lui aussi ?

— Vous le savez bien.

S'il fallait sanctionner tous les contremaîtres qui faisaient des galipettes avec des femmes souvent presque nues sous leur tenue de travail !

Il esquissa un geste vague, pour toute réponse.

Elle eut un sourire où il crut lire du mépris.

— Vous préférez ne pas en parler. Bon. Mais je veux retrouver ma place.

Il hocha la tête, de droite à gauche. Non. Songea ensuite à Boidin et à la surprenante protection dont ces femmes Bondues semblaient bénéficier.

— Tout ce que je pourrais faire, et encore... c'est vous remettre aux machines dans un autre atelier.

Elle hocha la tête comme lui. Non.

Une obstinée.

— Tenez. Si vous restez encore quelques jours au nettoyage, j'essayerai de vous trouver quelque chose.

— Non. Ma place. Dans mon atelier. La même place.

Une petite voix. Henri Dussart en fut presque ému. Mais céder était impossible. Ce serait humilier le contremaître. Le monde à l'envers.

— Alors, vous resterez au nettoyage.

— Alors, vous me réglerez mon compte. Je démissionne. Dites-le à la caisse. Je vais chercher mes affaires et j'y passe. Au revoir, monsieur.

Elle était sortie, déjà. Il pensait encore à Clément Boidin. Bien entendu, il n'était pas question de l'informer de ce départ.

Aurélie n'était pas dupe. Ils s'entendaient trop bien, ces ouvriers-là. Ceux du film intitulé *Le Crime de monsieur Lange*, un film d'un certain Jean Renoir, mais c'était seulement l'acteur principal qu'elle connaissait, Jules Berry.

Ces salariés, dont le film contait l'histoire, avaient créé une coopérative ouvrière pour continuer d'éditer *Les Aventures d'Arizona Jim*, écrites par un Parigot rêveur, un brave type un peu maladroit, Amédée Lange. Parce que leur patron, Bartala, un escroc, avait pris la fuite après avoir ruiné la maison. Bartala, c'était Jules Berry justement et il était charmant, charmeur, on lui aurait donné le bon Dieu sans confession. Même quand il avait eu envie de s'offrir la petite lingère, une actrice au nom compliqué, un peu polonais ou russe. Bon, les escrocs sont comme ça. Il faut bien qu'ils séduisent s'ils veulent réussir. Mais dans ce film, les ouvriers qui se débrouillaient, le patron envolé, pour faire tourner la boutique étaient trop bien. Ils s'entendaient trop facilement.

Aurélie imaginait une aventure pareille dans l'atelier qu'elle venait de quitter. Ça n'aurait pas duré. C'est vrai, il existait des moments où toutes ces femmes, jeunes ou vieilles, chichiteuses ou simples, fofolles ou normales, se sentaient unies, du même bord. Mais d'autres aussi où elles ne se faisaient pas de cadeaux, se tiraient dans les pattes au contraire pour se faire bien voir du contremaître, remarquer de l'ingénieur ; ou encore parce qu'elles avaient eu des histoires, en famille, peut-être au bistrot quand elles s'y retrouvaient parfois le dimanche soir avec leurs hommes et leurs gosses. Allez savoir.

Ce qu'Aurélie savait, en tout cas, c'est pourquoi Paul avait justement choisi, pour leur première sortie, ce film-là. Parce que cette coopérative qui tournait si rond pour publier le feuilleton d'*Arizona Jim* sentait un peu le communisme. Mais quelle importance ! Elle se sentait bien, dans le noir, près de lui. Avant l'entracte, pendant le film documentaire qui racontait la transformation des chenilles en papillons, un film plutôt longuet, presque silencieux comme au temps du cinéma muet, elle avait entendu sa respiration régulière, un peu saccadée pourtant, et soudain sa propre respiration s'était réglée sur celle de Paul. Quand elle s'en était rendu compte, elle en avait été troublée, émue. Plus tard, quand Bartala — enfin : Jules Berry — regardait la petite lingère avec des yeux qui en disaient long, la main de Paul s'était posée sur la sienne, comme par hasard. Elle n'avait pas pensé un instant à la retirer. C'était comme cela, voilà. Elle se sentait bien avec cette main un peu rude, rugueuse — à l'entretien, on manipule de durs outils —, qui l'emprisonnait et la caressait à la fois.

Autour d'eux, au deuxième balcon, on s'embrassait à bouche-que-veux-tu. Comme d'habitude. Elle s'était demandé si Paul... Mais non. Elle ne savait pas si elle aurait aimé. Elle avait un peu regretté, pourtant, s'était lentement penchée, mine de rien, pour s'approcher de lui. Alors, il avait passé le bras sur son épaule pour la serrer davantage. Un bonheur. Elle aurait volontiers incliné la tête vers la sienne, au risque de ne plus voir l'écran car un spectateur, devant elle, était du genre immense. Mais Paul ne bougeait plus. Elle aurait cru les communistes plus audacieux. A moins qu'il n'ait été fasciné par le film, cette histoire de coopérative ouvrière. La politique.

C'est à la sortie qu'il l'a embrassée. Dans la rue de Béthune, la rue des cinémas de Lille, où de grandes affiches montraient Charlot dans *Les Temps modernes*, Sacha Guitry et Jacqueline Delubac dans *Le Roman d'un tricheur*, et aussi un film de l'année précédente, *Le Bonheur*, où Gaby Morlay chantait « Le bonheur n'est qu'un beau rêve », une chanson qu'Aurélie avait tant entendue à la radio qu'elle a commencé à la fredonner, doucement. Paul, qui avait repris sa main, l'a interrompue :

— Tu crois ?

Elle a secoué la tête de droite à gauche, souriante. Non. Ce n'était qu'une chanson. Comme ça. Rien qu'une chanson.

Ils s'étaient arrêtés au milieu du trottoir, indifférents à la foule qui les bousculait. Elle se perdait dans ses yeux. Il s'émerveillait de son regard. Il a planté ses fortes mains sur les épaules d'Aurélie. Alors, c'est elle qui s'est penchée, lui a offert sa bouche. Autour d'elle, le monde chantait, elle se sentait emportée par une joyeuse ronde, s'envolait, saisie d'un doux vertige.

Dans de telles situations, il fallait que Julia s'active davantage, qu'elle nettoie, lave, épluche, essuie, bouge enfin. Impossible de rester assise, comme ça, les mains sur les genoux ou les coudes sur la table, à écouter sa fille. Qui venait de lui demander, imaginez, de quitter l'usine Surmont-Rousset, elle aussi. Par solidarité. Quand il avait fallu faire réintégrer Juliette, pour deux jours seulement, avant le sana, c'était pour l'honneur. Et maintenant, il fallait quitter le travail — pour aller où ? — par solidarité.

L'honneur, la solidarité, c'était bien beau. Mais le pain, dans le garde-manger, ce n'était pas mal non plus. Oh, elle comprenait, Julia, elle admettait, elle était révoltée par la sanction qui avait frappé Aurélie. Elle comprenait même que celle-ci ait refusé la proposition de Dussart, n'ait pas accepté d'être transférée, en douce, dans un autre atelier. Elle était même prête à l'en admirer. Se demandait de qui Aurélie tenait ce caractère, cette intransigeance, alors qu'elle paraissait si frêle, effacée, timide presque. Mais quoi ? Quitter son travail pour aller où ? Et pour donner la leçon à qui ? Ils s'en moqueraient bien, Dussart, Boidin et compagnie. Elles ne comprendraient pas, les copines, habituées à courber la tête, à obéir, parce qu'il faut bien manger, que le monde est comme ça, qu'il y a des grands et des petits, et que l'on fait partie des petits. On a sa dignité, son honnêteté, on est prêt à se battre de temps en temps pour les faire reconnaître par des patrons qui ne sont pas tous sans cœur et sans esprit — la preuve : Dussart qui a essayé d'arranger l'affaire et Boidin lui-même qui avait fait réintégrer Juliette pour deux jours, deux jours ! —, mais il ne faut pas non plus jouer les téméraires, les m'as-tu-vu, les j'en-fais-qu'à-ma-tête.

Alors, Julia Bondues, énervée comme il n'est pas possible, déchirait, violente, déchiquetait plutôt des vieilles camisoles, d'antiques jupons entassés au petit grenier depuis qu'elles avaient emménagé dans la courée et dont elle avait prévu de longue date de faire des chiffons pour le nettoyage. Ils seraient peut-être restés longtemps encore en cet état si Aurélie, ce soir-là, calme à ne pas croire, n'avait de sa petite voix posée, lâché cette bombe : « Maman, il faut que tu quittes aussi l'usine. Sinon, on va croire que tu n'es pas d'accord. »

La réponse était facile :

— Pas d'accord ? Au contraire, je leur répéterai que je t'ai poussée, je le répéterai toujours s'il le faut.

— Ils ne te croiront pas.

— Ils savent bien que je ne mens jamais. Je dis ce que je fais et je fais ce que je dis.

— Sauf que tu ne m'as pas poussée. C'est ma décision, l'autre matin, parce que je n'en pouvais plus, parce qu'ils voulaient m'humilier.

Pour ne rien arranger, la chemise de nuit que Julia voulait déchirer résistait, parce qu'il y avait là un ourlet, épais, qui ne céderait que sous les attaques d'une paire de ciseaux. Et Aurélie insistait. De cette petite voix terrible, implacable :

— Depuis le début, nous nous sommes toujours tenues par la main. Nous avons toujours été d'accord. Si j'ai fait ce que j'ai fait, c'est parce que tu m'as appris cela : ne pas se laisser marcher sur les pieds. La solidarité, c'est la même chose. C'est toi qui me l'a apprise. Tu te souviens : à l'école, quand la maîtresse avait puni Joséphine Mathon...

Julia se souvenait. Cette institutrice, Mme Grelot dite la Grelotte, était détestée par tous les enfants. Pour une raison simple : elle était méchante, donnait de la règle sur les doigts à la moindre occasion. Un matin, en arrivant en classe, elle avait lu de grosses lettres malhabiles tracées à la craie sur le tableau noir, des lettres qui disaient « La Grelotte est méchante ». La stricte vérité, donc. Elle avait tempêté, menacé, s'en était prise finalement, afin de la battre, à la plus petite des élèves, Joséphine Mathon, une gamine malingre aux parents alcooliques, pour qui apprendre quoi que ce soit était aussi difficile que gravir le mont Blanc les pieds nus. La classe tout entière était révoltée, horrifiée, paralysée pourtant. Le soir, Aurélie, en pleurs, l'avait racontée à Julia et aux jumelles, qui lui avaient conseillé de protester. Qu'elle fasse quelque chose, par solidarité. Elle trouverait bien.

Elle avait trouvé.

Le lendemain, les gamines s'étaient concertées, dans la cour de l'école, avant que la cloche les appelle à se ranger pour rentrer dans le bâtiment. Et quand la cloche avait sonné, une seule classe ne s'était pas rangée, celle de Mme Grelot. Trente gamines qui semblaient soudain atteintes de surdité avaient continué de jouer à chat, et de sauter à la corde, tandis que la cloche sonnait toujours, que Mme Grelot et la directrice, appelée à la rescousse, et même les femmes de service allaient de l'une à l'autre, sermonnant, menaçant, promettant. En vain. Toute une histoire. Les parents convoqués. La moitié n'étaient pas venus, bien sûr. Quand même : la solidarité.

Julia se souvenait. Avec fierté. Mais quoi ? L'usine n'était pas l'école. Encore que.

Aurélie avait mis à profit ce silence pour sortir une autre carte, utiliser un autre argument :

— Tu te rends comptes : si tu restes dans l'atelier, le contremaître, ce serpent de Planckel, il te fera payer pour moi, il se vengera sur toi.

— Mais je ne serai pas seule, les autres me défendront.

— Peut-être. Toi-même, ce soir, tu hésites et je te comprends. Pourtant : toi et moi... Alors, les autres...

Les autres, c'est vrai, avaient toutes de bonnes raisons de se méfier, plaire au contremaître, ne prendre aucun risque. A quelques exceptions près : de grandes gueules, deux ou trois femmes, que rien n'arrêtait, mais qui n'étaient guère suivies. Toutes savaient s'unir parfois. Mais par flambées. Des coups de sang, qui ne duraient pas. Ou des vagues qui entraînaient, emportaient l'ensemble des usines de la ville et des voisines.

Aurélie n'avait que trop raison.

Julia ouvrit le placard où elle cachait ses économies sous quelques boîtes de sucre Béghin, compta les billets de cent francs. Embrassa Aurélie. S'offrit le luxe de dire qu'elle verrait, qu'elle réfléchirait. Alluma le poste de radio qui diffusait un concert de Ray Ventura et ses Collégiens. Et mit à réchauffer la soupe du repas.

Le lendemain matin, elle passa au bureau d'Henri Dussart pour demander qu'on lui prépare son compte. Elle cesserait le travail le soir même.

— Tu sais ce qu'ils ont fait, au mois d'août, alors qu'on était en congé, tu sais ce qu'ils ont fait, les fascistes espagnols, dans une ville qui s'appelle Badajoz, ou quelque chose comme ça ? Ils venaient de prendre ce patelin, près de la frontière portugaise. Ils ont rassemblé leurs prisonniers, des Républicains, dans l'arène où l'on fait des courses de taureaux. Il y avait des centaines ou des milliers de prisonniers, on ne sait pas. Mais ce qu'on sait, c'est qu'ils leur ont tiré dessus, à la mitrailleuse. Ils les ont tous abattus sur le sable des arènes.

— Oui, mais moi, j'ai vu sur le journal une photo qui avait été prise devant une église de Barcelone. Les Républicains, les communistes peut-être, les anarchistes aussi, je ne sais pas, avaient sorti de leurs tombes les squelettes d'une quinzaine de bonnes sœurs, des carmélites. Il y en avait debout, des cercueils, d'autres appuyés sur les colonnes de l'entrée. Est-ce que ça se fait des choses pareilles ?

— Est-ce que ça se fait de fusiller tous les prisonniers — il y avait même des femmes — dans une arène de taureaux ?

— Non. Mais ce n'est pas une raison.

Ils discutaient depuis de longues minutes dans les allées du parc Barbieux, à Roubaix, où il lui avait donné rendez-vous, ce samedi après-midi. Massacres par-ci, atrocités par-là. Ils ne manquaient d'arguments ni l'un ni l'autre mais l'essentiel, pour eux, n'était pas là.

L'essentiel : Paul venait d'annoncer à Aurélie son départ pour l'Espagne. On commençait à recruter des volontaires pour combattre les fascistes. Il en serait.

Elle était arrivée toute joie, tout sourire. Avec une idée en tête aussi : demander à Paul de l'aider à retrouver sa mère. Chercher ensemble. Le bonheur. Un baiser. Plusieurs baisers. La lumière. Puis l'annonce de Paul. Brève. Rapide. La blessure, aiguë. Elle avait fermé les yeux, s'était dégagée, reculée, comme frappée à mort.

Il la quittait, à peine leur amour naissait-il ! Il ne l'avait même pas consultée.

Il s'était lancé dans de longues explications sur les raisons de son choix : le parti ne l'avait pas obligé, le parti n'obligeait personne, mais lui pensait que c'était un devoir d'aider les ouvriers de là-bas qui défendaient un gouvernement démocratique, pas très brillant sans doute, mais démocratique. Un devoir moral, disait-il. La morale, elle pouvait comprendre, non ? Puisque ni la France ni l'Angleterre ne bougeaient, il fallait bien que quelques-uns y aillent. D'ailleurs, il se battrait seulement quelques mois, à moins que les Républicains n'aient déjà gagné. Il reviendrait en France pour son service militaire. Ensuite, ils se marieraient.

Elle l'avait laissé parler, muette. Elle avait pensé un instant l'implorer, le supplier. Jouer les armes de la séduction, l'emprisonner dans ses bras, l'embrasser encore et encore, l'entraîner n'importe où, ils trouveraient bien un lieu, pour se donner. Mais s'était vite convaincue que s'il avait décidé, seul, de partir, c'est qu'il ne l'aimait pas vraiment. Il parlait pourtant de mariage. Un mariage dans trois ans, au mieux : septembre 1939 ! Trois longues années. Et il ne l'avait même pas consultée.

Alors, elle lui avait lâché la main. Ils s'étaient fait face, échangeant des arguments de meeting électoral. Atrocités contre atrocités. Bonnes sœurs violées contre paysans châtrés. Il n'en manquait pas. Les journaux en étaient pleins, les premières semaines surtout ; ensuite, il s'étaient lassés, comme toujours, étaient passés à d'autres sujets, ne donnant plus que de brèves nouvelles des combats.

Une pluie légère, douce, avait commencé de tomber, qu'ils ne remarquèrent pas. Les passants, rares, s'écartaient, observaient avec curiosité, ironie parfois, ce couple engagé dans un débat passionné. Quelques-uns s'étaient même approchés, pour écouter, qu'ils repoussèrent d'un regard.

Aurélie eut soudain conscience de l'inutilité de cette discussion. De son absurdité même. S'il partait ainsi, s'il avait réfléchi sa décision sans jamais lui en parler, c'est qu'il ne l'aimait pas. C'est qu'elle avait été pour lui une distraction, l'espace d'un été. Au mieux un rêve. Déjà évanoui.

Elle tourna le dos, rage et douleur mêlées. Il lui prit les épaules. Elle se dégagea. Le monde était gris. Une ruine. Elle courut.

Il criait : « Aurélie ! Aurélie ! »

Il la rattrapa, voulut encore la saisir aux épaules.

— Au revoir, dit-elle. Bonne chance.

Il la laissa aller, cria qu'il écrirait.

Elle pleurait.

Un peu plus loin, elle se retourna. Il n'avait pas bougé, les bras ballants le long du corps. Paralysé. Elle fit un pas vers lui. S'arrêta. Repartit. Les arbres du parc, qu'un vent léger faisait frissonner, laissaient tomber leurs premières feuilles.

Elle avait tellement soif de bonheur.

Mais c'était fini.

Elle avait vécu depuis des semaines dans l'espoir. Un si bel espoir. Un homme à aimer. Une épaule où se reposer car on ne peut pas toujours lutter. Une souffrance à apaiser, cette petite douleur sourde qui lui disait parfois qu'elle était l'enfant de nulle part et de personne, malgré Julia, malgré Françoise, malgré Juliette. Comme une petite voix, une méchante voix surgie d'on ne sait où, qu'elle tentait d'étouffer parce qu'elle aimait Julia, Françoise et Juliette. Mais quand même.

Un joli rêve. Le rêve d'une famille à soi. Vraiment à soi. Avec Paul. Si prévenant, si tendre, si beau.

Seulement un rêve. Elle se l'était redit, répété, dix fois, cent fois, tandis qu'elle courait à travers la ville, que la pluie se mêlait à ses larmes. C'était comme un refrain qui rythmait ses pas. Seulement un rêve.

Par chance, Julia était sortie pour faire des courses. Aurélie s'enferma dans sa chambre étroite, dos appuyé à la porte, corps tendu.

Elle se reprochait un instant d'avoir été trop brusque, trop prompte à rompre. Elle regrettait l'instant d'après d'avoir cru, naïve, qu'elle vivrait avec Paul un amour exceptionnel. Alors qu'il ne lui avait jamais dit qu'il l'aimait, seulement embrassée. Des baisers comme des soleils, dont elle gardait un souvenir ébloui, mais qui ne prouvaient rien, qu'il avait donnés à d'autres filles, sans doute. Celles qui lui tournaient autour, déboutonnaient le haut de leur tablier quand il passait dans l'atelier et, s'il s'arrêtait près d'elle, trouvaient le moyen de se pencher pour lui montrer leurs seins. Mais depuis des mois, c'est vrai, il semblait ne pas les voir, n'avoir d'yeux que pour elle.

La porte d'entrée cogna. Julia était revenue, posait ses sacs, commençait à les vider. Aurélie pouvait reconnaître, au bruit, ce qu'elle avait acheté. Le roulement des pommes de terre qu'elle versait dans une caisse, près de l'évier. Le tintement des bouteilles de bière. Le grincement de la porte du petit garde-manger où elle enfermait beurre, saindoux et viande. La vie. Trop quotidienne... Paul.

Elle tenta de recomposer leur conversation, retrouver les mots qu'il avait eus pour lui annoncer sa décision. Car c'était sa décision. Le plus insupportable pour elle : il y avait sans doute réfléchi depuis des jours, pesé le pour et le contre, sans lui en parler. Comme si elle ne pouvait pas comprendre, comme si son avis et ses sentiments ne comptaient guère. L'homme part pour la guerre, et voilà, ne restent à la femme que la patience d'attendre, l'inquiétude qui ronge et les yeux pour pleurer. Oui mais quand l'homme part pour la guerre c'est qu'on l'y a obligé, comme François Bondues, que l'armée, le gouvernement l'ont appelé. Tandis que Paul a été volontaire, lui. A moins que le parti, son parti, ne lui en ait donné la consigne. Même s'il ne l'avait pas avoué. C'était sans doute la bonne explication : il ne voulait pas se montrer faible, instrument docile de la volonté des dirigeants.

Elle fut saisie d'un grand élan de tendresse, de compréhension, d'indulgence, s'essuya les yeux, fut près de redescendre, de courir à travers Roubaix jusqu'à lui, qui était peut-être rentré chez ses parents.

En bas, Julia achevait de ranger ses provisions, luttait contre la porte d'un placard, toujours la même, qui ne fermait pas bien, qu'il fallait claquer plusieurs fois pour que, par chance, le taquet s'enclenche enfin.

Aurélie ne se sentait pas capable de lui parler. Elle se laissa glisser jusqu'à terre. Si lasse.

Mais c'était peut-être la bonne explication : il obéissait à son parti, comme un soldat discipliné. Il en faut.

Elle se prit à haïr les communistes, tous, Thorez et Duclos, et l'autre à Moscou, Staline, et la femme en Espagne, cette Dolorès quelque chose que les journaux appelaient la Pasionaria.

Puis elle s'interrogea : s'ils avaient raison ? S'il fallait haïr d'abord ceux qui avaient commencé, ces généraux espagnols qui s'étaient révoltés contre leur gouvernement avec des armes et des hommes qui ne leur appartenaient pas, qui étaient à leur pays. Des voleurs en somme.

Il faudrait en savoir plus sur cette guerre.

Paul ne lui avait pas dit quand il partirait. Elle ne lui en avait pas laissé le temps. Elle aurait dû l'écouter davantage peut-être. Ne pas se laisser guider par la colère, le dépit. Ou l'humiliation.

L'humiliation : le pire. Plus forte que s'il l'avait quittée pour une autre fille. Elle l'eût mieux compris. On croit aimer celle-ci et voilà qu'un grand désir pour une autre femme vous naît en plein cœur de la chair. Des histoires comme les livres et les films en racontent par dizaines. Mais là, c'était si différent. Pas d'autre femme à qui elle puisse en vouloir. Une passion politique seulement. Une passion pour la liberté. C'était le mot qu'il avait répété : liberté. Un mot auquel elle n'avait rien à redire. Un bel idéal. Comme l'honneur, la solidarité. Mais elle n'avait pas voulu l'entendre, n'avait retenu qu'une seule chose : il ne l'avait pas consultée. Quand on aime, on ne prend pas d'aussi graves décisions sans partager interrogations et réflexions.

S'il l'aimait pourtant ? Bien sûr, il n'avait pas prononcé le mot. Mais il avait parlé de mariage. Dans sa colère elle y avait à peine pris garde. Comme si elle refusait de rien entendre après qu'il lui eut claqué la porte au nez. Pas tout à fait, c'est vrai : mariage. Elle refit ses comptes : dans trois ans. Cela ferait l'été 39.

Cela aurait fait l'été 39.

Les marches de l'escalier grincèrent. Julia.

Aurélie se redressa, s'essuya les joues, rangea ses cheveux, rapide.

Julia frappait à la porte.

— Entre.

Elles s'observèrent.

— J'étais sûre que tu étais là. Je me demandais... Il y a quelque chose ? Juliette ?

Elle fit non, de la tête.

— C'est Paul ?

Elle lui tomba dans les bras. En pleurs.

— Maman.

VII

— Ce qui a précipité notre décision, disait Blandine, c'est la mort du grand-père, le père de Hans qui vivait avec nous depuis son veuvage en 1930. Il nous répétait de nous accrocher. Il assurait que ça ne durerait pas, qu'ils ne tiendraient pas longtemps, les nazis. Il fallait donc rester. Il était important qu'un peu de raison demeure dans le pays. C'était sa phrase : « Il faut qu'un peu de raison demeure dans ce pays. » Il croyait dur comme fer que c'était un mauvais moment à passer, seulement un mauvais moment. Une idée de Bavarois.

— Pourquoi dis-tu cela ? demanda Lucien Rousset.

— Les Bavarois ? Il faut les connaître. Des rudes, toujours un peu paysans, qui gardent leurs traditions, qui se méfient de ce qui vient du nord, des Prussiens, de Berlin. Mais justement, Hitler n'en venait pas. Au contraire, il vitupérait les gens de la capitale, au début. Il les disait tous pourris. Et les Bavarois, plutôt batailleurs, l'ont suivi. Ils aiment assez les gens un peu *spinnert* comme ils disent, un peu tout fous, si tu préfères. Mais ils sont persuadés que rien ne change jamais vraiment. Alors, pour mon beau-père, Hitler était un accident, seulement un accident. Ça ne durerait pas. Malheureusement, ça dure.

Ils étaient arrivés la veille, toute la famille : Hans, Blandine et leurs deux filles. Un voyage éreintant, par la Suisse, l'impression, jusqu'à la frontière, d'être suivis, le

119

soulagement après les postes de douane et de police, Paris traversé de nuit, l'accueillante maison de l'oncle, enfin, où ils avaient, le soir, enfoncés dans d'immenses fauteuils de cuir et réchauffés par un feu de chêne, goûté à toutes petites gorgées un cognac hors d'âge, un fond de très vieille fine, de ceux qui ne s'épuisent jamais, qui survivent longtemps à la dernière goutte, dans le palais et même dans le verre que son arôme parfume. Pour le reste, ils s'expliqueraient plus tard. Trop long, trop rude.

Lucien Rousset avait essayé de les distraire en leur donnant des nouvelles de la famille, n'avait pu s'empêcher de leur avouer ses inquiétudes pour Céline, enfermée près de Madrid avec ses gosses sans son conseiller d'ambassade. Mais ils dormaient, rompus.

Blandine était descendue la première, le lendemain, à l'aube, admirait le ciel, bleu, rose, où flottait comme une caresse, quand l'oncle Lucien était survenu. Avec un flot de questions.

— Ils te reprochaient d'être française ?

Elle haussa les épaules.

— Même pas. On m'avait toujours appelée la Française. Depuis le début. Mais ces gens étaient plutôt accueillants. Sauf quelques-uns, comme toujours. Pas grave.

Il s'activait, préparait le café, sortait les tasses, le beurre, les confitures, le pain bis. Elle semblait toujours ailleurs, à contempler le ciel velouté.

— Écoute, dit-elle. J'avais une amie à Munich. Une Allemande bien sûr. La femme d'un grand avocat. Elle habitait près de la Marienplatz, un quartier très bourgeois, tu vois. Une superbe femme blonde. Tout à fait le type de femme allemande que les nazis montrent sur les affiches de propagande, les journaux. Leur idéal, quoi. Ils l'avaient même photographiée pour illustrer un de leurs calendriers. Ils avaient raison. Mais c'était une femme libre. Son mari aussi, l'avocat. Justement, il devait veiller à toutes ses paroles, quand il plaidait. Parce qu'on le suspectait pour un rien. Pas seulement lui, bien sûr : tout le monde est suspect. Mais dans un métier comme le sien, on parle. Certains mots doivent être utilisés avec précaution. Liberté, par exemple. Ou bien, race, État, je ne sais pas moi... Tu es vite accusé de trahison, d'avoir trahi le peuple allemand. Pour eux, c'est pis que d'avoir volé ou tué. Ils le disent et ils l'écrivent, même, dans leurs journaux.

— Mais cette femme ?

— Marika ? Figure-toi que son mari a dû plaider, dans une affaire commerciale, rien de politique, contre un dirigeant nazi. Il avait un dossier solide, il s'est battu, il a perdu. En dépit de toute justice. Là, ils ont commencé à prendre peur, Marika et son mari. Ensuite, il a eu des clients nazis qui ne le payaient pas. Au début, il leur envoyait des lettres de rappel. Puis il n'a plus osé : ces gens-là auraient pu le dénoncer, l'accuser d'avoir tenu des propos hostiles au Führer, des choses de ce genre. Ça se fait souvent. Dès lors, ses affaires ont un peu périclité. Mais ils s'en tiraient. Tu imagines dans quel climat ils vivaient. Et puis, il y a deux mois, j'ai lu dans le journal qu'ils avaient été arrêtés. Le mari a été envoyé dans un de ces camps de concentration qu'ils ont construit, je pense que c'est à Dachau, tout près de Munich, et elle, Marika, emprisonnée. D'après le journal, ils avaient parlé de façon péjorative — c'était le mot employé —, de façon péjorative de l'action gouvernementale. On ne disait pas ce qu'était devenu leur bébé, un tout petit garçon. Mais l'État a ouvert des maisons pour élever ces gamins, avec l'idée de les endoctriner dès leur plus jeune âge, je pense.

Plus tard dans la matinée, alors qu'ils arpentaient le champ de vignes tout juste vendangé, chassant les guêpes qui bourdonnaient autour des grappes oubliées et des raisins égarés, Hans commença d'évoquer l'usine. Une affaire de confection appartenant à une vieille famille munichoise qu'il avait réussi à développer.

Pas de problème dans les années 20, expliqua-t-il à l'oncle. Il fabriquait surtout les vêtements habituels des Bavarois, la veste vert foncé à boutons en corne et col de velours, la culotte courte pour les hommes, l'ample jupe et le corsage lacé pour les femmes. Un marché qui s'était développé avec l'arrivée des touristes, chaque été plus nombreux à arpenter la montagne et ses alpages, à déambuler à travers les villages cossus et à prendre pension dans les vastes auberges aux balcons sculptés, chaque hiver plus désireux de glisser sur les pentes neigeuses. Et qui repartaient presque tous avec la tenue du pays, petit chapeau à barbe de blaireau compris.

Les ennuis avaient commencé au début des années trente. Une première commande de chemises brunes, à laquelle il avait à peine prêté attention, bientôt suivie d'autres pour la Jeunesse hitlérienne. Impossible de refuser. L'obligation, aussi, d'accepter les prix qui baissaient à chaque nouvelle commande. Le malaise. « Cela ne conciliait pas à mes idées », disait Hans Schmidt dans un français hésitant que Lucien Rousset n'osait pas corriger.

Surtout, étaient survenus les malheurs du sous-directeur de l'usine, un certain Aron Keller, un Juif. « Je ne l'aimais pas, murmurait Hans Schmidt. C'était un bon ingénieur, mais je ne l'aimais pas. Ne croyez pas que c'était pour sa race. C'était comme ça. On a le droit de ne pas aimer quelqu'un, même s'il est juif ? » Il rougissait, regardait Lucien Rousset, comme pour quêter une approbation. Il l'obtint. D'un sourire.

« Ce qu'ils ont fait, je l'ai pas supporté quand même. C'était pas correct. »

Hans Schmidt s'était appuyé contre un hêtre, le premier d'une longue rangée, racontait.

Au début, de simples murmures quand Aron Keller traversait les ateliers : « Hep ! hep ! jude. » Bientôt, des injures peintes la nuit sur les murs de sa maison : « *Ju-*

denschwein : ça veut dire cochon de Juif, *Fickjude*, ordure juive... des choses comme ça. » Un jour, enfin, un ouvrier, un membre du parti, avait refusé d'obéir au sous-directeur, « J'ai sanctionné cet homme, l'ouvrier. Le jour après, on m'a convoqué à Munich. »

On : le chef du parti pour la région. Qui mettait le marché en main : plus de commandes de chemises si le sous-directeur, jugé coupable d'avoir injurié l'ouvrier et le Führer, n'était pas renvoyé. Hans Schmidt n'avait pas répondu aussitôt, ce qui avait provoqué, à la fin de la semaine, une manifestation de la Jeunesse hitlérienne devant ses bureaux. « J'étais dans le noir ennui. Les commandes de chemises d'uniforme étaient vraiment importantes, on avait dû acheter des machines nouvelles pour fabriquer tous ces vêtements-là. J'ai vu les propriétaires de l'usine. Ils m'ont commandé d'accepter. J'étais honte de parler comme ça à Aron Keller. Je lui ai demandé de rencontrer les propriétaires. Pour qu'ils le disent eux-mêmes. Au retour, il a démissionné. J'ai donné de l'argent pour qu'il va en Amérique, en se cachant. Mais j'étais toujours honte. »

C'était l'année précédente. Hans Schmidt et Blandine avaient commencé à songer à l'exil. Malgré le père qui répétait : « Il faut qu'un peu de raison demeure dans ce pays. » Hans avait vidé son compte en banque, peu à peu afin de ne pas éveiller les soupçons, caché les billets de cent marks sous un tas de vieilles caisses dans la cave de sa villa. « Comme ça, on pourrait partir plus facilement. »

Les ennuis continuaient. Un jour, on le convoquait au siège du parti parce qu'il avait refusé d'embaucher à la comptabilité un garçon qui ne possédait ni les diplômes ni les capacités requises, mais dont il ignorait qu'il était petit chef — un *gefolgschaftsführer*— des Jeunesses hitlériennes. Une autre fois, des ouvriers lui avaient reproché de ne pas assister à une série de réunions sur « la honte du traité de Versailles pour le peuple allemand ». On l'avait ensuite accusé de sabotage parce qu'une commande d'uniformes destinés aux jeunes sélectionnés pour assister aux jeux Olympiques de Berlin comportait quelques malfaçons. Il avait reçu aussi, comme « ami des Juifs », des lettres de menaces.

« On était — comment disait Blandine en français déjà ? — harcelés. C'est cela : harcelés. On avait chaque jour plus envie de partir. Parfois je pensais que ce serait une victoire pour eux. Mais comment faire ? »

Sa voix s'était brisée. Lucien Rousset, aux prises avec une guêpe entêtée, se retourna vers lui, s'aperçut qu'il était près de pleurer.

— Ce qui l'a vraiment décidé, dit le lendemain Blandine à Aline aussitôt accourue en Charente, c'est l'affaire de la jeune Führerin du BDM.

— Du BDM ?

— C'est l'équivalent de la Jeunesse hitlérienne pour les filles. Obligatoire à partir de quatorze ans. Nos deux filles, donc, en étaient. L'embrigadement permanent : ici, on ne l'imagine pas. Il y avait les cérémonies en uniforme, bien sûr. Les filles d'un côté, les garçons de l'autre, marchaient à travers la ville, derrière les tambours et les fifres, et se faisaient applaudir par les passants. Puis, sur une place, ils écoutaient des chefs, prêtaient des serments, criaient tous ensemble des « Heil Hitler ». Ou bien, le soir, dans une salle, on leur enseignait l'histoire de l'Allemagne, pas l'histoire réelle, mais une histoire à leur manière, qui montrait que la race aryenne était la plus virile, la plus guerrière, qu'elle avait été battue quand elle n'avait pas su préserver sa pureté contre le monde extérieur, et le monde extérieur, dans ce qu'ils disaient, c'était surtout les Juifs. Ou bien, il était manipulé par les Juifs. Surtout, les Français bien sûr.

— Tes filles y allaient ?

— C'était obligatoire.

— Ça leur plaisait ?

— Bah, les défilés en uniforme, tu sais ce que c'est : quand on a quatorze ou quinze ans, on trouve plutôt agréable de parader. Mais les réunions les ennuyaient. Surtout la plus jeune, Erika. L'aînée, Guida, était plus intéressée, elle avalait plus facilement tout ce qu'on leur racontait. Un jour, j'ai fini par lui dire, en plaisantant, qu'elle allait bientôt me reprocher d'avoir inspiré le traité de Versailles. Parce que c'est toujours la même rengaine : les Français, au traité de Versailles, en 1919, ont voulu dépecer et ruiner l'Allemagne.

Elle eut un petit sourire, un peu triste. Aline l'observait. Cette petite voix réservée, cette fermeté en même temps, et ces yeux. Décidément, ces yeux. Aurélie Bondues. Lui parler de cette piste ? D'abord, l'écouter. Lui laisser vider son sac de soucis et de malheurs.

— La Führerin du BDM, poursuivait Blandine, n'habitait pas très loin de chez nous. Un peu à l'écart de la ville. La fille d'un cultivateur, une certaine Martha, qui passait parfois avec sa mère pour vendre des œufs, de la volaille, des choses comme ça. Le père, on ne le rencontrait jamais, un type un peu simple, blessé à la tête, en 1914, amnésique. Cette Martha, on l'a vue grandir. Plutôt bonne fille, avant. Puis elle est devenue Führerin. Au début, ça m'amusait de la voir se redresser, toute fière. Et sa mère ! Martha ceci, Martha cela, sélectionnée pour aller assister aux jeux Olympiques de Berlin ! Toute une histoire. La fille, elle, commençait à prendre des airs, un peu mijaurée, sournoise. Je ne trouve pas le mot. Pas très sympathique, en tout cas. Ou bien, je me faisais des idées...

— Vous vous sentiez surveillés, peut-être ? Y compris par cette fille.

— Elle et d'autres. Une sorte de brouillard malsain autour de toi, comme une fumée grise. Tu te demandes toujours ce qui va t'arriver. Quand tu penses qu'à l'école les enfants devaient faire des problèmes sur les capacités des avions qui doivent larguer des bombes dans tel rayon...

— Les filles aussi ?

— Les livres scolaires sont les mêmes pour les filles et les garçons, bien sûr.

— Alors, ta... Martha ?

— Un soir, elle a sonné à la porte. Elle était raide comme leurs officiers, tout juste si elle n'a pas claqué les talons quand je lui ai ouvert. Aussitôt entrée, elle a demandé à voir Hans. Avec un ton solennel, comme un petit chef qui se prend au sérieux. Plutôt drôle chez une fille de dix-sept, dix-huit ans. J'hésitais entre le rire et la crainte. Parce que tu comprends vite dans ces cas-là qu'un nouvel ennui s'annonce. Hans était dans son bureau : en fin de semaine, il a toujours des paperasses à revoir. J'ai répondu qu'il était très occupé et que je pourrais lui transmettre ce qu'elle avait à dire. Alors, elle s'est raidie d'avantage. Elle était encore plus ridicule peut-être, mais je ne pensais plus du tout à rire. Je l'entends encore : « Dites à votre époux, tout de suite, que c'est dans l'intérêt de votre fille Erika. » Là, j'ai craqué. Je suis allée le chercher. Il n'était pas content. Il est patient et gentil, Hans, tu verras, mais il grognait. Quand il est arrivé dans le couloir, en face de cette gamine, elle a salué en tendant le bras : « Heil Hitler ! » J'ai regardé Hans. Il a hésité un instant. Le salut, il l'avait peut-être déjà fait à l'usine. Bien obligé. Mais jamais devant moi. Elle attendait, la fille. Moi aussi. Ça n'a pas dû être très long, mais ça semblait interminable. Il a fini par dire « Heil Hitler » en me regardant de côté, d'une voix... Enfin d'une drôle de voix. La fille n'a pas pu retenir un sourire de moquerie. Puis elle s'est reprise, très vite, pour dire qu'Erika ne participait pas aux réunions avec assez d'assiduité, que c'était vraiment gênant et que les conséquences pourraient être fâcheuses. Tu aurais entendu sur quel ton elle parlait : dur et mielleux à la fois, je ne saurais pas l'imiter. « C'est mon devoir, a-t-elle dit, de signaler les absences à mes chefs. » Il est devenu blanc, Hans. Il a prétexté qu'Erika avait été souffrante, plusieurs fois. Alors, cette Führerin l'a coupé, glaciale : « Ce n'est pas ce que m'a avoué sa sœur, Guida Schmidt, qui est une fidèle, elle, une vraie jeune fille allemande. » Elle me regardait en parlant. Enfin, j'en ai eu l'impression. Hans aussi, d'après ce qu'il m'a dit ensuite. Il était obligé de capituler, tu comprends ? Obligé. Il a promis tout ce qu'elle voulait, qu'Erika participerait à toutes les réunions, toutes. La fille a remercié très poliment avant de claquer les talons et de renouveler son « Heil Hitler ! ». Alors, nous nous sommes regardés, en silence. Ce qui nous faisait peur, surtout, c'était Guida, qui nous échappait, qui dénonçait sa sœur. La famille allait éclater, tu comprends ? Jusque-là mes deux filles s'accordaient bien, très bien. Et puis Guida... Tiens, je vais te dire : quand nous sommes partis, nous le lui avons caché jusqu'au bout. Nous avions peur d'elle. Il a fallu inventer toute une histoire de vacances que Hans pouvait prendre à l'impromptu, juste avant l'automne. Mais jusqu'à l'arrivée en Suisse, si nous avons craint d'être suivis, c'était à cause d'elle. A cause de ma fille, tu te rends compte ? Et aujourd'hui encore, elle nous croit en vacances, j'ai dû prévenir l'oncle et la tante, quand je leur ai téléphoné d'Angoulême pour leur annoncer notre arrivée. C'est comme si j'avais encore perdu une fille, tu comprends ?

Elle aurait dû le savoir, qu'il prendrait son temps avant de lui répondre. Elle le connaissait assez, l'avait constaté encore en juin quand elle était accourue en pleine grève après la mésaventure triste de Boidin. L'oncle Lucien n'allait pas droit au but d'abord : toujours des tours et des détours. C'était l'habitude de la mer, peut-être, où il faut toujours ruser avec le vent. Ou la fréquentation du cognac qui le poussait à laisser mûrir les idées, comme l'alcool.

Le lieu, il est vrai, s'y prêtait. Aline avait suivi Lucien Rousset dans la grande salle aux alambics, déserte ce dimanche, pour lui demander si elle pouvait, si elle devait, parler à Blandine d'Aurélie Bondues. Elle n'y tenait guère. Mais hésitait, cherchait une confirmation. Elle n'avait pu échapper, d'abord, à un cours sur la formation du cognac : « Faire un bon cognac ou une bonne soupe aux poireaux, c'est la même chose. Les poireaux, tu leur coupes la tête et les racines, et la soupe est meilleure si tu la fais cuire dans une bonne vieille marmite. Pour faire chauffer le vin, c'est idem. D'abord une bonne chaudière qui en a vu d'autres. Ensuite, quand tu l'as chauffé et réchauffé, tu retires la tête, ce qui a un trop fort degré d'alcool, et la queue, ce qui n'en a pas assez, et tu gardes le cœur, l'eau de vie qui titre entre 69 et 72 degrés. »

— D'accord. Mais je...

Il faisait mine de ne pas avoir entendu, faisait rouler sur ses gonds la porte de fer. La lumière les éblouit. Elle dorait la campagne.

— La force du cognac, dit-il à mi-voix, elle est là, tu vois, dans le soleil. Moi, je crois qu'il y a un soleil pour la mer, un soleil pour les arbres, un soleil pour l'herbe, un soleil pour la vigne et un autre, en plus, ici, pour faire sécher le chêne, les morceaux de chêne coupés à la hache qui servent à faire les fûts.

Elle fut tentée de le laisser aller. La campagne brillait, rose et rousse, sous des vols d'oiseaux.

— Oui, mais...

— Je t'ennuie ?

— Tu ne m'as pas encore parlé de l'eau de pluie que tu recueilles toute l'année pour le refroidissement, mais je connais aussi...

Il rit.

Elle pensa qu'il était prêt, arrivé à maturation. Comme

le cognac. Mais non. Il lui montra, au-delà des champs, une petite maison blanche couverte de tuiles.

— Tu vois, cette petite bâtisse ? C'est là qu'habite un certain Traverse, un bon vigneron. L'autre jour, juste avant les vendanges, il me fait appeler. Il était couché, geignait, presque incapable de bouger. Sa femme m'expliquait qu'on lui avait jeté un sort, un ennemi, je ne sais pas trop qui, je n'y prêtais pas attention. Ce qu'il voulait, le bonhomme Traverse, c'est que je le guérisse, que je lui ôte le sort. « Vous avez voyagé, disait sa femme, vous connaissez des choses. » Je leur parlais du médecin, mais ils ne voulaient rien entendre. Il était venu, le médecin, avec de bonnes paroles et des pommades. On n'ôte pas un sort avec des pommades. « Mais vous, vous pouvez sûrement. » Voilà ce qu'ils me répétaient.

— Tu ne l'as pas fait quand même ?

— Si. Figure-toi que j'ai grimpé sur le lit, j'ai frotté et frotté la nuque du bonhomme, j'ai saisi un bourrelet de chair comme si le sort était caché là, j'ai tiré, soufflé dessus de droite à gauche et de gauche à droite et j'ai fini par crier : « Va-t'en de là et va t'loger d'où tu viens. » Puis j'ai couru jusqu'à la fenêtre pour l'ouvrir, afin que le sort ne reste pas à traîner dans la pièce. Eh bien, crois-moi si tu veux, le bonhomme s'est senti beaucoup mieux, aussitôt, et le lendemain il était sur pied. Depuis, j'ai une réputation de chasseur de sorts.

Il rit encore. Elle pensa qu'il y croyait peut-être. Elle admirait surtout sa capacité à être heureux.

Il se tourna vers elle, comme au sortir d'un rêve.

— Et tu dis que cette Aurélie Bondues ?...

— Elle a quitté le peignage, sa mère aussi. A cause d'une sanction qui l'avait frappée. Des entêtées. Elle surtout, Aurélie.

— Ça, c'est le genre Blandine.

— S'il n'y avait que ça...

— Et ton détective ?

— Il patine un peu, ces temps-ci.

— Tu devrais parler à la mère, peut-être. L'asticoter.

— Elle se ferme, elle rentre dans sa coquille dès qu'on lui parle de questions personnelles.

— Si ton détective lui faisait peur...

— Tu le verrais : je me demande s'il en est capable sans la braquer.

— En tout cas, si tu n'es pas certaine de pouvoir avancer plus, n'en parle pas à Blandine. A quoi bon ? Pour la décevoir ensuite ?

— Mais j'espère, quand même.

— Attends d'espérer plus.

Ils sortirent. Un peu plus loin, les filles de Blandine couraient dans le jardin.

— Et ton mari, dit-il, il est au courant de tout cela ?

— Tu sais bien que je ne peux pas.

— Bien sûr, dit Margot, ce n'est pas le même prix. Mais c'est beau, non ?

Elle aurait voulu que Clément Boidin s'extasiât sur ses sièges en acier nickelé. Il les jugeait peu confortables. Bien moins qu'un bon fauteuil de velours et de cuir acheté chez Lévitan — « Signé Lévitan, un meuble garanti pour longtemps », disait la publicité. Des fauteuils qui auraient coûté dix fois, vingt fois moins cher.

Impossible de savoir à quelle mode, quelle suggestion elle avait cédé en achetant un mobilier inspiré par le Bauhaus, l'avant-garde allemande des années 20. C'était son affaire, après tout. Il lui offrait le loyer de son nouvel appartement, sur la rive gauche. Elle avait, d'elle-même, annoncé qu'elle se chargeait de l'équiper. Avec quel argent ? Il s'était gardé de lui poser la question. Les cachets des deux ou trois films où, sous le nom de Jany Star, elle avait tenu des rôles épisodiques, ne justifiaient certes pas de telles dépenses. Elle devait avoir d'autres commanditaires. Il ne s'en offusquait pas. Après tout, il ne faisait que passer. Et, depuis l'avertissement du Front populaire, il avait été assez occupé ailleurs. Elle s'était installée, d'emblée, sur ses genoux. Il aurait apprécié tout à fait cette position, d'autant que son peignoir de batiste orné de Valenciennes ne laissait rien ignorer de son corps, si l'une des barres d'acier du fauteuil du Bauhaus ne lui avait presque coupé les reins. Elle lui donnait de petits baisers, expliquait qu'il lui avait bien manqué depuis — combien ? trois semaines, un mois peut-être — mais qu'elle était très occupée, ce qui lui avait permis de mieux supporter son absence.

— Occupée par qui ?

Il souriait, moqueur. Elle fit mine de n'avoir ni vu ni compris, se lança dans l'histoire d'un projet de film auquel avaient rêvé Jacques Prévert et Marcel Carné. La transposition d'un fait divers assez atroce, en réalité. L'été de l'année précédente, des gamins s'étaient évadés d'une « maison de correction », à Belle-Ile, au large des côtes bretonnes. Les touristes, qui s'ennuyaient peut-être, s'étaient alors lancés à la chasse aux enfants pour aider les gendarmes. Une sorte de fête pour les citadins, un grand jeu dans la campagne et les rochers.

— Tu te rends compte : ces maisons-là, ce sont des bagnes ! J'ai connu, au Panier, un type qui s'en est sorti. Quand il racontait ce qu'il avait vécu dans ces prisons, je ne dormais plus de la nuit. Moi, je comprends les gosses qui veulent sortir de là.

— Et alors ?

Alors, elle avait espéré tenir un rôle de touriste chasseresse dans ce film. Mais la commission de la censure du cinéma, ayant reçu un résumé du scénario, avait fait savoir qu'il ne fallait pas insister, qu'un tel film, à supposer qu'il fût tourné, ne recevrait jamais l'autorisation d'être diffusé. « Alors, on a tenu des réunions et des réunions, avec les syndicats. Tu te rends compte, la censure, sous le gouvernement du Front populaire ? »

Clément Boidin s'amusait, songeait à son beau-père

qu'une telle histoire surprendrait à coup sûr, à tout ce qu'il entendait dans les soirées roubaisiennes ou lilloises sur le monde qui se défaisait, aux sollicitations dont il était l'objet, depuis des semaines, de la part d'industriels de la région, qui, animés par des ecclésiastiques modernes, voulaient créer une société de production, « Norfamilifilm », qui diffuserait dans les salles des programmes édifiants pour tous les publics.

Il était décidé à y mettre quelques capitaux. Et voilà que cette Margot qui s'était levée pour aller chercher le champagne et ondulait devant lui, presque nue, lui demandait de participer aux financement d'un film d'un tout autre style. Un projet de Carné et Prévert, encore :

— Une histoire tirée d'un roman policier anglais. Avec un évêque plutôt bizarre. Les gens de ton monde n'ont pas le beau rôle, si j'ai bien compris, dans le bouquin anglais. Carné et Prévert ont trouvé un producteur, qui a un drôle de nom, Corniglion-Molinier, un type de Nice, un aviateur. Mais il n'a pas tout l'argent qu'il faudrait. Et il rêve de partir pour l'Espagne, faire la guerre, comme l'autre, l'écrivain, André Malraux. Alors, si tu t'y mettais, dans le financement, ce serait plus sûr.

— Pour cracher sur les gens de mon monde, comme tu dis ?

Elle revenait, deux coupes à la main, le peignoir ouvert, haussait les épaules.

— Non, pour faire un film. C'est du cinéma, tout ça. Pas plus. Personne ne dit que le cinéma, c'est vrai. Seulement, des histoires, té. Tiens, prends. On va arroser mon nouveau home.

Elle disait « mon nouveau home » mais avait retrouvé, soudain, son accent. Il prit la coupe, trinqua. Elle sauta sur ses genoux. La barre d'acier dans le dos, encore.

— Santé, dit-elle.

— Santé.

Il vida la coupe, d'un trait, faillit tousser. Elle le regardait, pensive.

— Ils ne sont pas si moches que ça, dans ton monde,

dit-elle enfin. Tiens, ta femme, elle doit bien se douter que toi et moi, ça continue, et elle te laisse en paix.

Elle eut un petit sourire.

— Ou bien, elle te fait suivre peut-être, par un détective privé.

Il sursauta. Pourquoi cette phrase ? Savait-elle ? Impossible.

Il avait reçu, trois jours plus tôt, dans son bureau de Roubaix, la visite d'un petit homme chauve aux yeux gris pâle derrière des lunettes étroites qui, après cent détours, l'avait informé des recherches commandées par son épouse à propos d'une certaine Aurélie Bondues, née en 1917, en pleine invasion.

Clément Boidin, d'abord incrédule, surtout impatient, avait fait jeter l'homme à la porte. Puis sursauté. Ce nom, Aurélie Bondues, ne lui était pas tout à fait inconnu. Il avait cherché, trouvé. C'était celui d'une ouvrière qu'Aline lui avait demandé de réintégrer après la grève, cette histoire d'avortement dans l'usine qui avait mis le feu aux poudres. Une Bondues, oui. Mais avec un autre prénom. La fille d'une femme, avait expliqué Aline, qui avait aidé sa propre mère, mourante, en 1918, en Belgique, à la veille de l'Armistice. Que l'on se montrât indulgent dans ces conditions lui avait semblé normal.

Mais pourquoi Aline s'intéressait-elle à une autre Bondues, née en 1917 celle-là ? Parce qu'elle s'était, par reconnaissance, instituée en quelque sorte la protectrice de cette famille ? C'était bien dans son style, donc l'hypothèse la plus probable.

A moins que.

Il s'était parfois interrogé sur l'histoire de Blandine, cette sœur que la famille disait morte de tuberculose au lendemain de la guerre et dont Aline lui avait confié, à la veille de leur mariage, qu'elle s'était brouillée avec Laurent Surmont-Rousset parce qu'elle aimait un Allemand et l'avait épousé. Les deux sœurs s'écrivaient. Le couple allemand et ses enfants s'étaient rendus chez l'oncle, en Charente. Mais, bon. Clément Boidin n'en savait pas plus, et ne s'était pas passionné pour cette histoire. Toute famille, pensait-il, a des petits secrets. Et cette brouille était tout à fait dans le style Laurent Surmont-Rousset.

Mais si on lui avait caché une grosse histsoire ? Aline ? Il se refusait à le croire. Impossible.

Le petit homme chauve, le soi-disant détective, un certain Deschamps, s'était peut-être trompé. Ou mentait.

Clément Boidin pensait pourtant, depuis, qu'il avait eu tort de le faire jeter à la porte.

Il faudrait le retrouver. Et savoir. Ce qui lui permettrait peut-être d'en remontrer à Laurent Surmont-Rousset. C'était peut-être lui, en réalité, qui s'intéressait à ces Bondues et avait envoyé Aline en éclaireur. Qu'il ait eu une aventure féminine ne serait pas surprenant. Et qu'il utilise Aline pour régler un problème ne serait pas nouveau. Leur complicité agaçait toujours Clément Boidin, entretenait une rancœur qui ne s'exprimait jamais clairement.

— Tu m'écoutes ? demanda Margot.

Non. Il serait bien incapable de répéter ce qu'elle venait de lui dire.

— Tu t'intéresses toujours à Picasso ? reprit-elle, bonne fille. Je veux dire : tu es toujours acheteur ?

Il acquiesça.

— J'ai vu ma copine, Dora. elle l'a retrouvé, son Picasso, à Mougins, sur la Côte, pendant l'été. Il a lâché l'autre... Il n'y a plus qu'elle... et quelques suppléments.

Elle s'était levée, revenait avec un morceau de papier, un fragment de nappe arraché à une table de bistrot.

— Lui, Picasso, il ne tient pas à vendre en ce moment. Il paraît qu'il a peint des toiles au printemps mais il refuse de les montrer. Tiens, elle m'a donné cela pour toi.

C'était le portrait en quelques traits, rapides, vifs, d'une inconnue. Aux yeux immenses.

— Il a fait ça dans un café. Avec une allumette brûlée, elle m'a dit.

Elle rit.

Il posa, soigneux, le papier sur un petit guéridon d'acier.

— Tu as raison, dit-elle. On ne sait jamais ce que ça peut valoir, ces choses-là.

Sa lucidité le surprenait souvent.

Elle l'observait.

— Allez, viens. Tu l'as bien mérité. Tous ces soucis.

Il la suivit. Il était loin. Avec Aline, en Charente.

Et cette Aurélie Bondues, qu'il avait sans doute croisée sans jamais la voir.

VIII

Parmi les feuilles mortes, dans le trou où il s'était niché, Paul Bonpain trouva une branche, qu'une balle avait brisée. Il y accrocha sa casquette, la leva lentement. Une balle, encore, la fit voler. Décidément, l'autre était bon tireur, et toujours aux aguets.

Paul eut une pensée reconnaissante pour Dédé Bricout, son compagnon du bataillon « Commune de Paris », un ancien de 14 qui lui avait appris ce truc : un casque que l'on montre au-dessus de la tranchée, ou du trou d'obus, afin de tester l'adversaire. Dédé Bricout avait été tué l'avant-veille, dès l'arrivée de la XIᵉ brigade internationale de volontaires dans les faubourgs de Madrid. Un éclat dans la tête. Pas de casque, cette fois, pour se protéger. Presque rien, à vrai dire. Des armes disparates. Pas de cartouchières. Quelques fusils-mitrailleurs dont la moitié s'étaient vite enrayés. Et, en guise d'uniformes, des combinaisons bleues d'ouvriers, que traversait le froid humide de novembre. Avec ça, la pagaille. Des ordres contradictoires. Des hommes qui courent dans tous les sens sous les vivats et que les femmes embrassent à pleine bouche. Des camions surchargés de banderoles, d'inscriptions et de fleurs, comme des chars de fête foraine qu'auraient pris d'assaut des dizaines de miliciens excités. Bloquant leur marche aussi, des cavaliers en chapeaux de paille ou calots, brandissant d'antiques pétoires. Le peuple prêt à mourir pour défendre la République contre le fascisme. Dans un désordre à pleurer.

Ils étaient morts par dizaines autour de Paul, depuis deux jours, les artilleurs sans canons et les fantassins démunis de cartouches qui offraient leurs poitrines en cibles aux Banderas de la Légion espagnole et aux Tabors amenés du Maroc par le général Franco. On avait fait crier aux volontaires internationaux que Madrid serait le tombeau du fascisme. Mais c'était le leur, d'abord. On leur avait promis l'appui de chars soviétiques. Mais ils ne les avaient pas vus. Seul les appuyait le peuple. Mais le peuple n'avait pas d'armes.

Comme cette fille d'Albacete, où ils s'étaient regroupés, qui avait donné à Paul un petit couteau à ressort, dans le genre souvenir pour touriste, la spécialité du pays. Cette petite blonde à la voix théâtrale comme en prenaient souvent les femmes espagnoles, criait *Viva el socialismo* en leur servant, dans son étroite taverne, des tapas et des calamares largement arrosés. Elle s'était finalement jetée sur ses genoux. Une forte odeur de sueur et de poivre. Le désir, soudain. Il l'avait serrée contre lui puis repoussée, doucement. Aurélie. La fille lui avait caressé la joue, pas rancunière. Avec des mots qu'il n'avait pas compris. Toujours cette voix forte, outrée. Elle avait couru chercher ce couteau, comme une prime réservée aux bons clients. Ils en avaient ri, avec Bricout, Dédé Bricout. Qu'est-ce que cela ferait un couteau de cette taille, dans le ventre d'un fasciste ? Un chatouillis.

Les fascistes, ils les avaient quand même arrêtés aux portes de la ville, en compagnie des miliciens en *mono azul* — des bleus de travail comme les leurs — et des soldats restés fidèles au gouvernement républicain. Tout cela jeté à travers les faubourgs face aux mitrailleuses ou sous les obus. Les hommes couraient d'une encoignure à l'autre, s'abritaient d'un panneau publicitaire, de meubles qui jonchaient la rue, s'arrêtaient soudain, net, un bras en l'air comme s'ils allaient encore manifester, s'abattaient, les genoux pliés. Dédé Bricout dans les premiers qui, ayant survécu à Verdun, se croyait invulnérable peut-être. Paul l'avait traîné dans un couloir. La mort avait apaisé son visage. Les papiers. Il les enverrait à sa femme, à Bordeaux, s'il s'en tirait.

Mais voilà. Après deux jours de combats de rues, on les avait envoyés en contre-attaque, plus au sud. Presque la campagne, soudain. Ils s'étaient lancés en hurlant, déployés sur un petit monticule. Comme les Indiens devant des cow-boys solidement retranchés, avait songé Paul. Les balles piquaient l'air autour d'eux. Toujours ces corps qui semblaient bondir, avant de retomber. Ou qui boulaient vers l'avant. Des tourbillons de fumée sur leur droite. Paul s'était retrouvé seul, dans ce trou où le vent avait poussé des feuilles mortes. Plus un camarade, ni à droite ni à gauche. Même plus son autre copain, un mécano italien des Batignolles, Orlando Ricci, qui avait fui le régime de Mussolini en 1930. En face, cet immeuble où pendait encore, comme une loque, un drapeau rouge. Et d'où l'autre tirait dès qu'il bougeait. Comme s'ils s'étaient retrouvés seul à seul, leurs compagnons de chaque camp s'étant retirés pour les laisser s'affronter dans un duel inégal : l'autre était embusqué, Paul l'aurait juré, derrière une fenêtre du premier étage d'où il le dominait.

La nuit vient tôt en novembre et, en Espagne, Paul l'avait appris, elle tombe plus rapidement. Il l'attendait pour fuir.

Il avait repéré, sur sa droite, après des jardins saccagés, une grande maison à la façade d'un rose sale qui semblait curieusement intacte, volets et portes fermés. Il trouverait peut-être là un refuge dès le crépuscule. Ensuite, il aviserait. Pas question de faire directement marche arrière vers les lignes républicaines, si elles existaient encore : dans ces combats sans uniforme, les camarades seraient bien capables de lui tirer dessus.

Il avait faim, s'ennuyait presque. Tendu pourtant ; attentif à tous les bruits. Des grondements et des bourdonnements d'artillerie, lointains. Des bruits de moteur aussi, peut-être ceux des voitures recouvertes de plaques de métal grossièrement soudées qu'il avait aperçues le matin et qui se donnaient des allures d'automitrailleuses. Il se retourna pour regarder la ville. Des spirales de fumée noire, de grandes lueurs rouges montaient vers les nuages.

Il aperçut un gros caillou à demi caché par les feuilles mortes, se replaça face à l'immeuble du tireur pour le lancer, loin, comme une grenade. Rien. L'autre était-il parti ? Vérifier. Il remua les feuilles. Découvrit un petit tas d'ordures, une boîte de conserve vide qui portait encore l'étiquette *Gaspacho andaluz*. Il reprit son bâton, en recouvrit la boîte pour la lever, comme la casquette tout à l'heure.

Un sifflement, l'explosion, des bruits de tuiles et de gravats en cascade. Un obus sur l'immeuble d'en face. Venu d'où ? Pourquoi ? L'occasion de fuir. Vite. Il fila, rapide, vers la maison rose sale.

Le claquement de fouet d'une balle. Il se jeta à terre dans l'étroite allée que bordaient deux haies de buis déchiquetés. L'obus solitaire n'avait pas eu raison de l'autre.

Mais si lui, Paul, en venait à bout ? Il pouvait essayer, il pouvait toujours essayer, rien ne l'empêchait d'essayer.

En finir avec l'homme de l'ombre. Il aurait réussi cela, au moins, s'il devait mourir à Madrid. *Viva la muerte*, « Vive la mort », avaient crié des femmes sur leur passage, hier ou avant-hier, il ne savait plus. Ce qu'il avait jugé idiot. Mais qu'il comprenait maintenant. En finir avec ce monde gris. Un monde devenu plus gris depuis qu'il avait perdu Aurélie.

Il ne l'avait pas compris aussitôt. D'abord la stupéfaction après qu'elle l'eut quitté, dans le parc. Puis la colère, le dépit qui se mêlaient au plaisir de rencontrer des volontaires comme lui, qui se réchauffaient le cœur ensemble, se montaient la tête, rêvaient d'exploits et du bonheur de l'humanité. Et Dédé Bricout, à qui il s'était confié un soir de cafard — ils venaient de débarquer en Espagne — qui lui répétait : « Une de perdue, dix de retrouvées. » Qui avait peut-être raison. Après tout, elle n'était pas unique, Aurélie. Quand même...

La joie quand il recomposait, dans sa tête, son visage et ses yeux. Ses yeux si différents.

L'amertume de l'avoir perdue. Elle ne répondait pas à ses lettres. Le courrier, ici, il est vrai...

Alors, tuer l'autre. Pour se venger du monde. D'un monde si mal fichu, si injuste, si dur aux petits et aux faibles, qu'il avait sauté sur la première occasion d'essayer de l'améliorer, d'empêcher qu'il soit encore plus injuste, plus dur, plus mal fichu. Ce qui lui avait coûté Aurélie. C'était donc la faute de l'autre. L'autre qui ne bougeait plus. Qui s'était peut-être défilé par l'arrière de l'immeuble. Ou bien qui le guettait, patient, salaud jusqu'à la moelle.

Il n'était pas en bonne posture pour tenter de l'avoir, le nez dans la terre, écrasé entre les haies de buis qui lui semblaient transparentes tant elles avaient été hachées par obus et balles au début du combat, quand ils s'étaient lancés à l'assaut, tout gaillards. Il devait faire une belle cible. Aussi facile à tirer qu'une de ces pipes blanches dans les tirs des fêtes foraines.

Se retourner, d'abord, se retrouver sur le dos pour observer l'immeuble d'en face. Retourner le fusil aussi qu'il avait, en s'écrasant à terre, jeté en direction de la maison rose. Un fusil gigantesque, « plus long qu'un Lebel, c'est dire », avait plaisanté Dédé Bricout qui racontait comment, en 14, les poilus se prenaient parfois les pieds dans ces flingues démesurés. Une arme venue du Mexique, lui avait-on assuré. Une lance plus qu'un fusil. Coincé entre les deux rangées de buis qui marquaient l'allée, il n'avait d'autre ressource, pour retourner cette sorte de lance vers l'immeuble de l'autre, que de la redresser, au risque de se faire repérer. Mais il pouvait essayer, il pouvait toujours essayer, rien ne l'en empêchait. Il risquait seulement de mourir, lance en main.

Les Trois Lanciers du Bengale. Il avait aimé ce film d'aventure où Gary Cooper — le lieutenant Mac Gregor dans cette histoire — était mort en faisant sauter l'arsenal des rebelles. De pauvres gens des tribus bengalies exploitées par les colons bien sûr. Comme les paysans espagnols dans les grands domaines, d'après les journaux. Pourtant, quand Gary Cooper se jetait dans la bataille, on ne pouvait pas être contre lui. On souhaitait qu'il gagne, au contraire, on était avec lui, son allié. Pas celui des malheureux Bengalis. Un des copains de Paul, quand ils avaient vu le film, trépignait, criait même des encouragements.

Gary Cooper n'avait rien d'un fasciste d'ailleurs. Il jouait des rôles, voilà. Pouvait-on aimer à la fois Staline et Maurice Thorez, et Gary Cooper qui, avec ce sourire enjôleur, ces yeux rieurs, jouait un rôle qui rendait sympathiques les exploiteurs du peuple ? Drôle de problème. Paul pouvait mourir dans la minute suivante, il le désirait presque, il se sentait prêt en tout cas, et voilà qu'il se mettait à rêver de Gary Cooper, puis à passer de Gary Cooper à la politique. Peut-on s'intéresser à de telles questions à l'approche de la mort ? Paul eut envie de rire, soudain. Mais rire quand la mort vous guette ? Tout était absurde. Il ne savait pas, il n'avait jamais su. Tuer l'autre d'abord. Ne pas lui donner le plaisir du succès.

Pour retourner le fusil vers l'immeuble, il fallait donc le redresser vers le ciel comme le mât d'un bateau et le rejeter de l'autre côté. Le faire. On verrait bien.

Il le fit. Il attendait le sifflement de la balle. Rien.

Il se mit enfin sur le dos, observa l'immeuble. L'obus avait écorné le pignon. L'autre, au premier étage, avait dû être rudement secoué. Ce qui l'avait peut-être poussé à détaler, de crainte que ce tir ne soit l'annonce d'une nouvelle attaque. A moins qu'il ne soit encore aux aguets, désireux de ne pas laisser échapper cette dernière proie, au moins, cet homme couché entre les buis. Aussi entêté que moi, pensa Paul. Un Allemand peut-être. Mais pourquoi un Allemand ?

En finir. Un sentiment d'urgence le saisit. Il prit son long fusil, manœuvra la culasse. Prêt. Un seul moyen : se dresser, s'offrir. Il se leva, mit un genou à terre, l'arme bien calée à l'épaule, l'œil rivé à l'immeuble et à la petite pointe de métal au bout du canon.

Ce fut une question de secondes, un instant de rien du tout. Et l'autre, enfin, se montra. Une silhouette presque impossible à distinguer, dans l'encadrement d'une fenêtre. Il agitait — au bout d'un fusil, d'un bâton ? — un drapeau blanc, un bout de mouchoir plutôt. Ou de drap. Et Paul tira. Un réflexe, un automatisme. Il s'était tant préparé à cet instant, cette petite pression sur la gâchette, cette libération.

La joie d'abord. Puis la honte qui montait, lente. Allait l'étouffer.

La loque blanche remuait toujours. Il l'avait donc raté ? Il jeta son fusil, leva les bras, les croisa et les recroisa au-dessus de sa tête. Presque joyeux. Il pensait : assez de conneries, on arrête, ne m'en veux pas, je ne voulais pas tirer sur un drapeau blanc, je ne suis pas un salaud, c'est venu comme ça, tout seul. Si l'autre pouvait l'entendre ! Mais une centaine de mètres entre eux, peut-être plus. Un monde.

Il croisait et décroisait toujours les bras. Presque joyeux maintenant. Car la silhouette de l'autre se distinguait davantage. Il se penchait à la fenêtre, agitant toujours son drapeau blanc. Paul tenta de lui montrer, du bras, qu'il allait repartir. Chacun chez soi. Il s'accroupit pour reprendre son fusil. Un peu inquiet de ce qui allait suivre. Si l'autre allait lui prêter de mauvaises intentions...

Non. La loque blanche allait et venait maintenant de

droite à gauche, dans un large mouvement. Un signe de joie peut-être. Un geste de camaraderie ?

Paul répondit en agitant son fusil, très haut. Puis se tourna vers la maison rose. Il voulait souffler un peu, là, avant de repartir, la nuit tombée, vers la capitale d'où montaient toujours des tourbillons de fumée mêlés de lueurs rouges. Il trouverait peut-être à boire et à manger. Depuis le matin, il n'avait rien pris. Il était épuisé, les nerfs perdus, la tête vide.

Le premier pas fut le plus difficile. Comme si les jambes se refusaient. Puis il se courba, pressa le mouvement, courut presque, repris par la peur, la conscience d'être la seule cible visible dans cet espace de petits champs et de jardins.

La balle claqua, alors qu'il allait atteindre la maison, coupa net une branche de rosier avant de s'enfoncer dans la terre.

Il s'aplatit. Pensa : le salaud, tout cela n'était donc que comédie. A moins qu'un autre n'ait tiré. Ou bien, l'homme au drapeau blanc avait voulu lui faire une sorte de pied de nez, l'avait raté exprès : tu as tiré alors que je t'adressais un signe de paix, je tire donc à mon tour, à côté, comme toi, même si toi tu voulais vraiment m'avoir ; balle pour balle, voilà, nous sommes quittes. C'était cela. Il voulut croire que c'était cela. La bonne explication. Nous sommes quittes.

— Jetez votre arme, dit la femme.

Elle tenait un revolver à la main.

Il laissa glisser son fusil.

Elle lui avait ouvert la porte, d'elle-même, alors que, toujours à terre, il s'interrogeait encore sur les moyens de pénétrer dans la maison rose : « Vite. On ne sait jamais ! » Il avait eu le temps de penser que, plus que lui, elle doutait de la sincérité de l'autre, croyait à un piège, jugeait capable l'homme d'en face de tirer encore. Il s'était précipité dans le long couloir sombre, avait seulement aperçu le revolver alors. Une lourde machine à barillet.

— Je vous guettais, dit-elle. Les planches d'un volet du salon sont disjointes. On se pressait derrière, avec André et Simone, pour regarder.

Il entendait des voix jeunes, dans la pièce voisine.

Elle eut un petit sourire. Elle n'avait pas déposé le revolver.

— Ils voulaient prendre des paris, André et Simone, pour savoir qui, de vous deux, aurait l'autre. J'ai eu du mal à les convaincre que ce n'était pas bien. Mais vous, ce n'était pas très bien non plus, quand vous avez tiré sur un drapeau blanc.

Il esquissa un geste du bras, qui se perdit.

— Quoique... soupira-t-elle.

Oui : quoique. Il y avait eu cette balle de dernière minute, devant la porte. Un piège ? Un prêté pour un rendu ? Il ne saurait jamais.

— Un verre d'eau, dit-il. Si vous aviez un verre d'eau. Ensuite, je repartirai.

C'est à ce moment qu'il s'étonna :

— Vous parlez français ?

Elle sourit franchement cette fois, un peu moqueuse :

— Je suis française. Vous aussi. Je l'ai bien vu, quand vous arriviez vers la porte, avant qu'il ne vous tire encore dessus. Vos cheveux, votre front. Vous êtes du Nord, non ?

Il ne répondit pas aussitôt. L'intéressait seulement cette évidence : elle ne croyait pas à la sincérité de l'autre. Elle penchait pour le piège. Il lui en voulut, se répéta qu'il ne saurait jamais.

— Vous n'êtes pas du Nord ?

Il secoua la tête. Si.

— Moi aussi, dit-elle.

Il la regarda vraiment, pour la première fois. Brune, des cheveux coupés court, jolie. Des yeux méfiants, pourtant. Une chemise d'homme, trop grande, sur un beau pantalon blanc aux jambes larges comme en portaient les vedettes dans les revues de cinéma.

Elle ne lâchait pas le revolver, recula sans cesser de lui faire face. On entendait parler des enfants dans la pièce qu'elle avait désignée comme le salon.

— Je leur ai demandé de continuer à guetter. On ne sait jamais. Si votre adversaire... Ils sont tout excités, les enfants, de jouer les guetteurs. Bien sûr, ils voudraient vous voir ensuite.

En parlant, elle avait reculé jusqu'à une autre porte, sur la gauche.

— Passez, dit-elle.

Il la frôla pour entrer, faillit heurter le revolver. Elle sentait la fleur. Il n'aurait pu dire laquelle.

La pièce, aux volets fermés elle aussi, était plus obscure que le couloir. Il était resté près de la porte, hésitant. Elle s'avança, alluma une lampe à pétrole :

— Nous n'avons plus d'électricité depuis deux jours, depuis les premiers combats.

Elle ne posait toujours pas le revolver.

— Là, dit-elle, sous l'évier. Ouvrez cette petite armoire. Il y a de l'eau, ou de la bière, ou du vin, ce que vous préférez. N'abusez pas quand même.

Toujours cette voix un peu ironique. Il avança, se pencha, saisit une bouteille, l'approcha, reconnut l'étiquette : de la bière. Il se redressa. La lampe à pétrole donnait à la pièce, une cuisine, une couleur jaunâtre qui lui fit penser au chœur de son église paroissiale, les jours de fête, quand le curé faisait les frais de dizaines de cierges.

Elle avait sorti deux verres. La lumière lui donnait une beauté nouvelle.

— D'où êtes-vous dans le Nord ?

— De Roubaix.

Elle posa enfin le revolver, sur la table, entre eux.

— Moi, Lille, dit-elle. Asseyez-vous.

Elle saisit un verre.

— A votre santé.

Ils trinquèrent. Le plaisir du liquide amer et sucré, qu'il fallait chercher sous la mousse, un peu trop tiède.

— Vous êtes communiste ?

— Moi ? Communiste ? Non. Mais on ne pouvait pas laisser faire ça, vous comprenez ? Ces généraux qui complotent contre la République. Si ça continue, toute l'Europe va y passer.

Il se demanda ce qui l'avait retenu de reconnaître son appartenance au parti, se dit soudain qu'il n'allait pas se laisser longtemps interroger comme un gamin, ou un voleur. D'ailleurs, il fallait repartir. La nuit devait être tombée, presque.

Il se leva.

— Merci, dit-il. Vous m'avez peut-être sauvé la vie, comme on dit. Mais vous ne devriez pas rester là. C'est trop dangereux. Surtout avec des enfants. Vous me direz que ça ne me regarde pas. Quand même, ça peut recommencer, la bataille, d'une minute à l'autre. Ou l'artillerie. Vous avez entendu l'obus, tout à l'heure... Vous seriez mieux en ville, quand même. Ou de l'autre côté.

— J'aime bien cette maison. C'était une campagne agréable, dans ce coin, jusqu'à la semaine dernière. Pas trop loin de Madrid, en plus. Mon mari l'avait louée au début des événements, quand on craignait les bombardements aériens. Nous étions au calme, et il pouvait se rendre à son travail sans difficultés. Mais quand le gouvernement espagnol a quitté la capitale, l'ambassade l'a suivi, bien sûr. Ça s'est fait très vite. Il devait revenir nous chercher. Mais les autres sont arrivés plus tôt qu'on ne le pensait, n'est-ce pas ? Personne n'imaginait qu'ils seraient déjà aux portes de Madrid. Ou bien, c'est lui qui ne s'est pas pressé, qui avait de bonnes raisons...

Elle chuchotait presque, à présent. Se reprit bien vite, esquissa une sorte de sourire. Il ne fut pas dupe. Le ton de sa voix avait ressemblé, une fraction de seconde, à celui d'une femme de sa courée que le mari laissait tou-

jours seule, le dimanche, parce qu'il avait « deux ména-
ges », affirmaient les voisins. Elle l'excusait toujours,
mystérieuse : « Il a sa raison. » Si bien qu'on avait fini
par appeler l'autre, la maîtresse, « sa raison ».

Quand elles allaient chercher l'eau à la pompe
commune, les femmes se demandaient : « Comment va
sa raison ? Que fait sa raison ? Sa raison est brune ou
blonde ? » Et ainsi de suite.

Il avait toujours pensé qu'elles se dépêchaient d'en rire,
de peur que leur survienne semblable mésaventure. Voilà
que celle-ci, une bourgeoise à coup sûr, parlait des
bonnes raisons de son mari, à lui, Paul, qu'elle ne
connaissait pas, qui n'était pas son confesseur tout de
même. Peut-être à cause de l'obscurité, des circonstances.

— Excusez-moi, dit-il, je ne veux pas me mêler... Mais
votre mari, il fait quoi ? Je veux dire : son métier ?

— Il est conseiller à l'ambassade de France. Premier
conseiller. Olivier de Lontrade : souvenez-vous de ce
nom, c'est le sien. Cela pourrait vous être utile, un jour,
sait-on ?

Ah ! presque un ambassadeur sans doute. Premier
conseiller à l'ambassade de France en Espagne. La haute
société. Il l'avait senti dès le début.

Elle écrivait, rapide, quelques mots sur un papier, le
lui tendit :

— C'est un Espagnol qui pourrait vous aider un jour,
sait-on jamais ? J'ai mis son adresse, aussi.

— Merci.

Il mit le papier dans sa poche, machinal, lointain.
Même pas étonné. Puisque tout était surprenant.

— Encore une bière ? demanda-t-elle.

Elle n'attendit pas de réponse, emplit les deux verres.

— A la vôtre.

Ils trinquèrent de nouveau, un peu complices. Ils
entendaient à peine, au loin, un remuement sourd,
confus, qui avait repris.

— Alors, dit-elle, vous êtes volontaire, dans les Bri-

147

gades internationales, c'est cela ? Qu'est-ce qui vous a décidé si vous n'êtes pas communiste ?

— Oh ! il n'y a pas que des communistes, dans les Brigades...

Il n'allait pas lui raconter quel méli-mélo d'anarchistes, de réfugiés italiens, allemands, de socialistes hollandais, d'anciens légionnaires et d'aventuriers il avait rencontré à Albacete.

Il ne voulait pas lui dire qu'on lui avait recommandé, alors, d'accompagner toutes ses phrases d'un énergique *Compañeros* si l'on s'adressait à des anarchistes et d'un *Camaradas* non moins énergique quand on parlait aux communistes, en ajoutant que se tromper pouvait être dangereux. Ce qui l'avait d'abord laissé incrédule, puis moqueur, triste enfin. Ça ne concernait pas cette femme. Pourquoi voulait-elle lui faire avouer qu'il appartenait au parti ?

— Moi, dit-il en s'efforçant de rire, comme pour s'excuser, ça doit être de famille. Comment vous diriez ça ? Une tradition. Mon père, pendant la guerre — vous savez qu'à Lille on a été occupés par les Boches, quatre ans — eh bien, il s'était fourré dans une sorte de réseau d'espionnage, contre eux. Avec un nommé Berton. Il en parlait souvent, à la maison, même que nous, les enfants, on en avait assez d'entendre toujours raconter les histoires de ce Berton, que les Allemands ont fini par arrêter et tuer. Il lui disait tout, à mon père, ce Berton, comme s'il voulait laisser une trace, avant de mourir. C'est peut-être à cause de ces histoires que je suis comme ça, que j'ai toujours envie d'arranger ce qui ne va pas, que j'ai voulu m'en mêler, moi aussi.

Derrière les volets, le bruit s'était fait plus fort. Presque régulier. Comme la palpitation d'une énorme machine tournant au ralenti.

Des pas dans le couloir. Les enfants se précipitèrent dans la pièce.

— Des hommes ! Voilà des hommes.

— Où ?

148

— De tous les côtés.

Elle s'était dressée, le revolver à la main déjà. Sortait un portefeuille de la poche de sa chemise d'homme.

— Vous, fuyez !

Il se tourna vers les enfants.

— Il y en a partout, dit le gamin.

— Ils viennent de Madrid ou d'en face ?

Le garçon et la fille se regardèrent, comme pour s'interroger, haussèrent les épaules. Incapables de répondre. Une chance sur deux, il avait une chance sur deux. Il courut dans le couloir, vers la porte d'entrée, pour récupérer son fusil.

— Ne faites pas l'imbécile, dit-elle ! Ça ne changera rien.

La porte d'entrée avait déjà cédé sous la poussée de deux jeunes hommes qui s'arrêtèrent un instant, surpris d'en être venus si aisément à bout. Ils portaient des chemises bleues barrées d'un baudrier, et l'on distinguait vaguement, du côté du cœur, des flèches rouges brodées. Des soldats attendaient derrière eux, avec quelques civils.

— La Phalange, glissa-t-elle.

Elle s'était déjà avancée, exhibant des papiers, criant un peu, en espagnol.

Les deux phalangistes l'écoutaient, indécis, montrèrent Paul de la main.

Elle reprit ses explications. Comme une litanie, pensa-t-il. Il ne bougeait pas, statufié, les enfants à ses côtés, tentant de comprendre, grâce aux quelques mots d'espagnol glanés depuis des semaines, l'évolution de la discussion dont il était, à coup sûr, l'enjeu. Il crut deviner qu'elle le présentait comme un domestique, un jardinier peut-être.

De l'arrière, un homme apporta une lampe-torche aux deux phalangistes de l'entrée. Le plus petit s'en saisit, jeta un rapide regard aux papiers que la jeune femme tenait sous son nez, dirigea aussitôt le rayon lumineux vers Paul. La combinaison bleue. Le fusil presque à ses pieds. Qui aurait douté ? Il hurla des ordres et, tandis que deux soldats se saisissaient du brigadiste, prit le poignet de la femme, le tordit pour qu'elle lâche le revolver. Puis la gifla, une, deux, une, deux.

Elle lui cracha au visage. Et, alors qu'il se secouait, stupéfait, comme pour se débarrasser d'un dangereux insecte, elle se glissa jusqu'à Paul et l'embrassa sur la bouche.

Un baiser violent, qui lui brûla les lèvres. Des larmes voilaient ses yeux. Les phalangistes la jetèrent au fond du couloir. Les enfants criaient. Des soldats emmenèrent Paul.

Il avait attendu la mort, au début. Une balle dans la nuque, terminé. Chacun de ses pas, entre les deux soldats qui l'emmenaient, lui avait semblé plus incroyable, plus extravagant, que le précédent. Comme une sorte de cadeau qu'on lui accordait, un répit sans raison. Ou peut-être un piège. Dans quel but ?

Ils suivaient un champ en pente douce, au-delà de l'immeuble d'où l'avait guetté l'autre. Devant eux, la nuit. Derrière, il les devinait, il croyait en sentir le souffle brûlant, les longues fleurs rouges de Madrid en flammes. Ils croisaient des groupes de soldats que l'on distinguait à peine, des Maures enturbannés, des phalangistes aussi que le froid de novembre devait glacer sous leurs chemises bleues. Des hommes qui allaient attaquer ses camarades.

Ils trouvèrent une route empierrée où s'avançaient des fantassins que doublaient des camions. Des convois très différents de ceux qu'il avait vus de l'autre côté, de cette cohue de véhicules disparates surchargés d'inscriptions aux noms de syndicats ou de partis. Là, en dépit de la nuit, il eut le sentiment d'assister à de véritables défilés. Parfaitement réglés.

Les deux soldats ne disaient mot, lui broyaient les bras tant ils les serraient.

Lui se racontait les histoires qu'il avait entendues dix fois, cent fois dans les chambrées ou les bistrots d'Albacete.

Celle de l'homme que les *requetes* — des rebelles avec béret rouge en tête et scapulaire sur la poitrine, c'est tout ce qu'il en savait — avaient obligé à mettre les bras en croix et à crier « Vive le Christ-Roi » tandis qu'ils lui coupaient le sexe ; devant sa femme qui, devenue folle, avait été achevée à la baïonnette.

Celle de cet officier fidèle, que ceux d'en face, l'ayant fait prisonnier, avaient pendu à un balcon de fer forgé, mais en douceur, plaçant sous ses pieds une chaise où il pouvait trouver appui et la retirant d'une seconde à l'autre, afin que la mort et la souffrance prennent leur temps.

Celle de tout ce groupe de gouvernementaux qui s'étaient rendus espérant la vie sauve et que l'on avait fusillés au petit matin : un paysan, témoin de la scène, racontait que le curé, flanqué d'un enfant de chœur, allait les chercher l'un après l'autre pour les mener devant le peloton, et chaque tintement de la sonnette du gamin prévenait qu'un homme tomberait bientôt.

Il savait bien que ceux d'en face, les siens, ne faisaient pas toujours mieux. Il se souvenait de ses discussions avec Aurélie. Aurélie... Il avait découvert dans une église aux colonnes noircies de fumée un amas de soldats marocains, massacrés ; et ceux qui les avaient assassinés avaient aussi tiré sur les statues noires des saintes et des saints, une à une, une balle dans la tête de chacune, qui avaient presque toutes explosé.

A son passage à Madrid, son camarade italien, Ricci, qui semblait très informé, lui avait aussi montré un parc public, la Casa Campo, où les anarchistes amenaient des suspects, parfois parce qu'ils avaient découvert chez eux des images pieuses, et les exécutaient, la nuit, sans autre forme de procès.

Mais c'était lui qui allait mourir, sur cette route où

continuaient d'avancer les camions, lourds et lents, sous la petite pluie fine qui formait comme un brouillard. Ou un peu plus tard, quand ses gardiens l'auraient réuni à d'autres prisonniers, pour faire un exemple, devant la population rassemblée d'un village ou d'un bourg. Ou dans un coin désert, quand ils en auraient assez de le traîner et voudraient s'en débarrasser, certains qu'on ne leur en tiendrait même pas rigueur puisque sa vie ne valait rien.

Puis il se prit à rêver qu'on l'amenait vers l'autre. Le tireur de l'immeuble, l'homme au drapeau blanc, qui serait un personnage important peut-être, un officier de haut rang égaré là et qui aurait voulu, exigé, après leur singulier duel, qu'on lui amenât son adversaire. Mais cela n'avait aucun sens. Impossible de rêver, sous cette pluie, avec ces deux hommes qui le tiraient, pressés, grommelant.

Ou bien, on voulait l'interroger. Il avait lu assez de récits guerriers pour s'imaginer dans un gourbi, une petite pièce mal éclairée, face à un officier qui aurait étalé des cartes et des plans, lui demanderait de montrer et de décrire les positions républicaines, ce qu'il serait bien incapable de faire. Alors, on le torturerait pour qu'il parle enfin. Jusqu'à la mort. C'était le plus probable, l'interrogatoire, puis la mort. Mais pourquoi aurait-on pris un Français ?

— *Qué coño*, hurla l'un des soldats.

Tous phares allumés, une voiture arrivait droit sur eux, qui tentait de doubler, sous la pluie, la file de camions, dérapait sur les pierres luisantes.

Ses gardiens l'avaient lâché : Paul se jeta, comme eux, sur le bas-côté. L'auto en emporta un, écrasa le deuxième, alla s'embourber dans un champ. Il regardait, hébété. Un camion s'était arrêté. Un soldat en sortit, qui jurait, gesticulait. Un autre encore. Personne ne prêtait attention à Paul. Il partit à travers les champs.

Des lueurs rouges toujours au loin. Les faubourgs de Madrid. Un repère. Il s'enfonça dans la nuit.

IX

Une étrange gaieté éclairait la chambre. Des rubans de couleur couraient entre les lits blancs. Les femmes souriaient. Presque toutes. Certaines avec envie, à coup sûr. Elles faisaient bonne mine pourtant. Même celles que la maladie contraignait à rester allongées et à qui Juliette prodiguait des mamours, qu'elle gavait de gâteaux. Car c'était sa fête, quelques jours avant Noël. Elle allait partir, quitter le sana. Guérie, disaient les médecins, un peu flambards, qui la citaient en exemple : maladie découverte à temps, bien soignée, on pouvait s'en remettre. Ce qu'elle se refusait à croire tout à fait : « Au bout de six mois à peine, je suis bien la seule. Ça me fait tout drôle. Ils m'ont bien mis des radios sous le nez : vous voyez là et là, et encore là, c'est beaucoup mieux. Je n'y comprenais rien : un vrai brouillard. Je crois qu'ils avaient besoin de place : il n'y a pas assez de sanas, tout le monde le sait. Et l'hiver, on ne compte plus les nouveaux arrivages. Alors, ouste. Dehors ma fille. Vous donnerez cette lettre à votre médecin. Bien cachetée la lettre, pour qu'on ne lise pas. Je l'ai décollée en douce, avec de la vapeur, au blanchissage. Mais c'est du jargon. Du chinois. »

Aurélie, arrivée en fin de matinée pour la rechercher, la retrouvait telle qu'elle l'avait toujours connue. Une angoissée qui râlait souvent pour cacher ses doutes. La crainte, cette fois, du retour à la vie quotidienne : « Qui voudra de moi, une tubarde ? Je vais faire peur, je te dis, peur. Comme on dit ici pour les tubardes : jeune fille pas de mariage, femme pas d'enfant, mère pas d'allaitement. Moi, en plus, j'ai sur le dos cette histoire d'avortement. Tu me diras que je ne suis pas la seule : rien que dans cette chambre, si on faisait le compte... Mais maman n'aurait pas dû s'en faire toute une histoire. Comme cela, tout le monde l'a su ; tu l'as aidée, d'ailleurs. » Une rancœur qu'elle cachait le plus souvent, qui explosait parfois. En dépit des arguments d'Aurélie : si sa mère n'était pas intervenue pour l'envoyer dare-dare à l'hôpital, où serait-elle, Juliette, aujourd'hui ? Au « jardin des grandes dents », comme disait leur voisin de courée, le père Fauconnier.

Aujourd'hui, quand même, Juliette tentait de faire bonne figure, admettait qu'elle n'était pas la plus malheureuse, comprenait qu'elle aurait provoqué, en se plaignant, les ricanements ou la révolte de ses compagnes. Elle avait demandé à Aurélie d'apporter des gâteaux, obtenu de pouvoir offrir à la ronde un peu de vin mousseux, invité les infirmières et même « Peau d'vache », la surveillante. Une seule absente, de taille : Julia, sa mère, une habituée des visites, que toutes ces femmes avaient appris à aimer et qu'une mauvaise grippe clouait au lit. Pas de chance. Elles s'étaient passé entre elles une petite carte postale du sana pour la signer et lui souhaiter un rapide rétablissement. Un rapide rétablissement ! Leur rêve. Elles se seraient bien contentées, elles, d'une mauvaise grippe. Mais bon. Ne pas trop penser. Être toujours ailleurs, dans sa tête.

Violette, la belle Violette, la voisine de lit de Juliette, la plus ancienne de la chambre désormais, s'était procuré, pour égayer la fête, un petit phono, un de ces tourne-disques dont il fallait remonter le mécanisme après chaque morceau et changer souvent l'aiguille qui courait dans les sillons de cire. Elle avait choisi une valse, « Sur les rives de la Seine », la faisait passer et passer encore, parce qu'elle aimait la voix du chanteur, un inconnu à la voix grinçante pourtant, qui fredonnait : « Sur les rives de la Seine, à l'heure où vient le soir, par les belles nuits sereines, il faut aller s'asseoir. »

Elle avait commencé de danser toute seule, Violette, dans l'allée centrale, entre les lits, les bras étendus, les yeux presque clos. Elle se voyait sur les quais de la Seine, qu'elle ignorait, mais qu'elle imaginait semblables à ceux des canaux, en compagnie de son dernier amoureux, un garçon coiffeur aux cheveux gominés qui ne donnait plus de nouvelles. Ou plutôt avec Sylvère Maes, son champion cycliste, qui lui avait enfin, l'été dernier, envoyé sa photo dédicacée. Ils seraient arrivés au bord de l'eau en Bugatti — avec ses gains de coureur, il devait rouler, au moins, en Bugatti —, ils se seraient assis, main dans la main, sur le capot de l'immense voiture blanche. Elle l'aurait consolé de ses souffrances sur les routes raides et caillouteuses des Alpes et des Pyrénées. Il lui ferait tâter les muscles de ses cuisses, durs comme l'acier. L'intimité, quoi. Le bonheur.

Une autre femme est entrée dans la danse. Maria. On doit, dans trois jours, lui plomber le poumon, introduire derrière le muscle intercostal une masse de paraffine qui écrasera le poumon, lui évitera de travailler et de se fatiguer. Ainsi, disent les médecins, les fameuses cavernes s'écraseront aussi, se cicatriseront, et dès la première semaine elle toussera moins, elle crachera moins.

Maria sait que l'opération la fera souffrir. Mais elle a confiance. Elle voudrait être sortie de là pour le printemps. Elle travaillait dans une brasserie, près de la gare d'Amiens. Servir les clients, entendre leurs bêtises, sourire quand même, laver les verres, passer la serpillière le soir, jeter de la sciure sur le parquet le matin, et toujours, dans les coins, la main du patron sur les fesses ou sur les seins. Pas plus, car il est timide, mais c'est lassant.

Elle se verrait bien, au printemps prochain, serveuse à l'Exposition universelle de 1937. Les travaux ont pris du retard à cause des grèves. Mais enfin, la France ne peut se permettre la honte d'un report de l'Exposition. On mettra les bouchées doubles. Maria s'imagine au salon de thé du pavillon des Arts féminins. Car il y aura un pavillon des Arts féminins, elle l'a lu dans *Vu*. Donc, une clientèle de belles dames, chic. Autre chose que la brasserie d'Amiens avec ses voyageurs et ses cheminots aux lourdes haleines de gens fatigués, mal réveillés après avoir mal dormi. Elle a déjà écrit pour poser sa candidature au pavillon des Arts féminins. Elle n'a pas eu de réponse. Normal, puisque les travaux ne sont pas terminés. Ce sera sans doute pour janvier, février. « Une lettre pour vous, de Paris. » Le bonheur.

D'autres femmes ont suivi. Suzanne, une paysanne de la région du Touquet, on dit maintenant Le Touquet-Paris Plage, qui ne parvient pas à s'expliquer comment elle a pu attraper cette sale maladie, toujours dans les champs, au bon air, au cul des bêtes aussi, parfois, mais quand même, Suzanne qui se demande ce que son mari peut bien faire, en son absence, avec leur fille de ferme, une travailleuse, on ne peut pas dire, mais une sainte-nitouche. Dès son retour, elle la fera mettre à la porte. Le bonheur.

Puis, c'est Nicole qui a esquissé quelques pas. Les autres ont un peu applaudi. Parce que, deux semaines plus tôt, elle en aurait été bien incapable. Toujours au lit. Mais voilà, c'est presque un miracle. Elle dit que c'est un miracle, Nicole, que le Bon Dieu l'a enfin écoutée, depuis le temps, qu'elle n'aura même pas besoin de courir jusqu'à Lourdes, et qu'elle pourra bientôt embrasser ses gosses sans craindre la contagion. Le bonheur.

Après Nicole, il y a eu Fernande, une Marseillaise incapable d'expliquer comment elle avait échoué là. Et Renée, la couturière parisienne. Et Marcelle, qui se prétend la femme d'un ingénieur de Rouen, mais celui-là on ne l'a jamais vu ni entendu parler de ses lettres, alors on ne la croit pas. Après Marcelle, Antoinette, qui travaillait à la mine et ose se dire presque heureuse ici parce qu'elle peut enfin se reposer. Et puis Anastasie, grand-mère déjà, qui n'a pas toute sa tête, mais qui voudrait montrer qu'elle n'est pas perdue. Et encore...

Le disque s'est arrêté, soudain. Au beau milieu d'un couplet. C'est « Peau d'vache », on l'aurait juré, qui est intervenue. Trop de bruit, a dit « Peau d'vache ». La cure, c'est le silence, on le répète assez. Au début, c'était supportable. Mais si tout le monde s'y mettait, non. Il fallait penser aux chambres voisines, et à celle du dessous : tout ce tapage. La cure, c'est le silence. Pas la fête.

Violette lui a fait face. « On a bien le droit de s'amuser un peu. C'est bon pour le moral. Et ce qui est bon pour le moral est bon pour la santé. » En vain. Le ton a monté. Les infirmières se sont éclipsées, prudentes. La surveillante a pris le tourne-disque pour l'emporter.

Violette : » Vous n'avez pas le droit. On me l'a prêté. »

La surveillante : « Je le rendrai. Plus tard. »

Aurélie a tenté d'intercéder. S'est vu répondre qu'elle n'avait rien à faire là, que sa sœur et elle pouvaient partir, qu'on ne les retenait pas.

Là-dessus, la porte a claqué. La surveillante avait disparu, le phono sous le bras.

Les femmes se sont regardées, dépitées. Quelques-unes sont retournées à leurs lits. Elles avaient rêvé, quelques minutes, c'est tout. Elles devraient pourtant se souvenir qu'elles n'étaient que des malades, des patientes comme disent les médecins. Patientes, c'est bien trouvé, c'est le mot qui convient.

Aurélie, alors, a voulu en distraire quelques-unes en leur parlant du dernier film qu'elle avait vu, *La Kermesse héroïque*, l'histoire d'une ville des Flandres dont les notables prennent peur à l'arrivée des envahisseurs espagnols et laissent à leurs femmes le soin de faire face à ces soldats et à leur chefs.

Elles ont ri, un peu : les hommes, tous pareils. Renée, la Parisienne, avait une autre idée en tête : se faire raconter les obsèques de Roger Salengro, le maire de Lille, ministre de l'Intérieur du Front populaire, que des journaux d'extrême droite avaient diffamé, l'accusant contre toute vérité d'avoir déserté en 1915, jusqu'à pousser au suicide ce solitaire brisé, ce qui avait provoqué l'indignation des foules.

Raconter des obsèques, dans ces lieux, à ces femmes, Aurélie n'y tenait guère. Pas très astucieux. Et puis, ce n'était pas d'hier : presque un mois déjà. Mais la Parisienne insistait. D'autres l'appuyaient, même la paysanne du Touquet. Aurélie s'est demandé si c'était la maladie qui provoquait une telle attirance pour les histoires tristes. Ou si, au contraire, la mort des autres, surtout s'ils avaient paru solides et puissants, les rassurait.

Bref, elle leur avait décrit le déferlement des hommes en casquettes, des femmes en bérets ou en bibis auxquels certaines avaient ajouté un voile noir pour montrer qu'elles portaient, elles aussi, le deuil, la longue marche du corbillard à gros pompons tiré par des chevaux caparaçonnés de tuniques noires, derrière les files de porteurs de fleurs et de drapeaux. Un fleuve. Interminable. Julia et elle avaient peiné à regagner Roubaix, le soir.

Une discussion s'est alors élevée. Quelques femmes ont argué que ce n'était rien du tout, comme funérailles, d'après les photos de *Paris-Soir*, si l'on comparait à la foule qui avait, l'année précédente, accompagné le cercueil de la reine Astrid à Bruxelles. L'une d'elles prétendait même y avoir assisté. Les autres la traitaient de menteuse. Là-dessus, nouvelle dispute. A propos du roi, Léopold III, sorti presque indemne de l'accident de voiture, comme par hasard. De quoi nourrir des soupçons. Une si belle reine, pourtant.

Aurélie a regardé Juliette. Juliette a regardé Aurélie. Nul besoin de mots. Elles se sont comprises. Partir. Le train ne passerait que dans deux heures, mais elles trouveraient bien refuge dans un bistrot, près de la gare. La fête était à demi ratée. Tant pis.

Elles avaient, malgré tout, le bonheur au cœur. Juliette, quoi qu'elle dise, parce qu'elle sortait. Aurélie, parce qu'elle avait reçu, la veille, une lettre de Paul. Ce n'était pas la première. Mais celle-ci venait de France. Il se trouvait à Perpignan et annonçait son prochain retour.

La première nuit, perdu et las, il avait échoué à la maison rose. Vidée de ses occupants, désormais, comme si on les avait obligés à fuir. Les phalangistes ? Les miliciens ? A moins que le mari... C'était improbable. Le ton de cette femme, quand elle en avait parlé, comme si elle n'espérait rien de lui. Pourtant, s'il ne voulait plus de sa femme, ces enfants étaient les siens. Avec ces gens-là, on ne pouvait jamais savoir. Dans cette pagaille, en plus.

La maison, ouverte à tous vents, avait été pillée. Paul avait fini par découvrir dans un placard un vieux saucisson d'âne, retrouvé la bouteille de bière entamée l'après-midi avec cette brune qui se prétendait lilloise, déniché enfin dans un meuble bancal du salon une provision de bougies qui n'avait intéressé personne. Avant d'en allumer plusieurs, il avait pris soin de refermer les volets qui claquaient, sinistres. Il ne voulait plus savoir ce qui se passait à Madrid, toujours cernée d'incendies, ni de l'autre côté, de cette campagne d'où semblaient venir encore — mais c'était peut-être une illusion, comme un bruit qui se serait fiché dans son oreille pour longtemps — des rumeurs de troupes en marche, de sourds grondements de moteurs.

Manger d'abord. Vite fait. Puis dormir quelques heures et regagner la ville, avant l'aube, en prenant garde à ne pas se faire allumer par un milicien enragé ou novice. Il n'avait pas d'autre choix.

C'est en s'installant dans la plus grande chambre, sur un sommier déchiré et encore humide d'urine, qu'il avait trouvé un petit carnet de photos, tombé à terre. Des enfants sur une plage, ceux qu'il avait vus l'après-midi. D'abord seuls. Puis avec leur mère. Puis avec un grand bonhomme à lunettes, aux cheveux ondulés, le père probablement. Alors, la surprise à laquelle Paul avait refusé de croire d'abord : toute cette famille en compagnie d'un monsieur plus âgé, un personnage un peu raide, en tenue de ville, avec col dur et cravate. Oui. C'était bien lui, Laurent Surmont-Rousset, dont la manche de veste flottait un peu, vide. Son patron, l'ancien patron d'Aurélie, de sa mère et de sa sœur. Que faisaient-ils ensemble, sur cette plage inconnue ? La femme brune était sa nièce, une amie, sa fille ? Cette photo à Madrid. Incroyable. Mais tout était incroyable.

Il ne s'étonna qu'un instant. Trop fourbu. Dormir. Il se laissa tomber sur le sommier.

Deux heures plus tard, ils étaient là. Un grand tapage de cris, de claquements de portes. Des hommes qui surgissaient de partout, avaient fait sauter les volets et enfoncé les portes ouvertes. Des gamins et des presque vieillards, tous hirsutes, armés et vêtus à la diable, pétoires et haillons, avec un seul élément d'uniforme, un brassard marqué CNT. Des anarchistes. Un jeune l'avait visé avec un minuscule revolver garni de nacre, presque un bijou. *Viva la muerte.* Un autre avait abaissé son arme. Ils l'interrogeaient tous ensemble, en espagnol. Ou en catalan peut-être. Il leur avait donné du *Compañeros*, à peu près le seul mot qu'il connaissait et qui put les agréer pensait-il. On lui avait assez seriné la leçon : *Compañeros* pour les anarchistes, *Camaradas* pour les communistes. Mais il croyait deviner qu'ils voyaient en lui un communiste, justement, sans doute une graine de traître à leurs yeux.

Ils en doutaient, peut-être. Ils renoncèrent à le tuer, après lui avoir agité leurs armes sous le nez. Il se retrouva, une fois encore, entre deux gardiens qui l'amenaient vers l'arrière, les lignes républicaines, le jetèrent, comme un détritus, dans la cave d'un bâtiment de la Cité universitaire où se traînaient des familles et quelques hommes de tous âges, sous la garde de trois gaillards un peu ivres qui ne voulurent rien entendre à ses demandes et ses protestations, lui balancèrent un coup de crosse dans le ventre quand il fit mine de sortir.

Il se demandait ce qu'on voulait faire de ce petit groupe, se souvint de ce que lui avait raconté son camarade italien, ce parc dans lequel les anarchistes exécutaient sans jugement, au petit matin, ceux qu'ils croyaient rebelles, contre-révolutionnaires, ou simplement croyants.

Interroger ses voisins ? Impossible de se faire comprendre. Allant de l'un à l'autre pour quêter une explication, il finit par trouver une jeune femme dont un fichu sans âge laissait échapper des cheveux blonds sur un visage aux traits épais et aux yeux vides, qui sursauta en l'entendant parler français. Mais elle se recroquevilla aussitôt, la tête dans les mains, enfermée en elle-même.

Il trouva place près d'elle, à l'entrée d'un petit couloir encombré de dossiers et de registres, des archives pensat-il. Elle finirait peut-être par reprendre vie, parler.

Une vieille à sa droite, avait rassemblé trois enfants autour d'elle, les exhortait, les fit mettre à genoux comme pour réciter des prières. Bientôt, en effet, s'éleva un murmure régulier. La vieille, la grand-mère sans doute, disait des prénoms et les enfants répondaient. Une litanie. Il craignit pour eux, mais leurs trois gardiens, près de l'entrée, plaisantaient en se passant l'un à l'autre une grosse gourde de cuir.

La litanie le berçait, le ramenait à sa jeunesse d'enfant de chœur, à ces grandes cérémonies qu'il avait aimées, ces vêpres interminables où le curé faisait chanter des cantiques après avoir processionné, d'une nef à l'autre, à travers la grande église. « Je n'ai qu'une âme, qu'il faut sauver... » Il l'aimait celui-là, à cause de son rythme, d'abord lent, suppliant, qui s'accélérait soudain pour « de l'éternelle flamme, je veux la préserver ». Ce qui le terrorisait jadis. Il se surprit à chantonner.

— Vous... vous connaissez ?

C'était la jeune femme blonde. Elle s'était dressée,

comme réveillée, soudain, se frottait les yeux, qui retrouvaient un peu de vie, un peu de lumière.

Il secoua la tête. Oui, bien sûr.

Mais une sorte d'instinct lui interdit de lui parler, de peur qu'elle ne s'enferme à nouveau. Déjà, la tête était retombée dans les mains.

Si elle parlait français, comme il pouvait désormais le supposer, elle serait son seul lien avec les autres. Mais elle était repliée sur son mal comme une grande blessée. A ménager. Ne pas brusquer. Patience.

Puisqu'un cantique avait semblé la tirer de sa torpeur, il en chercha un autre. Mais il n'avait plus mis les pieds à l'église depuis sa communion solennelle, le long défilé avec cierge et brassard blanc chargé de dentelles, le serment de renoncer à Satan et de s'attacher « à Jésus-Christ pour toujours », dont on savait bien, même à onze ans, qu'il n'avait pas d'importance, il suffisait de regarder ce qu'avaient fait les aînés, comment les parents attendaient, impatients, remuants, la fin de la cérémonie pour aller faire la fête.

Un autre cantique ? « Catholique et Français toujours ». Non, ça ne marcherait pas avec une Espagnole. « Nous venons du Nord, près de la Madone », le chant des pèlerins de Lille ou de Roubaix quand ils allaient à Lourdes. Ça ne marcherait pas non plus. Aucune chance. Il fouillait sa mémoire. L'*Ave Maria* de Lourdes. C'était peut-être international, cela, et ça commençait par du latin. Mais que diraient ses copains de cellule, et les miliciens, s'ils l'entendaient chantonner l'*Ave Maria* de Lourdes pour tenter d'apprivoiser une pauvre jeune femme sur qui tous les malheurs du monde semblaient s'être abattus ? Il se permit un sourire. Les gosses et la vieille, à sa droite, récitaient toujours leur litanie. Les gardiens, à l'entrée, s'en étaient pris à un grand bonhomme, un colosse à la tête bandée qui eût pu leur casser le crâne comme des noix s'ils lui avaient laissé les mains libres et dont la force même leur paraissait peut-être insultante, indécente.

Ave, ave, ave Maria. Elle reprit après lui, avec lui chantonna. Elle avait une voix forte, toujours cette voix un peu théâtrale des Espagnoles. Il lui fit un petit signe de la main : doucement, plus bas. Le risque que les gardiens les entendent était faible, mais quand même.

Il reprit l'*Ave Maria* de Lourdes, qu'elle accompagna, s'interrogea encore : quoi d'autre ? Trouva « Plus près de toi, mon Dieu » dont le vicaire, au catéchisme, leur avait expliqué que les passagers du *Titanic*, un navire orgueilleux qui était comme un défi au ciel, un coup de chiqué, une fanfaronnade des hommes qui se prenaient pour des dieux, eh bien, ces passagers, enfin éclairés, repentants à l'instant de mourir, avaient chanté ce refrain, inlassablement, déconfits, apaisés, confiants peut-être. « Plus près de toi, mon Dieu », elle connaissait. Les curés espagnols racontaient-ils la même histoire ?

Il se souvint ensuite de « Vive Jésus, vive sa croix », le refrain du Vendredi saint, quand les prêtres s'arrêtaient, dans les nefs de l'église, devant les moulures de plâtre peint qui représentaient les stations du chemin de croix. Un des pires souvenirs de ses années de catéchisme.

Elle ne connaissait pas, semblait-il. Elle ne reprit pas ce chant avec lui. Mais commença soudain de parler. Sans le regarder. Le visage toujours dans les mains. Si bien qu'il dut tendre l'oreille, fut tenté d'interrompre les gosses et la vieille dont les litanies bourdonnaient.

Il crut comprendre que la jeune femme avait vécu trois ans à Lourdes, envoyée par un ordre de religieuses dans une maison qui hébergeait des pèlerins espagnols. Ce qui expliquerait sa connaissance du français. Elle y faisait la cuisine, dit-elle, et les achats. Elle lui parla de saucisse, de fromage de brebis dont il ignorait l'existence et de la garbure, un plat qu'il ne connaissait pas davantage et dont il finit par deviner qu'il s'agissait d'une sorte de potage.

Elle s'était animée en lui parlant, le fichu qui lui cachait la tête était presque tombé, et il lui avait trouvé une sorte de charme.

— Toi, communiste ?

Il fut surpris par sa question, brusque. Haussa les épaules. Qu'est-ce que cela pouvait changer ? Demain matin, ou dans une heure, ils seraient morts peut-être. Une pensée qui le glaça, soudain. Elle n'insista pas, montra du doigt, plus loin, une femme assez âgée, plantureuse, qui semblait sommeiller dans les bras d'un homme.

— Comme moi.

— Religieuse ?

— *Sí !*

— Pas vrai ?

— *Claro que sí !* Elle... Talavera... Talavera, tu connais ?

— Non.

— Moi, Talavera aussi. Après, pas même couvent.

Elle dit un nom, qu'il ne comprit pas bien, sans doute celui de son couvent. Il brûlait de lui demander comment elle avait abouti en ce lieu, craignait qu'elle ne s'enferme à nouveau.

— Quand révolution commençait, nous très peur. Prières et prières, et prières.

Elle joignait les mains, multipliait les signes de croix et les courbettes. Il craignit pour elle, regarda vers l'entrée. Leurs trois gardiens s'intéressaient à des filles.

— Mais rien, reprenait-elle. Nada. Toujours révolution.

Il faillit l'interrompre, pour lui expliquer qu'il ne s'agissait pas de révolution, de rébellion fasciste au contraire. Des barbares qui à Badajoz et ailleurs avaient commis des atrocités, condamnées même par des catholiques en France.

Mais elle était lancée, désormais.

— Supérieure couvent, le soir, tous réunis dans chapelle. Grande statue bois : Maria et Enfant Jésus.

Elle fit le geste de tenir un enfant dans ses bras, assis sur les bras plutôt, crut-il deviner. Puis le geste de scier.

— *Aserrar*, dit-elle.

Il ne comprenait pas. Elle répétait « *aserrar* ». Et toujours ce geste. Comme le mouvement d'une scie.

— Scier ? demanda-t-il.

Elle lui fit face, le regarda enfin. Une lumière dans les yeux. Le plaisir d'être comprise. Oui. Scier.

— Elle scier statue. Retiré l'enfant de Maria, *virgen* Maria, mit dans panier et dit Marie que plus enfant pour elle. Seulement rendre lui après révolution.

Il n'était pas certain d'avoir saisi toute l'histoire.

— Elle l'a menacée, Marie, Notre-Dame, de lui enlever l'enfant, Jésus, et de le garder tant que... que la guerre continuerait ?

La femme opinait.

— Elle ne voulait pas lui rendre l'enfant avant la paix ? Pour que Maria fasse venir la paix, comme un miracle, pour retrouver Jésus ?

— *Milagro, sí.*

Milagro. Sans doute, miracle.

La femme souriait. Il n'osait pas rire, se demandait ce qu'elle pensait de cette histoire, pourquoi elle la lui avait racontée.

— Et après, pas de miracle ?

— *Nada. No milagro.*

Elle montra la cave, où les enfants s'étaient endormis, quelques hommes aussi. Pas de miracle. Il n'osa pas lui demander ce qu'était devenu le morceau de statue qui représentait Jésus.

Un peu plus tard, elle lui raconta l'irruption des miliciens dans le couvent. Ils avaient violé quelques religieuses. Elle, non. Enfin, pas tout de suite. L'un d'eux, un jeune, avait annoncé qu'il voulait l'épouser. Un autre était allé chercher dans la sacristie de la chapelle soutane, surplis, aube, burettes aussi et avait fait le prêtre pour mimer le mariage. *Seminarista*, disait-elle. Un ancien séminariste sans doute. Tous les autres jouaient les témoins. Elle, on l'avait obligée à retirer devant eux son voile, sa capuche, sa robe de religieuse et à revêtir un long surplis de prêtre, une ample tunique blanche allongée de dentelles pour imiter une robe de mariée dans laquelle elle s'était sentie comme nue. *Nube*, disait-elle. Ensuite, son étrange époux l'avait emmenée dans une cellule, sous les rires.

Elle ne dit pas s'il l'avait violée.

Paul l'imaginait couchée sous l'homme, poussant de petits cris. Surprise, peut-être. Abasourdie. Mais non : blessée. Il eut vers elle un élan de tendresse ou de pitié. Tendit la main comme pour une caresse. Elle recula, frissonnante. La peur de l'homme. Blessée, donc. Grièvement blessée.

Le plus grand des trois gardiens était venu le chercher au petit matin, crosse en avant, menaçante. Debout ! Les jambes de Paul avaient tremblé, soudain, sans qu'il puisse les maîtriser. La honte avec la peur. Tous les yeux sur lui. C'était le petit matin, l'heure où les anarchistes, se souvenait-il, exécutaient de simples suspects, dans un parc. La sœur blonde lui avait saisi la main. Elle pleurait.

Un coup de crosse dans les reins. Pas trop rude, mais comme un signal. Il tenta de lui sourire, se dégagea, traversa la cave. Il ne pensait plus qu'à Roubaix. Aurélie. Ses yeux si profonds. Cette bouche qu'elle lui donnait dans une sorte de violence qui l'avait étonné le premier jour. Il revit son père, cheminot, qui avait voulu le décourager de partir pour l'Espagne. Sa mère qui pleurait. Mourir à vingt ans. Tué par des alliés. Enfin : des gens qui combattaient comme lui les fascistes, les rebelles. Mourir. Non. Il leur expliquerait. Il trouverait bien quelqu'un à qui parler, qui comprendrait le français. Mourir. Trop bête.

Il s'était retrouvé dans une cour crasseuse, où des hommes se passaient des gourdes de vin. Quelques femmes dépoitraillées aussi. Un air d'accordéon. Une grande banderole rouge : *En la tierra, en el mar, en el aire, adelante para la victoria !* Sur terre, sur mer, dans le ciel, en avant pour la victoire : il connaissait. Un barbu à la tête enturbannée de pansements s'approcha, souriant, sympathique, lui tapa sur l'épaule : *Camarada !* Camarade ! Un communiste ? Non. Celui-là aussi portait le brassard marqué CNT. A quoi jouait-il ? Il lui tendit une gourde. Du vin rouge, très costaud, un peu aigre, qui lui brûla l'estomac.

La tête lui tournait. L'épuisement. La surprise. Les questions qui se pressaient. L'autre lui donnait de grandes tapes sur l'épaule. Souriait. *Camarada !*

Il risqua un *Compañeros* qui les fit rire. Bon. Ce n'était peut-être pas une comédie avant l'exécution. Plusieurs avaient commencé de danser avec les femmes. Un tango. Et voilà qu'ils faisaient sortir de la cave la religieuse blonde, qu'ils la poussaient au milieu de la cour, effarée, paupières tremblantes, comme éblouie par la lumière rose, pourtant faible encore, de l'aube. L'un des gardiens de la cave discutait avec le barbu au pansement qui semblait être le chef. Ils riaient en regardant Paul, lui amenèrent la femme. Ils faisaient de grands gestes, parlaient fort, toujours souriants, la jetèrent contre lui. Firent tourner leurs mains, comme des marionnettes, s'efforçant de suivre le rythme de l'accordéon.

— Ils veulent nous faire danser, dit-elle enfin.

Le barbu secoua la tête comme s'il avait compris et approuvait. Paul hésitait, prit la femme dans ses bras, esquissa un pas, un autre. Quelques applaudissements. Les autres danseurs s'étaient arrêtés pour les regarder. L'accordéoniste jouait plus fort, comme pour les encourager. Elle s'était abattue sur la poitrine, cherchant peut-être une protection. Elle sentait la sueur. Elle dansait mal : une bonne sœur ! Tellement collée en plus. Le désir le saisit, brutal. Il se demanda si, accrochée à lui comme elle l'était, leurs jambes mêlées maintenant, elle s'en apercevait. Elle se laissait mener. Deux pas de côté ou en avant, un autre en sens contraire. Facile en somme. Il s'interrogeait encore. Que voulaient-ils ? Les tueraient-ils, ensuite ?

Les autres couples avaient recommencé à danser, les heurtaient parfois, semblaient s'excuser ou dire des plaisanteries.

Quelques tirs au loin. La guerre, toujours. Qui semblait presque oubliée, ici, en dépit des fusils appuyés au mur, près de la porte de la cave où traînaient des grenades, des revolvers que deux ou trois portaient à la ceinture.

Il se sentit presque heureux soudain, vivant, avec cette femme dans les bras, qui avait regardé les autres couples et les imitait maintenant, penchait la tête sur son épaule. Il la serra plus fort encore, se demandant quels sous-vêtements elle portait ou si elle était nue sous sa robe épaisse.

L'accordéoniste avait entamé une valse. Elle regarda Paul, effarée. Il tenta de la faire tourner. Elle était lourde et gauche. Mais une lumière dans les yeux, à présent, qui l'attendrit.

Des explosions, sur la gauche, couvrirent la musique. Des cris. La plupart des couples s'étaient aussitôt défaits. Les hommes avaient couru vers les fusils. La sœur s'arrêta, s'écarta à peine.

De nouveaux cris. Un autre groupe arrivait dans la cour, comme pour chercher refuge entre ses murs. Ceux-là, aux brassards de la FAI, la Fédération anarchiste, brandissaient fusils et grenades : des hommes qui venaient de se battre. L'un d'eux, qui portait une casquette noire et des guêtres de cuir, discuta avec le barbu au pansement qui cria bientôt des ordres.

Tous s'équipaient maintenant. Les deux groupes fraternisaient, s'embrassaient, à grandes tapes dans le dos.

Des explosions, encore. Plus proches. Les hommes se regardèrent, prêts, semblait-il, à quitter la cour pour aller lutter, s'exposer, offrir leurs poitrines aux fusils des Maures ou des tanks ennemis. Parce qu'ils croyaient à la liberté, au bonheur de l'homme, pensa Paul qui chercha des yeux une arme, disposé à les suivre, les accompagner.

Son fusil, son vieux flingue mexicain. Qu'était devenu son fusil ? Depuis la veille...

Un petit noiraud, qui portait un curieux chapeau de paille, lui saisit le bras. Un petit loup nerveux, au nez pointu et aux yeux brillants. Il montrait la sœur qui avait reculé, effarée ou craintive, qui semblait le connaître. Il criait, à grands gestes. Toujours cette allure théâtrale à laquelle Paul ne s'habituerait jamais.

La sœur avait tenté de reculer encore, mais les autres femmes la retenaient. Paul, exaspéré, demandait quoi ? Qu'est-ce ? Qui ? cherchait des yeux quelqu'un qui puisse le comprendre, qui veuille enfin le rejoindre.

Ils parlaient tous à la fois.

Les tirs, de plus en plus proches.

La sœur finit par lui crier que c'était lui, le noiraud, là, le nerveux, qui l'avait épousée l'autre jour, dans cette comédie en surplis et qu'il la réclamait, qu'il voulait l'emmener. Quoi ? Dans ce combat ?

Paul saisit le noiraud par le col de son blouson gras et sale, lui cria de laisser tranquille cette blonde, qu'ils devaient d'abord se battre contre les fascistes. L'autre se débattait sans comprendre, répétait *fascista*, appelait à l'aide.

Paul reçut un coup sur la nuque. Chancela. Tomba sur les genoux, hébété. Alors, la sœur se dégagea, courut vers lui, prit sa bouche, penchée, maladroite. Une flamme. Quelques femmes derrière elle l'applaudissaient.

Paul reçut un nouveau coup. Tomba.

— Paolo ! Tu dors ? Paolo !

Il n'ouvrit même pas les yeux. Des paupières de plomb. Un monde gris, noir, à ne pas regarder. Des coups dans la nuque, encore et toujours. Il y porta la main. Un liquide poisseux. Il réussit à penser : du sang.

169

— Paolo !

On le secouait. Il connaissait cette voix, fit face enfin, fut aussitôt soulagé : Orlando Ricci, son copain de la XIᵉ brigade des volontaires internationaux, le mécano italien des Batignolles qu'il avait perdu de vue, cru mort lorsqu'ils s'étaient lancés à l'assaut de l'immeuble où il s'était retrouvé seul face au tireur isolé. Ricci. Un camarade.

L'autre le tirait par les épaules, l'appuyait contre un mur. Il reconnut la cour. La banderole *En la tierra, en el mar, en el aire, adelante para la victoria* flottait toujours, éclairée par un soleil gris. Les anarchistes avaient disparu. Ricci, souriant :

— Paolo ! Réponds.

Il se sentait las à crever. Il rêvait de mourir, là, tout de suite. Aurélie ! Tant pis. Fuir.

Ricci lui tendit une gourde. Il fit non, de la tête. Leur vin, celui des autres, lui brûlait encore l'estomac.

— Prends, dit Ricci. Goûte, tu vas voir. C'est du cognac. Et du meilleur.

Il souriait, engageant, prenait à témoin deux bonshommes qui l'accompagnaient, cartouchières en bandoulière, muets, comme s'ils ne comprenaient pas le français.

— Goûte, répétait Ricci.

Il expliquait qu'ils en avaient trouvé plusieurs bouteilles dans un grand appartement bourgeois enseveli dans la poussière et les plâtres, une suite de salons aux tapis roulés, meubles cachés sous des housses et cartons débordants de bibelots. « Chez les riches ! » disait-il. Et il riait.

— Goûte. Du cognac de riche. Pas de la merde. Goûte.

Paul avança les mains, tremblantes, vers la gourde. La tête lourde, comme prête à tomber. L'autre, avec ses coups sur la nuque — qui ? — avait failli le tuer. Il revoyait la femme blonde, retrouva soudain la brûlure de son baiser. Où étaient-ils passés, l'accordéoniste, le barbu à la tête enturbannée de pansements, les danseurs, les autres femmes ?

Impossible de parler. La gourde, d'abord. Tant pis si ça devait brûler. Il aspira, à petits coups, nombreux, comme on tète. Ça brûlait. C'était bon. Un goût de paix.

— Tu vois, disait Ricci. Tu vois.

Il repoussa la gourde. Au loin, une mitrailleuse égrenait un chapelet de balles.

— Je viens, dit Paul. Je vous suis.

Il essaya de se lever.

— Non, dit Ricci. Non.

— Je peux. Tu vas voir.

Il s'appuya sur sa main droite, poissée de sang depuis qu'il s'était frotté la nuque, tenta de s'agenouiller, retomba, recommença, se redressa enfin.

— Non, dit Ricci. Ils t'ont condamné à mort.

Condamné ? Il se laissa glisser à terre, regarda la trace de sang que sa main avait laissée sur le sol, comme fasciné par ces lignes serrées, ces empreintes un peu brouillées, cherchant la place de son pouce. Comme si cela seul l'intéressait désormais.

Ricci expliquait qu'après l'offensive de la veille, en face de l'immeuble, leur compagnie avait reculé derrière les murs d'une usine. On l'avait cru mort, lui, Paul. Un de plus, un de moins. Pas de quoi en faire une histoire. Et puis un lieutenant hongrois qui possédait des jumelles l'avait vu sortir d'un trou pour se diriger vers la droite, entrer dans une maison au lieu de regagner les lignes de la brigade.

Les lignes de la brigade ! Paul revoyait la reculade éperdue de leur vague d'assaut qui l'avait laissé soudain seul dans son trou, face à l'autre. Il eut envie de rire — les lignes de la brigade ! —, se sentait vaguement fier aussi, rassuré, d'apprendre que quelqu'un, dans cette troupe d'amateurs, de bricolos, possédait des jumelles. Des jumelles avec lesquelles on l'avait vu se diriger vers la maison rose sale.

— Alors, poursuivit Ricci, ils ont dit que tu désertais. Cette nuit, il y a eu un conseil de guerre. Ils t'ont condamné à mort, deux autres aussi qu'ils ont fusillés tout de suite. Pour l'exemple, ont-ils dit. Trop de pagaille. Maintenant, la discipline. Ric, rac. Comme à l'armée.

Paul, d'un bond, se dressa, retrouva la parole. Déserteur, lui ? Il allait leur expliquer. Ils n'avaient rien vu. L'autre con de lieutenant hongrois, avec ses jumelles, n'était qu'un imbécile. Il fallait qu'ils l'entendent. Il avait même été fait prisonnier, s'était évadé. Et puis les anarchistes de la CNT et de la FAI, aussi cons. Et puis... Déserteur, lui ? Ils allaient l'entendre.

Mais Ricci :

— Ils n'entendent rien. C'est pas le moment. Ils ont d'autre chose à faire. Les autres sont juste à côté. Tu vois, ces maisons, là, où est accrochée la banderole ? Derrière il y a une autre rangée, toute pareille, puis une autre. Et dedans, les Maures. Nous trois, on nous a envoyés en patrouille pour voir s'ils n'étaient pas arrivés jusqu'ici. C'est comme ça qu'on t'a trouvé, là, tout seul. Si on te ramène, j'en connais qui sont capables de te flinguer tout de suite, pour se faire bien voir du Hongrois. Un salaud. Comme un fasciste. Pas mieux.

Il rit. Répéta :

— Comme un fasciste.

Puis :

— Il faut y aller, nous. Mais toi, te montre pas tout de suite. Plus tard, tu pourrais t'engager dans une autre brigade. Tu sais ce que c'est. Ils feront pas attention. Mais ici, aujourd'hui, non.

Il lui jeta la gourde de cognac.

— Tiens ! Bonne chance.

Il se détourna, suivi des deux autres, cria *Viva la muerte*. Paul pensait qu'il avait peut-être abusé du cognac, cherchait toujours sur le sol la trace rouge de son pouce, son pouce qu'il n'avait pas perdu pourtant, qu'il pouvait remuer à volonté, plier, redresser.

Un fracas métallique, des tuiles qui tombent comme grêle, des briques qui volent. Il se secoua. Il ne souffrait pas. Aucune douleur, sauf la nuque, toujours. Là-bas, à l'entrée de la cour, les trois corps étaient étendus. *Viva la muerte.* Ricci. Qui était venu là, disait-il, pour faire chier Mussolini.

Un oiseau, soudain, chanta.

Ils avaient survolé de vieilles cités aux reflets roux, désertes et dormantes, si loin de la guerre, glissé sur des forêts de chênes et de châtaigniers, des plateaux ocrés, des étendues d'eucalyptus et de vignes, évité des falaises de pierre dorée, contourné de molles collines, suivi les minces filets de rivières presque asséchées bien que l'on fût en automne, s'étaient repérés sur des routes bordées de peupliers, des tours et des clochers, dont le marquis donnait les noms avant de les contourner.

— Brûleur, disait le marquis.

Paul avait appris, vite, la manœuvre, relançait la flamme. La femme et ses deux enfants se tassaient dans la nacelle d'osier, comme lui, tant la chaleur soudaine leur brûlait le crâne. Le marquis, raide, observait les alentours avec d'immenses jumelles tandis que la montgolfière — ou le dirigeable, Paul ne savait quel nom lui donner — s'élevait. Ou bien le grand Espagnol s'occupait des petits moteurs auxiliaires qui lui permettaient de choisir la bonne direction, celle du nord-est, de la France. Si lointaine encore.

Paul pensait qu'Aurélie jamais ne le croirait lorsqu'il raconterait cette histoire. Ni ses parents. Ni les camarades de la cellule, s'il les revoyait. Personne.

D'abord la longue errance dans Madrid, la tentative d'entrer au Ve régiment, formé par le parti communiste espagnol et qui pouvait se flatter d'une rare réputation de discipline et de sérieux. Mais quand il s'était présenté au couvent des Salésiens, qui lui servait de PC, un officier l'avait reconnu : « Toi, je t'ai vu, tu étais à la XIᵉ brigade. Qu'est-ce que tu viens faire ici ? » Alors, la crainte, la lassitude au goût acide. Il avait fini par quitter la capitale, toujours sillonnée d'autos zébrées de slogans, éveillée nuit comme jour par le bruit crépitant des toitures en feu, les *salud !* des femmes et des soldats, les grondements des canons : un départ sec, une arrivée ronflante ou étouffée, qui provoquait des vols de briques et de tuiles, des bris de vitres.

Il avait retrouvé dans sa poche un papier froissé, celui que lui avait donné la Française de la maison rose, lu ainsi un nom — de la Puerta del Portal —, et celui d'un village, qu'il s'était mis à chercher. Sans trop y croire.

Il s'était retrouvé, un matin, dans une campagne presque vide, une sorte de vallée déserte, striée par les lignes d'anciens labours. Il avait suivi des chemins pierreux, croisé quelques femmes en châles noirs aux yeux délavés, traversé des villages vides aux maisons éventrées, s'était faufilé à travers un escadron de tanks avant d'apercevoir le château, intact semblait-il. Un petit château un peu ridicule avec sa tour ronde légèrement inclinée, vers lequel il s'était dirigé sans espoir, bien qu'un panneau troué de balles portât le nom qui figurait sur le papier. Un château vide à coup sûr. Mais si on l'avait vraiment interrogé, il aurait peut-être fini par répondre que dans un château, si petit soit-il, il y a toujours à boire et à manger.

En traversant les champs, il avait heurté le cadavre d'un homme, étendu dans un sillon. Avant d'en apercevoir un autre, puis un autre. Des hommes, des femmes et des enfants aussi. Deux ou trois dizaines. Dont il apprendrait plus tard qu'ils étaient les paysans du marquis, ses fermiers et ses métayers. Tués par les troupes des généraux rebelles. Parce qu'il était, lui, le marquis, fidèle au gouvernement républicain. Un marquis ! Mais oui, c'était comme cela. Seulement, quand les troupes rebelles étaient passées, il était absent. Faute de marquis, les hommes de Franco, puisque c'était Franco qui maintenant menait la danse, avaient massacré son personnel, sans tri ni pitié.

Lui, le marquis, Ramon de la Puerta del Portal, était rentré deux jours plus tard de Madrid. En voiture. Après avoir essuyé quelques tirs qui avaient failli atteindre ses passagers, une femme et ses deux enfants.

La femme. Elle se trouvait là, aussi. Paul avait titubé, s'était appuyé à un bloc de pierre en l'apercevant dans le parc du château : la brune aux cheveux courts qui l'avait accueilli, revolver à la main, dans la maison rose sale. Celle qui figurait aux côtés de Laurent Surmont-Rousset sur les photos retrouvées la nuit près du sommier. Qui l'avait embrassé, vite, comme la bonne sœur de Madrid, quand les phalangistes l'emmenaient.

Elle ne l'avait pas reconnu d'abord : la barbe, la saleté, la fatigue. S'était réjouie ensuite, le harcelait de questions, les enfants aussi, jetant des brassées de mots, des bribes de phrases au marquis, mêlant toutes leurs histoires tandis qu'il s'interrogeait, lui, Paul, sur cette longue peau orange affalée sur la pelouse qu'ils s'affairaient à gonfler lors de son arrivée et qui avait commencé à devenir bulle, ballon.

Il avait vite cru deviner que cette femme était la maîtresse du marquis. Il n'avait pas compris aussi rapidement, tant ce projet lui semblait étrange, fou pour tout dire, qu'ils s'apprêtaient à fuir en montgolfière. Le marquis, dont le français n'était souillé par la moindre trace d'accent, avait dû lui répéter que leur voyage depuis Madrid les avait suffisamment informés des risques et des dangers : le château était pratiquement encerclé, une petite poche oubliée dans le dispositif franquiste, on ne savait pas quelle troupe on allait rencontrer à la sortie de chaque village, à quel barrage on se heurterait au carrefour, ni où se cachaient les rebelles et les autres, les gouvernementaux. D'où l'idée de la montgolfière, dont, collectionneur, il possédait plusieurs exemplaires. « Comme votre Gambetta quittant Paris assiégé en 1870 », disait-il.

Il s'agissait d'approcher de la France, autant qu'on le pourrait, en évitant la région de Teruel tenue par les autres. « Pour sauver Madame et les enfants », dit le marquis. Il avait réponse à toutes les objections. Les avions, les mitrailleuses, l'artillerie antiaérienne ? Personne ne prendrait au sérieux une montgolfière à l'éclatante couleur, ne supposerait que se cachaient là des ennemis. Avec les moteurs auxiliaires, on pouvait se diriger mieux que Gambetta, éviter donc les plus grosses concentrations de troupes. Et le trou d'une balle ou d'un éclat ne suffirait pas à les précipiter à terre. On brûlerait un peu plus de gaz, voilà tout.

Des bouteilles de gaz, Paul, à peine convaincu quand même, avait aidé à en charger la nacelle d'osier. Transporté des sacs de terre aussi et quelques bagages. S'était rendu indispensable. En fin de matinée, quand le ballon avait été gonflé — trois mille mètres cubes et quelques, à en croire le marquis —, ils l'avaient invité à sauter dans la nacelle. Coup de brûleur. Ronflement de la flamme. La montgolfière dressée. Des sacs jetés. Une grosse corde rompue. Un doux départ, majestueux. La peur au ventre. Le parc du château, bientôt, n'était plus qu'un timbre-poste. Paul songeait aux cadavres des paysans et de leurs familles dans les champs, sous eux, qui disparurent bientôt. Penché sur le bord de la nacelle, le marquis traçait de la main droite d'immenses signes de croix. Catholique, en plus ? Rien à comprendre dans ce pays. *Nada*.

Un peu plus tard, deux avions de chasse étaient passés sur leur droite, assez loin, très vite, dont ils n'avaient pu deviner s'ils étaient gouvernementaux ou rebelles. Puis, d'un village apparemment désert, était montée une rafale de mitrailleuse suivie de quelques coups de feu. Sans résultat.

Le marquis riait. Ils avaient raté sa grosse orange. « Vous voyez ! » Paul voyait les mares, les volailles qui couraient autour des fermes, les bosquets, un convoi de camions là-bas dont le marquis, déjà aux manettes, s'écartait aussitôt, la femme et les enfants qui s'esclaffaient, criaient de peur parfois, et alors le garçon et la fille se serraient contre les longues jambes de leur mère qui portait toujours le même large pantalon qu'au premier jour, presque impeccable encore, et qui tentait de les rassurer : « Allons André. Et toi Simone. A votre âge. Vous n'êtes plus des enfants quand même. Voyez plutôt comme c'est beau. Ces maisons, de vrais jouets. »

Un peu plus tard, Paul lui avait parlé des photos, de Laurent Surmont-Rousset, et avoué qu'il l'avait reconnu puisque c'était son patron, il n'y avait pas si longtemps, quelques mois à peine. « Avec M. Boidin, bien sûr. M. Boidin Clément. » Ce nom avait provoqué un petit sourire. Avant qu'elle ne chuchote : « J'ai épousé Olivier de Lontrade, mais je suis une Surmont-Rousset. Céline Surmont-Rousset, la fille de votre patron. »

Elle semblait à peine surprise, amusée plutôt : « Je l'avais deviné quand vous êtes apparu l'autre soir, avec votre long fusil. Je m'étais dit : celui-là, il a une tête à avoir travaillé chez nous. Pourtant, c'est presque incroyable, non ? Mais en Espagne, on apprend vite que rien n'est incroyable. » Puis elle avait pris à témoin le marquis affairé aux manettes parce qu'un vent violent s'était levé soudain, secouait le ballon.

Il leur fit jeter des sacs et encore des sacs, pensant trouver plus haut un ciel plus calme. Mais non. C'était pis encore. Il fallait redescendre au plus vite, se résigner à atterrir, ouvrir le panneau de déchirure pour dégonfler rapidement. « Attention ! » Ils passèrent sur un bois, faillirent heurter le clocher d'une église isolée.

Le vent se jouait d'eux. « Le guiderope, vite ! » La femme avait compris, appelé Paul à la rescousse pour libérer un énorme cordage, le jeter, afin qu'il touche le sol, une sorte de parc abandonné où il traîna, les freinant. Si peu. La nacelle geignit, craqua, se brisa enfin après avoir rebondi sur une haie. Ils s'ébrouèrent. La nuit allait venir. Ils étaient saufs.

Ils dormirent là, dans les plis de la peau orange.

Le lendemain, le marquis décida — malgré les réticences de la femme — qu'ils devaient se diriger vers Valence. Ils y trouvèrent un bateau qui, longeant la côte, remontait vers Barcelone, et la France.

C'est au moment de se séparer que Céline interrogea Paul Bonpain :

— Vous vous souvenez de ce que vous m'aviez dit de votre père, dans la maison, à Madrid ?

— De mon père ? Moi ?

— Oui, avant l'arrivée de ces hommes de la Phalange, vous me parliez de son réseau d'espionnage pendant l'invasion, en 14-18...

— Ah, oui, les histoires de Berton !

— Berton ? Il s'appelait Berton, l'homme avec qui travaillait votre père ? Et vous n'aviez pas entendu parler d'un certain Dautriche ?

— Dautriche ?... Non. Je ne crois pas. Un nom pareil, je l'aurais retenu. Mais non.

Il allait partir, s'attarda.

— Pourquoi ? Ça vous intéresse, ces histoires-là ?

— Oui. Ma sœur aussi, ma sœur aînée. Elle a appartenu à ces réseaux.

— Une dame Surmont-Rousset ? Dans l'espionnage ? Parce que l'on peut bien appeler cela de l'espionnage, non ? Ça ne vous dérange pas ?

— Pourquoi voulez-vous que ça me dérange ? J'en suis fière au contraire. Comme vous de votre père.

— C'est vrai. Il fallait du courage. Et votre sœur, là, c'est...

— Mme Boidin...

— Mme Boidin ! Et elle aurait connu ce Berton ?

— Non, pas Berton.

— Ah, oui. Dautriche vous avez dit. Je demanderai à mon père. Et je vous le dirai, si on se revoit en France.

Il avait le sentiment d'avoir vécu avec elle une parenthèse, bientôt refermée. En France, chacun se retrouverait dans son camp.

— On se reverra, dit-elle.

Avec une telle force, un sourire qui la faisait si proche qu'il crut un instant qu'elle allait l'embrasser, comme l'autre soir quand on l'emmenait. Mais non : à ce moment, elle l'avait cru près de mourir.

Elle lui tendit la main. Le marquis lui tapa sur l'épaule. Bonne chance. Comment s'appelait l'autre, déjà ? Ah, oui. Dautriche.

X

— Dis-moi que tu m'aimes.

— Je te l'ai déjà dit.

— J'ai besoin de l'entendre encore.

Ils étaient revenus dans ce parc où il lui avait annoncé son départ. Où elle s'était convaincue qu'il ne l'aimait pas, qu'elle avait rêvé, puisqu'il avait pris, seul, une décision si capitale. Elle le lui avait raconté encore deux semaines plus tôt, quand il lui avait donné une adresse à Perpignan. Une lettre plusieurs fois recommencée où elle s'était expliquée avec détails et raisons puisqu'il n'avait jamais eu de ses nouvelles en Espagne, puisque son courrier s'était perdu. Une lettre où elle avait répété : « Quand on aime, on partage tout. » Une phrase qui la poursuivait depuis le premier jour, était revenue sans cesse, ravageuse. Même au travail. « Quand on aime, on partage tout. » Simple comme un coup de couteau.

Il savait bien que cette plaie restait ouverte.

— J'ai eu tort. Un coup de tête. Quand je lisais et quand j'entendais tout ce que faisaient ces salauds... Je me suis dit qu'on ne pouvait pas les laisser gagner, qu'il fallait y aller, les empêcher. Je sais bien que j'aurais dû t'en parler d'abord. Je te l'ai écrit tout de suite. Dans ma première lettre, tu le sais bien, celle de Sète, avant d'embarquer pour l'Espagne...

— Une lettre drôlement emberlificotée...

— Si tu crois que c'était facile... Mais je ne comprends

180

pas : puisque tu m'as pardonné, on devrait tirer un trait. Oublier.

— C'est vrai. Quand même : on dirait que ça te coûte cher de me dire que tu m'aimes.

— Ça ne coûte rien du tout. Mais qu'est-ce que ça change de le dire ?

Elle se prit à penser qu'il avait peut-être raison, que dans la tête des garçons ce n'était pas aussi important, que ces trois petits mots il les avait sans doute offerts à d'autres filles avant elle, qu'ils en étaient usés. Mais non. Pas possible. Pas lui.

— Ça change que ça me retourne, que j'en tomberais de bonheur. Parce que toi, je te crois.

— Je t'aime, Aurélie, je t'aime, je t'aime. Tu sais comment je t'appelais dans ma tête, en Espagne ? Mon unique.

Il l'avait prise dans ses bras.

— Mon unique.

Il la serra, bouche sur bouche, bouches ouvertes. Mille soleils.

Longtemps après, elle eut la force de se dégager.

— Dis-moi pourquoi tu m'aimes ?

Il fut partagé entre amusement, agacement et admiration. C'était bien elle, tout à fait elle. Du pur Aurélie.

Elle attendait.

Il hésitait. Comment dire, expliquer ? Où trouver les mots ?

— Je... je ne suis pas un poète, moi. Je ne sais pas parler d'amour comme les types dans les films, ou les chansons. Je sais que je t'aime à un point... terrible, que tu es mon unique.

Cette fois, c'est elle qui se coula contre lui, tendre, un peu chatte. Elle avait trouvé, d'instinct, les gestes de la séduction.

— Dis-moi quand même.

Il sentit, dans ce « quand même », comme une supplication qui ne voudrait jamais s'exprimer plus fort. Il avait deviné, dès le début, une faiblesse sous cette force, cette énergie qu'elle manifestait toujours. Une faiblesse cachée qui, justement, l'avait attendri, attiré. Dans les réunions du comité de grève, quand elle faisait face aux vieux ouvriers, aux dirigeants syndicaux qui en avaient vu d'autres, et n'avaient accepté cette fille parmi eux que « pour faire bien », comme l'avait avoué l'un d'eux, parce qu'il fallait au moins une femme dans le comité d'une usine de femmes et que celle-là osait se dire catholique, qu'ils prouveraient, en l'accueillant, leur ouverture d'esprit ; un coup double en somme. Il l'avait vue rougir parfois, lorsqu'elle prenait la parole, observé aussi le tremblement de ses mains quand, juchée sur l'estrade, au milieu de la cour, elle lisait la feuille où étaient inscrits les noms des usines qui s'étaient jointes au mouvement. Mais il n'allait pas le lui dire alors qu'elle souhaitait à coup sûr, de toute son âme, être rassurée.

Elle lui caressa la joue. Un geste nouveau qui le troubla.

— Dis-moi quand même.

— Mais tu ne vois pas ? Tu ne comprends pas ?

— Quoi ?

— Écoute, des filles de ton âge, ou à peu près, j'en connais beaucoup. Dans ma rue, à l'usine. Il y en a des bien fichues, des belles même, et des mal fichues, des moches.

Il s'interrompit. Il se sentit un peu ridicule, maladroit, avec ces mots trop simples. Il rêvait d'en inventer de nouveaux, qui seraient colorés, superbes, merveilleux, qu'eux seuls pourraient comprendre. Il avait tant à lui dire. Tout ce qui dansait dans sa tête lorsqu'il craignait de l'avoir perdue. Tout ce qu'il aurait voulu lui crier, alors. A présent, il se sentait presque paralysé, songea un instant qu'il était comme ça, incapable de reconnaître le beau et le bien, qu'il était plus disposé à la protestation, la critique. Pourtant, elle méritait des compliments. Puisque c'était la vérité. Il n'allait pas les lui faire mendier, non ?

— Écoute, reprit-il enfin, je ne sais pas pour toi, comment ça s'est passé. Mais moi, je t'avais remarquée déjà à l'usine. Parce qu'on te remarque. Même ta façon de marcher, je ne sais pas comment dire...

Elle esquissa un sourire. Lui caressa la joue... Encore.

— Continue...

— Bon. Je t'avais remarquée. Je me disais : « Celle-là, elle est drôlement belle. » Et c'est vrai.

— C'est vrai ?

— Tu ne vas pas me dire que tu ne le sais pas. Tu veux que je t'achète un miroir ?

Elle eut un petit rire qui tinta. L'encouragea, lui. Il se sentait plus assuré depuis qu'il avait trouvé ce biais de lui raconter l'histoire de son amour.

— Et puis, le premier jour où tu es venue au comité, tout a été clair, d'un coup. J'ai pensé : « Celle-là, Aurélie Bondues, elle sera la mienne. Il n'y en a pas d'autre. »

— Tu ne m'as rien dit, pourtant.

— Je... je ne savais pas comment faire, voilà. J'avais peur que tu m'envoies balader. Moi, communiste, en plus. Et puis tu es une demoiselle, voilà. Tu rougis jusqu'aux oreilles quand je t'embrasse. Tu es au-dessus du panier, tu comprends.

Elle ne put réprimer un sourire. Protesta pourtant.

— Qu'est-ce que tu racontes ? Regarde mes mains, comme elles sont dures, ici et ici, parce que les machines...

— Je ne te parle pas de tes mains. Elles ne sont pas si dures, sur ma joue. Je te parle de toi, de ton courage, de ton culot, de ta façon de comprendre les choses et de regarder la vie, de dire ce que tu penses. J'aime discuter avec toi, même quand on n'est pas d'accord. Tu es toujours là quand il le faut et tu fais ce qu'il faut. Tu en fais même un peu trop, quelquefois.

Voilà. Il avait dépassé les limites. Toujours les mots qui sortaient trop vite ou ne venaient pas.

— Tu trouves ?

— Non. Je voulais dire qu'il ne faut pas faire l'impossible. Comme Verbeke, un type qui était dans ma section d'athlétisme. Il voulait toujours, quand on faisait du saut, mettre la corde un peu plus haut. J'avais peur. Je le voyais se casser la figure.

— Et il est tombé ?

— Non.

— Tu vois.

— C'est toi, ça. Tu finis toujours par avoir raison. Et tu dis « tu vois ». C'est aussi pour cela que je t'aime. Parce que je sais qu'au fond de toi tu réfléchis, tu ne te lances pas n'importe comment. Ça n'empêche pas que j'ai peur pour toi souvent. Tu ressembles à Charlot dans un film — je ne sais plus son titre — il courait au bord d'une sorte de précipice et on se disait toujours qu'il allait tomber...

— Pas Charlot. C'était l'autre comique. L'Américain. Harold... Harold ?

— Harold Lloyd. Lui ou Charlot, ça m'est égal. Mais c'est toi encore, ça. Il faut que tout soit précis, juste. Je t'ai souvent observée, en douce. Même quand je venais chez ta mère pour vous aider à arranger ces deux petites pièces. Dans ma tête, c'était déjà décidé. Mais chaque jour, c'était plus fort. Tu comprends ? J'ai envie de toi, j'ai envie de vivre avec toi, de t'embrasser, de te caresser, de coucher avec toi. C'est comme un rêve. Et j'ai toujours peur de me réveiller. Je t'aime. Et en plus je t'estime, j'ai de bonnes raisons de t'aimer, je t'aime parce que tu es toi. Tu le sais bien.

— Moi aussi, je t'estime. Même pour l'Espagne. Je ne te l'avais pas avoué encore, mais j'ai toujours pensé — pas le premier jour peut-être, j'étais tellement... —, j'ai pensé que tu avais raison d'y aller, tu étais courageux, brave, vaillant. Et je t'ai admiré, même si j'étais furieuse que tu ne m'en aies pas parlé avant. Je t'estime, moi aussi. En plus, tu parles bien. Mieux que les prêtres et tes communistes. J'aimerais bien que tu parles souvent comme aujourd'hui.

— Tu pourrais ajouter que tu m'aimes ?

Elle se jeta sur sa bouche.

— Dis-moi qu'tu m'aimes.

La voix était pâteuse à souhait, l'acteur médiocre, la pièce aussi : *Les Vignes du Seigneur*. Un succès, toujours repris, d'un théâtre l'autre. La salle, comble, s'esclaffait à chaque réplique. Surtout quand le mari trompé, prénommé Hubert, entendait son ami, l'amant de sa femme bien sûr, lui demander pardon en reprenant sa rengaine : « Dis-moi qui tu m'aimes ou j'me roule sur l'tapis. » Clément Boidin riait aussi, parfois. Un rire mécanique. Il écoutait à peine.

Il n'était venu que sur l'insistance de Margot. Elle avait réussi à décrocher un rôle dans cette comédie de boulevard et voulait absolument qu'il puisse mesurer ses progrès, constater sa capacité à se tenir sur une scène aussi bien qu'à l'écran. Car elle commençait à faire carrière, tournait dans la journée au studio de Boulogne avant de courir le soir au théâtre.

Boidin avait craint de la trouver mauvaise, ou médiocre sur scène, ce qu'il ne parviendrait guère à lui cacher. Mais quelques gazettes avaient jugé « prometteuse » la prestation de la jeune actrice au théâtre et parlé de « découverte ». Ce qui le flattait obscurément. Et puis, elle lui servait de calmant. L'argent, le lit, des anecdotes et des ragots sur le petit monde parisien. Pas d'autre préoccupation. Tandis que.

Le matin même, avant son départ de Lille, il avait reçu Deschamps, le petit détective chauve. L'autre le harcelait depuis plusieurs jours. Répétant qu'il avait de nouvelles informations, qu'il avait enquêté à la demande de son épouse, que c'était l'intérêt bien compris des Boidin et Surmont-Rousset de l'entendre. Un style et un ton de maître chanteur de bas étage.

Clément Boidin avait hésité. D'un côté, la nausée provoquée par ce minable. De l'autre, le désir de savoir, la crainte d'un quelconque scandale, l'humiliation provoquée par la cachotterie d'Aline, la peine aussi qu'elle lui causait. Car il lui était attaché. Il l'admirait. Et il s'admirait du même coup de s'être hissé assez haut pour épouser une telle femme, d'une telle origine, capable de se tirer des plus épineuses situations, toujours attirante en outre, avec qui il lui arrivait de passer des nuits éprouvantes de désir, de délire, de bonheur. Aurait-elle jugé le « petit Boidin », comme disait jadis son père — il l'avait su, on apprend toujours ces choses-là — indigne ou incapable de partager un secret familial ?

Sur la scène, l'amant expliquait au mari que lorsqu'il se trouvait au lit avec sa femme, il lui rappelait toujours gentiment : « Y a Hubert. N'oublions pas Hubert. » La salle s'esclaffait de plus belle, applaudissait, les rires roulaient, ceux des femmes surtout.

Clément Boidin revoyait l'autre pénétrant le matin dans son bureau, observant, méfiant, les fenêtres et leurs lourds rideaux comme s'il craignait la présence de témoins, posant un regard d'huissier sur chaque meuble, s'asseyant enfin, sans qu'il en eût été prié, sur l'extrême bord d'un fauteuil, et passant à l'attaque.

Voilà. Il le savait à présent : la jeune Aurélie Bondues était bien l'enfant naturel d'une fille Surmont-Rousset.

Il attendit quelques secondes, fixant Boidin qui n'avait pas cillé. Lâcha enfin le nom : Blandine. « La deuxième, celle qui est morte. Peut-être en accouchant même. » Puis, patelin : « Vous me croirez pas, mais j'ai pensé que ça vous ferait plaisir de le savoir, de savoir que c'était pas votre femme. »

— Sortez !

Deschamps n'avait pas bougé.

— Réfléchissez, monsieur Boidin.

— C'est tout réfléchi. Sortez ! Vous voulez que j'appelle, comme l'autre fois ? Ou que je le fasse moi-même ?

Boidin s'était levé. L'autre ne bougeait toujours pas.

— Réfléchissez, monsieur Boidin, si ça se savait...

— Vous mentez. Vous n'avez aucune preuve. Des ragots peut-être, ramassés dans une poubelle.

— J'ai des preuves, monsieur...

Il mentait. Boidin était certain qu'il mentait.

— Alors, montrez-les-moi. Là, tout de suite.

— Je ne suis pas fou, monsieur. Étant donné la manière dont vous m'aviez reçu l'autre fois, je ne pouvais pas prendre le risque d'apporter des papiers ici. Vous me comprenez, n'est-ce pas ? Je suis sûr que vous me comprenez.

— Je vous comprends si bien que vous allez ficher le camp. Allez !

Il l'avait pris par le collet. L'autre n'avait pas résisté.

Boidin, depuis, s'était interrogé. Blandine, c'était bien possible. Blandine avec Hans, cet Allemand qui était maintenant son mari et que lui, Boidin, venait de faire entrer dans son usine de Roanne : la rayonne, un ingénieur venu du pays des ersatz, des produits artificiels en tout genre, devait savoir y faire.

Demeuraient cependant bien des mystères : le rôle d'Aline dans cette histoire, la protection qu'elle assurait à ces femmes Bondues, le rideau de silence tissé autour de lui.

Des bouffées de colère l'avaient saisi dans le train qui le menait vers Paris. Contre Aline, d'abord, qui ne lui avait rien dit, qui était allée se fourrer, quelle bêtise, quelle connerie, il n'y avait pas d'autre mot, dans les pattes de ce Deschamps, ce salaud. Et cette Blandine, avec son allure si douce, presque angélique ! A moins que ce détective minable n'ait menti, d'un bout à l'autre. Tout inventé. Impossible : s'il avait été engagé par Aline pour enquêter sur ces Bondues, ce n'était pas sans raison.

Mais Deschamps ne savait pas tout puisqu'il croyait Blandine morte, « dans l'accouchement peut-être ».

Se méfier pourtant. Il détenait peut-être des bouts de vérité. Des preuves, non. A supposer que Blandine ait accouché, en se cachant, de cette Aurélie Bondues, personne n'aurait songé à l'écrire quelque part. Ni même à déclarer l'enfant à la mairie. Laisser des traces aurait été trop dangereux. Et si le bonhomme avait trouvé un témoin ? Le danger ne pouvait venir que de ce côté. Mais justement, ce minable était tombé dans le piège. Il n'avait pas parlé de témoin, prétendu au contraire détenir des papiers. Ce qui était incroyable, impossible. Si la famille qui avait recueilli le bébé avait en main quelques traces écrites, elle les aurait utilisées déjà pour toucher le gros lot.

La conclusion, c'était que l'homme avait flairé, comme ça, quand Aline était allée le consulter, la bonne affaire, le possible scandale. Même sans preuves, il était bien capable de lancer une rumeur que rien ne pourrait arrêter. De vraies bêtes sauvages, les rumeurs, impossible de les maîtriser. D'autant que celle-là trouverait des oreilles complaisantes. Beaucoup s'empresseraient même de la nourrir. Trop contents d'abaisser un peu les Surmont-Rousset, les Boidin-Surmont, dont la réussite suscitait, comme toujours, des jalousies. Or, une rumeur peut détourner des clients, faire perdre des marchés.

La salle, cette fois, applaudissait en tonnerre. Les acteurs, sagement alignés, saluaient. Margot, radieuse, le cherchait des yeux au premier rang d'orchestre. Il se hâta de battre des mains.

D'abord, empêcher l'autre de nuire : là-dessus, il avait son idée. Puis s'expliquer avec Aline. Il rentrerait à Lille, le lendemain, par le premier train.

Le rideau tomba une dernière fois. Les fauteuils claquaient. La salle bruissait de conversations, semblait rire encore. Il se leva enfin. Il irait rejoindre Margot dans sa loge. Celle-là, au moins, était reposante.

— Dites-moi que vous m'aimez.

Laurent Surmont-Rousset crut avoir mal entendu. C'était bien la voix d'Odile, la petite bonne qui le faisait encore rêver.

Il ouvrit, rapide, la porte de la cuisine. La jeune fille avait déjà sauté en arrière, s'était dégagée des bras de son petit-fils. Henri. L'« héritier de l'empire ». Le seul qui ait le droit de le tutoyer. Et qui, là, se passait la main sur la bouche, bête, comme pour cacher qu'il venait d'embrasser la bonne.

Laurent Surmont-Rousset hésitait entre le rire et la jalousie. Un peu de fierté aussi : le gamin était en avance et, apparemment, savait s'y prendre.

La petite Odile était au bout de la cuisine. Pleurait à demi. Lâcha quelques mots. Il crut comprendre : « C'est la première fois, monsieur. » Il n'en douta pas, en fut ému. Une innocente. Pas de celles qui tournent autour des garçons de la maison, comme il en avait connu chez ses parents.

— Toi, viens.

Il emmena son petit-fils au salon.

— Alors, c'était vraiment la première fois ?

Henri baissait la tête, penaud. Cette fois, Laurent Surmont-Rousset s'amusa.

— Écoute, ça n'est pas un crime. J'en ai vu d'autres. Mais c'est vrai, j'avais remarqué que tu passais plus souvent chez moi. Je me disais : tiens, il aime voir son grand-père maintenant, il pense qu'il n'en profitera plus longtemps. Des choses comme ça. Des idées de vieux.

Il attendait vaguement une protestation, qui ne vint pas. Poursuivit :

— Allons, ne fais pas cette tête. Tu n'es pas avec ta mère, qui te ferait peut-être une scène, je ne sais pas, ni avec ton confesseur... A propos, je croyais que tu voulais devenir jésuite, plus tard ? C'est ce qu'elle m'avait dit, ta mère, il y a plusieurs mois.

— Je le veux encore.

C'était à peine chuchoté.

189

— Ah bon ! Et c'est pour te préparer à la vie de jésuite que tu contes fleurette à ma petite bonne ? Après tout, puisque tout change maintenant, pourquoi pas ?

Le garçon redressa la tête, sourit. Vérifia que son grand-père souriait aussi. Sourit alors davantage. Bientôt, ils rirent à l'unisson. Mais Laurent Surmont-Rousset, curieux :

— Elle a menti, non, en prétendant que c'était la première fois ?

— Non. Pas tout à fait.

Laurent Surmont-Rousset insista, réussit à se faire raconter, par bribes, toute l'histoire.

Le garçon avait rencontré la jeune bonne dans une salle de la rue de Béthune : « Tu sais, maintenant, c'est le système du cinéma permanent ; on te fait rentrer quand il y a une place libre, même si c'est au milieu du film. Alors, j'étais allé voir *Quelle drôle de gosse !* Je m'assois, dans le noir, j'essaye de comprendre parce que, quand tu n'as pas vu le début, c'est comme un jeu, une énigme. Et quand la lumière s'est allumée, à la fin du film, qui est-ce que je vois, juste à côté de moi ? Elle, Odile. Jusque-là je n'y avais pas fait attention parce que j'aime bien Danielle Darrieux, et dans ce film c'est vraiment une drôle de fille, mignonne et espiègle. Mais bien sûr, j'ai parlé à Odile ensuite puisque je la voyais souvent ici. »

C'était un nouveau monde, pensait Laurent Surmont-Rousset, un monde où l'héritier probable d'une affaire comme la sienne se retrouvait au cinéma aux côtés de sa bonne. Impossible au temps du théâtre.

Bref, elle était passionnée de cinéma. Lui aussi. C'est ainsi qu'ils avaient commencé à se fréquenter. Si l'on peut dire : ils avaient vu, ensemble, deux ou trois films, et, quand il venait dîner chez son grand-père il s'arrangeait pour faire un tour à la lingerie où elle s'installait souvent, le soir, pour lire avant de courir au troisième dans sa petite chambre.

— Parce qu'elle lit, aussi ?

— Oui. Bien sûr. Pourquoi pas ?

— Qu'est-ce qu'elle lit ?

— Je ne sais pas toujours, moi. Des magazines de ciné, comme *Pour vous*. Des petits romans. D'autres qu'elle prend parfois dans ta bibliothèque.

Un nouveau monde, décidément. Où les bonnes lisent, vont au cinéma, et puis quoi encore ?

— Vous ne parlez tout de même pas littérature ? Tu essaies de m'en faire accroire.

— Si, on parle un peu de tout. De l'actualité, tout cela.

— Avoue que tu la lutines, plutôt.

— Que quoi ?

— Que tu la lutines. Bien sûr, on ne doit pas apprendre ce verbe chez les jésuites. Que tu la caresses, si tu préfères, que vous vous embrassez.

— Non.

— Ne mens pas, Henri.

— Je... Je ne mens pas.

— Allez, dis-moi la vérité.

— Ben... elle se niche contre moi quelquefois.

— Elle se niche, comme tu dis, ou bien c'est toi, qui... ?

— C'est plutôt moi, je lui passe le bras sur l'épaule, quoi. Comme à une copine.

Un gamin. C'était encore un gamin dont la timidité réjouissait Laurent Surmont-Rousset, qui se rêvait tenant aussi la petite bonne contre lui et...

— Et après tu l'embrasses. Et pas sur la joue seulement.

— Seulement aujourd'hui, je le jure.

— C'est toi qui as commencé, bien sûr ?

Il l'espérait sans oser se l'avouer, Laurent Surmont-Rousset. Que l'initiative soit venue du gamin, pas d'elle. Pas de sa petite Odile.

— Ben oui, je ne sais pas ce qui m'a pris.

— Et tout de suite les grandes déclarations : parlez-moi d'amour, comme dans la chanson.

— Ça, c'est d'elle.

Le pincement aigu. Elle avait déjà bâti tout un roman.

Elle y croyait. Les filles, au moins, étaient encore naïves et rêveuses. Le garçon, c'est vrai, avait de quoi séduire une gamine. Tandis que lui, Laurent... C'était fini. Une porte s'était fermée. Plusieurs portes. Le malheur de l'âge. Impossible de revenir en arrière. Les jeunettes lui étaient interdites. Oh, il avait bien été tenté d'exercer un droit de cuissage. Elle n'aurait peut-être pas résisté. Mais les autres bonnes... On était dans le Nord, en France, pas chez les grands propriétaires de Sicile ou d'Amérique latine. Au XXe siècle, de surcroît, et pas sous l'Ancien Régime, avec un gouvernement de Front populaire, toujours prêt à accuser les patrons, à l'affût du moindre scandale. Trop content.

Le garçon observait son grand-père, étonné du tour qu'avait pris cet interrogatoire, presque inquiet de son silence. Il finit par se lever.

— Il faut m'excuser, mère n'aimerait pas que je m'attarde.

— Elle sait bien où tu es.

— Quand même. Et puis père est à Paris ce soir.

— Je téléphonerai à ta mère. Dis-moi encore...

— Quoi ?

Il sentit aussitôt qu'il avait tort d'insister. Pour le gamin et pour lui. Oublier. Parler d'autre chose. Ne pas montrer que.

— Qu'est-ce qui l'intéresse, la bonniche, à part le cinéma et les livres ?

— A part le cinéma et les livres ? Pourquoi tu me demandes ça ?

— Comme ça, parce que ça m'intéresse de savoir ce qui intéresse une fille de cet âge-là, une fille du peuple.

— Ben, tout. La mode, hein, comme toutes les filles. La vie des vedettes aussi.

— Celles du cinéma ?

— Oui, mais pas seulement. Les gens dont on parle, comme l'histoire du roi d'Angleterre qui veut épouser une divorcée.

— Pas très brillant, ça, un roi prêt à abdiquer, qui oublie son devoir.

— Ça, je ne lui ai pas demandé ce qu'elle en pensait.

— Et quoi encore ?

— La disparition de Mermoz, avec son hydravion. Un peu tout. Tout ce qui fait la vie.

— C'est pour ça qu'elle lit des magazines ?

— Sans doute. Pourquoi tu me demandes ça ?

— Pour savoir.

— Tiens, si tu veux vraiment savoir : l'autre jour, elle m'a dit qu'elle trouvait que le journal de père, tu sais, celui de la Lainor qui ne parle que de tricot, de vêtements, de fleurs et de cuisine était un peu vieux jeu, trop catalogue de réclames.

— Elle a dit cela ? Et qu'as-tu répondu ?

— Rien. Moi, ça ne m'intéresse pas.

— C'est vrai : tu veux être jésuite.

— Ne te moque pas, grand-père.

— N'empêche : si ton père savait ça, ce qu'on pense de son journal... Bon, tu peux y aller.

Une belle revanche à prendre. L'idée, soudain. Demain, il clouerait le bec à Boidin. Son gendre l'avait dépassé en créant la Lainor. Il le devancerait en créant un journal pour les femmes. Il sourit, ragaillardi. Quand même, cette petite Odile...

Son petit-fils parti, il la fit venir.

Les yeux rouges, craintive, elle lui sembla plus mignonne encore.

Il la saisirait volontiers dans son unique bras. Comme une femme ou comme une enfant ?

Elle attendait, près de la porte du salon.

Il ne savait que lui dire, se jugea ridicule.

— Vous allez me donner mes huit jours ?

Il avait à peine entendu. La fit attendre encore. Petite vengeance.

S'il la prenait, là, la saisissait de son unique bras, que ferait-elle ?

— Alors, il te plaît, Henri Surmont-Rousset ?

193

Elle ouvrit de grands yeux. Comme si elle n'avait pas compris. Elle ignorait qu'il dérapait parfois sur ce nom, ne parvenait pas toujours à appeler Boidin les fils d'Aline. Henri surtout. Il se sentit à nouveau ridicule. Lui qui discourait, paisible, respecté, dans les réunions patronales et n'admettait guère d'être contredit par des Dussart, voire même par Boidin, perdait pied devant une gamine.

Alors, la colère.

— Va-t'en, dit-il. Je te le dirai plus tard.

Elle pleurait à présent, commençait de partir, s'arrêta, crâne.

— Il est beau, vous savez, monsieur Henri.

La sonnerie du téléphone la sauva peut-être.

Il décrocha, satisfait de cette diversion. C'était Céline. Elle venait d'arriver à Paris avec ses enfants.

— Et ton mari ?

— Lontrade, il est avec l'ambassadeur, bien sûr. Du moins, je le suppose.

— Tu le supposes ? Tu n'as pas de ses nouvelles ? Il ne t'a pas aidée à rentrer ?

— Nous allons divorcer. Moi, j'y suis décidée.

Il raccrocha, se laissa retomber sur le fauteuil, sonna pour qu'on lui apporte un cognac. D'urgence.

XI

Le plus difficile serait la rencontre avec Aline. Parce qu'il faudrait bien qu'elle s'explique. Elle en serait humiliée, bien sûr, le supporterait difficilement.

Boidin refusait de se l'avouer tout à fait : s'il craignait cet affrontement, aux conséquences imprévisibles, il n'en était pas tout à fait mécontent. Une sorte de compensation — il n'osait pas penser : revanche — après l'affaire de sa nuit avec Margot, pendant la grève, son départ précipité pour la Charente, la maîtrise qu'Aline avait manifestée, même dans leur chambre, le soir, seule à seul, chez l'oncle Rousset. Quatre phrases pour lui signifier qu'elle savait depuis quelque temps, qu'elle l'eût cru moins imprudent, et qu'il importait de tourner la page : pour leur couple, les enfants et l'entreprise. Là-dessus, un vrai corps-à-corps dans le lit aux parfums de fleurs. Où elle avait, encore, pris l'initiative, et mené les opérations. Longtemps. Comme pour l'épuiser. Mais en prenant son plaisir aussi, selon toute apparence. Il avait tenté de se rassurer le lendemain en se répétant un piètre jeu de mots, qu'il n'avait osé confier à personne : j'ai une maîtresse et une maîtresse femme.

Cette fois, il détenait les meilleures cartes.

Aussitôt débarqué du train de Paris, il avait convoqué un commissaire de police de ses connaissances dans un café discret. Pour lui servir une histoire ébauchée au petit matin, alors que Margot dormait encore.

Il s'était présenté comme la victime d'un maître chanteur, un détective privé nommé Deschamps. Le commissaire le connaissait : un ancien policier devenu détective, comme on en voyait parfois dans les films ; des hommes qui avaient eu de sales histoires, la plupart du temps ; mais ce n'était pas le cas de ce Deschamps. Il était parti sur un coup de tête. Depuis, on n'avait rien à lui reprocher. Il s'intéressait surtout aux adultères, aux histoires un peu sordides. Jamais aux grosses affaires. Un peu l'homme invisible, dont la police n'entendait jamais parler, qui ne la gênait pas.

Un peu déçu, Clément Boidin avait répliqué qu'il fallait un commencement à tout, que n'importe qui pouvait tourner mal, céder à la tentation. Bref, ce Deschamps était venu le faire chanter la veille, à propos d'une histoire survenue à la Lainor. Une affaire compliquée, des pelotes de laine volées, qui passaient la frontière, en échange de tabac belge. Enfin, on pouvait résumer de cette manière, mais ce trafic comportait davantage de tours et de détours. Au centre de l'embrouille, un chef d'atelier. Cet homme, d'apparence plutôt sympathique, avait accusé une femme sans preuve, parce qu'elle lui résistait. « Moi, je lui avais fait confiance, à ce chef d'atelier, je l'avais couvert. Quand j'ai retrouvé tous les tenants et les aboutissants, il était trop tard. Impossible de revenir en arrière. J'ai étouffé l'affaire. Un gros trafic, pourtant. Mais si je le signalais, je me désavouais, je donnais une mauvaise image de l'usine où on aurait vu débouler la police, la douane, que sais-je encore ; mon bonhomme aurait été bon pour la prison — avec quatre enfants... — et moi traîné en justice peut-être, comme complice, puisque je l'avais couvert : c'est une assez vieille histoire, plus d'un an déjà. Et voilà que ce Deschamps est tombé dessus. »

Le commissaire avait opiné, sans trop poser de questions, peut-être parce qu'il ne croyait pas tout à fait à ces propos, et seulement objecté qu'il était ennuyeux d'intervenir, puisqu'il n'y avait pas prescription, que son devoir serait au contraire d'ouvrir une enquête sur le trafic, cette fraude de tabac, qu'il comprenait néanmoins la nécessité de se montrer prudent. Une perche que Boidin avait aussitôt saisie. Sur le thème : l'industrie est fragile ; à peine remise de la crise, elle a dû affronter les grèves. « Vous savez ce que c'est : les esprits, depuis le printemps dernier, sont échauffés, il suffirait d'un rien pour que ça reparte. Par exemple, que l'on apprenne qu'une ouvrière innocente avait été licenciée, comme dans ce cas, à la place d'un chef d'atelier. »

Le commissaire avait promis. Il trouverait un moyen, un intermédiaire, pour intimider ce Deschamps, le dissuader d'inquiéter davantage les Boidin-Surmont.

— Sans évoquer le fin mot de l'histoire, bien sûr.

— Sans l'évoquer, évidemment. Ce serait lui fournir des armes. Y compris contre nous, la police.

Une dernière phrase à peine murmurée. Avec un sourire qui avait inquiété Clément Boidin. Ajouté à sa mauvaise humeur au moment d'affronter Aline.

— C'est mon père, lui dit-elle.

— Comment, ton père ?

Aline nota qu'il la tutoyait, ce qu'il n'avait jamais fait en dehors de leurs nuits.

Aussitôt arrivé dans la vaste maison, il lui avait envoyé une bonne pour lui annoncer qu'il l'attendait au salon. Un geste qui l'avait humiliée autant qu'inquiétée. Elle avait balancé. Elle se demandait ce que signifiait ce retour imprévu. Rien de bon, à coup sûr. Elle souhaitait aussi le faire attendre pour marquer qu'elle n'était pas à ses ordres, qu'on ne la convoquait pas comme un chef d'atelier ou un sous-directeur.

En définitive, elle avait traînassé, fait répondre qu'elle

était encore à sa toilette, ce qu'il ne pouvait croire, connaissant ses habitudes matinales.

Impatient et agacé, il s'était résolu à grimper jusqu'à sa chambre au moment où elle décidait quand même de descendre. Ils s'étaient presque heurtés à la porte. Ce qui les avait l'un et l'autre détendus un instant. Avant qu'ils ne se retrouvent dans la bibliothèque, loin des oreilles des bonnes, sur leurs gardes. Et qu'il ne lui raconte tout ce qu'il savait, ou croyait avoir deviné.

— Oui, c'est mon père. Il ne voulait pas que cette histoire soit connue. De personne.

— Même de... de son gendre. Bien sûr, il n'a jamais considéré que j'étais de la famille.

Elle recula, près de chanceler.

— Figurez-vous que c'est l'une des conditions, c'est même la première des conditions, la seule — en dehors des clauses du contrat, bien sûr — qu'il a posée à notre mariage. Que je ne vous dise rien sur l'enfant. Il m'a fait prêter serment, jurer sur la mémoire de ma mère.

— Tu as accepté...

Elle alla vers la fenêtre. Puis pensa que c'était décidément une habitude chez elle, une mauvaise habitude, une faiblesse, que de regarder ainsi vers l'extérieur, de tourner le dos quand une difficulté grave surgissait. Revécut une fois encore, c'était bien le moment, la nuit où Blandine lui avait avoué qu'elle était enceinte. Et fit volte-face, marcha vers lui qui n'avait pas bougé, raide comme une statue.

— J'ai accepté parce que je voulais vous épouser, voilà. C'était cela qui comptait pour moi, plus que tout, si ça vous intéresse. Ce serment, c'était le dernier obstacle à franchir. Alors...

Elle attendit. D'interminables secondes. Il ne cillait pas.

— Et puis, figurez-vous que j'étais surprise. J'ignorais qu'il avait appris la naissance de l'enfant, la petite Aurélie. Nous avions cru tromper les parents, Blandine et moi, avec la complicité d'une bonne qui devait rester muette comme une carpe. Les parents ne devaient rien savoir. Pour mère, j'en suis certaine. Lui, je ne sais pas comment il a fait, comment il a su. Mais quand j'ai parlé de notre mariage, il a d'abord présenté une série d'objections, vous l'imaginez bien et je vous l'ai dit. Ensuite, je l'ai senti près de céder. C'est à ce moment qu'il a posé cette condition.

— Alors, c'est toi qui as cédé.

— Il faut comprendre. J'étais abasourdie. Je ne pensais vraiment pas qu'il savait. Et surtout, je voulais vous épouser, voilà. Je le voulais. Alors...

— Alors tu m'as menti.

— Non. Je me suis tue. Je vous ai quand même dit qu'elle n'était pas morte, Blandine, et qu'elle vivait en Allemagne.

— Cela ne te gênait pas, ce mensonge ?

— Bien sûr. Mais on ne savait même pas si l'enfant avait vécu. On avait plutôt des raisons de penser le contraire. C'était donc du passé. Un malheur. Mais passé.

— Tu reconnaîtras que je n'ai jamais dit à quiconque que ta sœur était toujours vivante. J'ai joué le jeu, moi. Tu m'avais mis au secret. Je l'ai gardé. Alors, avec le temps qui passait, tu aurais pu...

— Mais j'avais juré !

— Et cette promesse était plus forte que... ?

Il s'interrompit. Elle se demanda quel mot lui était venu à l'esprit qu'il avait aussitôt rejeté. Si c'était l'amour ? Alors, elle lui pardonnerait tout. Puisqu'il ne lui avait jamais dit qu'il l'aimait.

Elle s'assit, abattue, la tête dans ses mains, demanda d'une voix faible, trop faible, qu'elle détesta, qu'il achève sa phrase.

— Vous disiez qu'il était plus fort que quoi, le serment ?

— Nous sommes mari et femme, non ? Nous devrions avoir une totale confiance entre nous.

Le mot. Il ne dirait pas le mot. Il osait lui parler de totale confiance ! Mais pas d'amour ! Elle était donc condamnée à ne jamais l'entendre ? Alors que tant de femmes, à commencer par l'autre, celle qu'il voyait à Paris... Non, l'autre à Paris, non plus, ne devait pas l'entendre davantage. Il aimait ses enfants, elle le savait. Il avait aimé sa mère, elle l'avait compris. Mais pouvait-il aimer d'amour une femme ? Sa femme.

Il s'était tu, respectait son silence quand même. Elle l'entendait feuilleter un livre. Pour se donner une contenance sans doute ; ce n'était pas un grand lecteur...

Elle songea à lui parler de l'autre, afin de reprendre l'avantage. Mais s'agissait-il de reprendre l'avantage ? Au risque de tout détruire ? Les enfants...

La main de Clément Boidin se posa soudain sur son épaule, douce, se glissa sous les cheveux pour trouver le cou, s'y posa, presque caressante.

— Dites-moi : pourquoi êtes-vous allée consulter ce détective ?

Il la vouvoyait à nouveau. Mais restait maître du jeu.

Une bêtise, l'appel au détective. Bien sûr, c'était une bêtise. Que répondre ? A quoi bon ? Comprendrait-il le fol espoir qui l'avait poussée, le rêve de rendre à Blandine l'enfant perdue ?

Elle se dégagea, se leva.

— J'ai eu tort. Je reconnais que j'ai eu tort. Cela vous suffit ? Vous ne pouvez pas comprendre...

— Voilà, vous l'avez dit : je ne peux pas comprendre. Parce que je ne suis pas de ton monde, hein ? Parce que je suis né à Wazemmes, hein ? Parce que tu m'as épousé pour donner des héritiers à ton père et pour lier mes affaires à celles des Surmont-Rousset, hein ? C'est cela, avoue-le. Avoue-le. Mais dis-le donc, une fois pour toutes ? Que les choses soient claires.

— Claires ? Tu veux que les choses soient claires. Alors, raconte-moi ce que tu faisais à Paris, la nuit dernière. Avec qui ? Il n'y a pas de mensonge, là ? Mensonge par omission, peut-être. Mais mensonge quand même, comme tu le disais tout à l'heure.

Voilà. Elle l'avait crié. Des mots qu'elle s'était toujours

juré de taire. Des murs s'effondraient. Des années de vie commune, d'attentes, d'espoirs et d'inquiétudes partagées, de bonheurs vécus ensemble, étaient peut-être rayées, abolies.

Elle se sentit effrayée. Comprit à ses yeux, à sa bouche qui tremblait, au fléchissement soudain de ses épaules, qu'il le sentait, lui aussi.

Était-il possible de s'arrêter au bord de ce précipice ?

— Un matin de 1914, murmura-t-elle, quand je t'ai vu partir pour Dunkerque avec ce convoi de toiles, je me suis jetée dans tes bras, comme si on me poussait. Tu penses que c'était pour donner des héritiers à mon père, pour sauver les usines, tu le crois ?

Il parut touché, recula, heurta une chaise, ce qui l'arrêta peut-être. Alors, il se jeta de l'avant, fut sur elle, déchira sa robe, lacéra sa combinaison, comme pour la violer. Ils avaient roulé sur le tapis. Elle se débattit, faillit crier. Se mordit les lèvres, à saigner : les bonnes. Puis s'abandonna, allait s'offrir. Non. Elle voulut le prendre, lui, arracha sa cravate et sa chemise.

Un peu plus tard, ils reposaient, haletants, épuisés, sur le tapis, allongés côte à côte. Comme au cimetière plus tard, pensa-t-elle.

Il lui prit la main.

— Ah, soupira-t-il, si l'on pouvait s'aimer.

Elle l'avait laissé partir, sans un mot. Presque amusée de le voir chercher sa cravate qui avait volé, tirer sur sa chemise froissée, redresser son pantalon.

Elle ne savait plus. Elle avait fini par oublier dans l'étreinte les griefs du cœur, les reproches, cette façon qu'il avait eue de se jeter sur elle comme on achève une vaincue, ou comme on prend une fille. Le plaisir, quand même, de retrouver la chaleur, même la sueur, d'un corps qu'elle avait appris à caresser. Enfin, cette phrase, alors qu'il se levait. Cette phrase où se trouvait le mot. Comme une volonté, un désir, une promesse, un commencement. Seulement un commencement, après tant d'années ? Elle se réjouit de n'avoir pas pleuré. De s'être contenue. Les hommes n'aimaient pas cela, les larmes. Elle l'avait compris depuis longtemps. Les pleurs, les mouchoirs déchirés, les soupirs. Trop facile à leurs yeux. Un procédé, un truc, auquel ils ne croyaient pas, ou refusaient de croire, ce qui revenait au même. Clément comme les autres. Plus que d'autres sans doute.

A présent, il faudrait rebâtir. Elle fit le recensement de ses armes. Sa force, sur laquelle il s'appuyait puisqu'il ne dédaignait pas de lui demander conseil et l'écoutait souvent. La confiance qu'elle inspirait et qui, peut-être, rendait d'autant plus explicable la violence de sa réaction : le sentiment d'avoir été trompé, laissé de côté par celle dont il l'attendait le moins.

Elle se savait encore attirante, bien qu'elle se sentît, depuis peu, vieillir dans le regard des hommes. Il faudrait y veiller. Ses vêtements étaient parfois trop austères. Elle ne fréquentait pas assez les salons de beauté qui s'ouvraient chaque jour plus nombreux. Elle demanderait conseil à Delphine, sa sœur plus jeune, toujours dans le vent de la mode, à l'affût du dernier parfum, du meilleur rouge à lèvres.

Ne rien négliger.

Elle était encore étendue, regardait au plafond une ancienne craquelure, repérée depuis plus de vingt ans. Une ligne bleue qui tournicotait jusqu'au mur. Un peu saillante, comme la veine à la tempe de Clément. Une veine que, nouvelle mariée, elle avait aimé caresser du doigt et qu'elle avait vue plus large, plus bleue, tout à l'heure, quand ils étaient corps contre corps. Et ses sillons qui se creusaient, près de son nez, ces plis sous les yeux : il vieillissait lui aussi.

Ne pas laisser gagner le temps.

Leur couple pouvait durer, bien sûr, dans une sorte de paix armée. De coexistence paisible et froide où l'on évite les mots qui fâchent, les situations qui dérangent, où l'on entasse les rancunes, les arrière-pensées, les petites tristesses et les vives douleurs. Une vie moisie. Une usure triste. Non merci. Le temps, désormais, lui était compté. Mais elle voulait plus que jamais aimer et être aimée. Cette phrase qu'il avait eue : « Si l'on pouvait s'aimer... » Elle se sourit un peu, essuya une larme qui avait surgi. Se traita de gamine et s'en réjouit. Les gamines avaient raison peut-être. Sûrement.

Alors, elle revit Aurélie Bondues. Là. Comme si la jeune fille était à ses côtés, dans la bibliothèque. Se leva, troublée.

Où était-il parti ? Elle avait trop attendu, rêvé. Sans penser que Clément, peut-être, était allé s'expliquer avec son père. Il s'en prendrait à celui-ci, ayant réglé ses comptes avec elle. Il fallait y courir.

Elle se regarda dans une petite glace nichée dans un bronze, sur la cheminée, une composition où se mêlaient globe terrestre, équerre, livre, compas et tubulures pour représenter la science et le savoir.

Ses cheveux mêlés, sa combinaison lacérée laissait apparaître un sein. Elle se sentait prisonnière dans cette pièce. Comment échapper aux regards des bonnes ?

Elle ne s'était pas trompée.

Aussitôt recoiffé, changé, il avait couru chez Laurent Surmont-Rousset, presque bousculé le concierge qui filtrait les entrées, tapé quand même à la porte avant de pénétrer, brusque, dans le salon. Mais trouvé son beau-père en compagnie d'une petite bonne, serrés l'un contre l'autre, debout devant une table où s'amoncelaient des magazines, des romans de gare, quelques catalogues, des dépliants publicitaires, et même des éventails vantant les délices de l'Amer Picon, du cognac Sorin ou des liqueurs Cazanove de Bordeaux.

Il s'ébroua, arrêté dans son élan, comme pour chasser les questions qui se pressaient.

La jeune femme s'était écartée, rougissait, comme prise en faute. Mais Laurent Surmont-Rousset :

— Que se passe-t-il ? Un malheur ? Aline ? Les enfants ?

Clément secoua la tête. Non. Il regardait son beau-père, la bonne qui sortit enfin, furtive, puis le tas de papiers sur la table. Décontenancé.

Laurent Surmont-Rousset, rassuré, esquissa un sourire. Moqueur ou amusé : difficile de le dire. Clément Boidin se reprochait de n'avoir pas été assez attentif à la tenue de la bonne. Il aurait su alors si.

— Un problème aux usines ?

Son beau-père l'interrogeait désormais sans angoisse, sachant bien qu'il ne serait pas accouru ainsi pour lui demander conseil. Il avait retrouvé son sourire, qui irrita Clément.

— Non. Le problème, c'est l'enfant de Blandine.

Laurent Surmont-Rousset sembla vaciller, comme sous l'effet d'un coup à l'estomac, s'accrocha à la table de son seul bras valide, faisant tomber quelques magazines. Il suffoquait. Clément courut jusqu'à lui, le cala dans un fauteuil. Peut-être fallait-il appeler à l'aide, faire chercher un médecin ? A soixante-dix ans bien sonnés, le cœur n'est plus très solide. La tête, non plus, peut-être.

Il hésitait, alla jusqu'à la grande fenêtre dont les rideaux cachaient le cordon qui permettait de sonner les bonnes, se retourna pour observer le « vieux », comme il l'appelait parfois. Leurs regards se croisèrent. Allons, cet homme-là avait toute sa tête, le guettait, redressé maintenant. Une force. Il l'avait toujours admiré, toujours voulu l'égaler, le dépasser. Il y était parvenu parfois, comme dans l'affaire de la Lainor. Mais il n'était pas certain de pouvoir encore manifester un tel sang-froid, une telle maîtrise.

Le silence, qui se prolongeait, lui pesa bientôt. Tout cela était trop amer, idiot. Il eût voulu repartir. Quelle importance, après tout, cette histoire ? Quelle maigre victoire avait-il espéré remporter en humiliant son beau-père, le grand-père de ses fils, qui tenait en main quelques clés de leur avenir ? Le père d'Aline, aussi. Mais justement, c'était lui qui avait imposé à sa femme le secret, c'était le responsable de cette scène, l'heure précédente, où leur couple avait failli se briser. Il se dit soudain que la haine qu'il portait à Laurent Surmont-Rousset, car c'était de la haine, pensa-t-il, qui avait grandi avec les années, l'avait empêché d'aimer Aline comme elle le méritait, ou comme elle l'attendait. Le père lui avait caché la fille, voilé la fille, volé la fille.

Une rage le prit. Il se planta face à son beau-père, les mains sur les hanches, comme il le faisait avec Dussart ou les sous-directeurs quand il voulait leur passer un savon, leur montrer qu'il détenait le pouvoir et qu'il pouvait, clic, d'une pichenette, leur faire prendre le chemin de la porte.

Il vida son sac. Tout son sac. Sans s'attarder sur l'affaire du secret. Il avait plus à dire. Toutes les rancœurs accumulées resurgirent. La méfiance dont il avait toujours été accablé. Les humiliations : « Vous aviez honte, avouez-le, d'avoir donné votre fille à un parvenu, comme ils disent, les autres, tous les autres, vous aussi sans doute. » Les suspicions : « Je sais bien que vous interrogez les comptables, derrière mon dos, que vous leur donnez quelques sous pour qu'ils recopient des commandes et des bilans. Vous avez toujours cru que, pendant la guerre, j'avais utilisé votre argent pour m'enrichir moi-même. Eh bien, figurez-vous que vous aviez raison. Raison. Oh, pas autant que vous l'imaginez, mais quand même. Seulement moi, quand j'ai épousé Aline, j'ai pensé que cela n'aurait plus d'importance. Parce que j'ai une autre conception de la famille, moi. Dans une famille, on se dit tout. En réalité, vous ne m'avez jamais accepté vraiment. Je n'ai été pour vous qu'une roue de secours. Et si vous le pouviez, vous me jetteriez comme un objet usé, vous pousseriez Aline au divorce. Seulement, ça ne se fait pas, voilà. Et nos intérêts sont trop liés. Il n'empêche : nous voilà dans de beaux... »

Aline surgit à ce moment, essoufflée, le chapeau — une toque de velours cerise à ailes bleues — en déroute, de travers. Clément Boidin se figea. Alors, Laurent Surmont-Rousset, montrant à sa fille les tas de papiers, impassible :

— Vois-tu, j'expliquais à ton mari qu'il fallait être plus proche du peuple. Écouter les bonnes, par exemple. » Un petit rire. Ils étaient pétrifiés. « Les gens aujourd'hui cherchent du bonheur, ils veulent en avoir toujours plus. Les grèves, il y avait les communistes par-derrière, bien sûr, qui préparent toujours leur révolution. Mais si ça a marché, c'est parce que les gens souhaitent vivre mieux, beaucoup mieux. Comme des riches. Tous ces magazines, là, leur vendent du rêve. Ce sont eux qui les poussent, sans le savoir, à vouloir accumuler des choses, de beaux meubles, de belles cuisinières à gaz, des jolies robes, n'importe quoi. Ils leur montrent les superbes bijoux des vedettes de cinéma, les grandes fêtes américaines, les folies de Paris. Ils leur créent des besoins. Des besoins si forts que ces gens veulent gagner toujours plus. En travaillant toujours moins, bien sûr. Et nous, qu'est-ce que nous avons fait jusqu'à présent ? Nous avons résisté, nous résistons autant que nous le pouvons. Pour ne pas trop augmenter les salaires, pour maintenir les horaires de travail, et ainsi de suite. Il fait cela très bien, ton mari, Aline. Mais il faut faire le reste aussi. Prendre les gens dans le sens du poil, les caresser, quoi, leur vendre du rêve. Les catalogues, ça ne suffit plus. Ni même un journal comme celui de la Lainor, seulement consacré aux vêtements, au tricot, aux fleurs et à la cuisine. Non. C'était bien, mais c'est dépassé. Un hebdomadaire du genre de *L'Illustration*, papier glacé et tout, voilà ce qu'il faut. Mais pour le peuple. Un journal qui s'adressera aux femmes avec des histoires sentimentales, des confidences de vedettes, des conseils de beauté, des conseils pour l'amour, tout ça. Beaucoup de belles photos aussi. Pour créer de l'émotion. Et encore du rêve. Et aussi de la consolation pour celles qui n'ont pas une belle vie. Regardez ce journal de cinéma. Vous voyez ces photos : toutes ces filles de Hollywood sont décolletées, montrent presque leurs seins, ou bien leurs fesses et leurs jambes quand elles sont en maillot. Alors, si nous mettons cela dans un hebdomadaire pour les femmes, vous pensez bien que les hommes les regarderont aussi. Je les entends d'ici, ils demanderont, l'air de rien : tiens, où est passé ton journal ? Pour se rincer l'œil. Alors, voilà, c'est ce que j'ai décidé : nous allons créer un magazine pour femmes. Pas à l'ancienne. Moderne. Pour la femme moderne. La femme du peuple, moderne. Le magazine de la femme moderne. C'est ce que j'expliquais à ton mari, Aline. Mais tu peux rester, je suis certain que tu auras des idées. Figure-toi que ça m'est venu à cause de ton fils, l'aîné, Henri...

Clément Boidin sortit sa montre.

— Désolé, mais je dois partir. Une réunion avec des représentants.

Le regard d'Aline allait de l'un à l'autre.

— Je t'accompagne, dit-elle enfin.

Puis à son père :

— Nous voulions justement vous en parler : un nouveau projet, dans la confection. Nous n'avons pas eu le temps de vous l'expliquer encore. Je reviendrai.

Il quitta son fauteuil, commença de ramasser les papiers tombés à terre. Aline fit un pas vers lui, puis deux, songeait à l'embrasser, comme chaque fois. Il tournait toujours le dos. Elle revint vers son mari.

Ils sortirent. Alliés.

Clément Boidin connut, les jours suivants, d'autres soucis. D'abord le retour d'un jeune diplômé, brillant, qu'il avait envoyé au Brésil : depuis la grande crise de 1929, bien des pays s'étaient protégés par d'immenses barrières douanières ; cotonnades et tissus de lainage s'exportaient mal, sauf dans les colonies ; il fallait donc sauter les frontières et les mers, créer des usines ailleurs dans le monde, trouver des associés dans les pays neufs.

André Millet, garçon de vingt-six ans rencontré dans un dîner parisien, qui parlait l'espagnol, le portugais et l'anglais, qui venait de passer deux années dans le *staff*, comme il disait, d'une banque londonienne, après des études de droit international, l'avait séduit.

Un long reportage sur l'Amérique latine, dans *L'Illustration*, son hebdomadaire préféré, l'avait frappé : c'était, jugea-t-il, le continent de l'avenir, qui dépasserait un jour l'Amérique du Nord. André Millet devrait le prospecter.

Laurent Surmont-Rousset avait alors argué qu'il était absurde de se créer des concurrents au-delà des mers, mais s'était vu répondre qu'à tout prendre mieux valait être, partout, son propre concurrent.

André Millet revint du Brésil chargé d'idées et de promesses. Il avait rencontré à São Paulo des entrepreneurs avec qui s'associer pour fabriquer des « guinées », des cotonnades colorées de basse qualité que l'on vendait déjà en Afrique noire.

Le pays produisait peu de coton encore, mais certaines zones rurales offraient un terrain et un climat tout à fait adéquats pour développer cette culture. Et puis, les salaires étaient ridiculement bas, tellement inférieurs à ceux de la France que l'on s'en tirerait merveilleusement, même s'il fallait importer la matière première. Du Guatemala, par exemple, où une légende racontait même que c'était la déesse de la Lune, puis, après l'arrivée des missionnaires catholiques, la Vierge Marie, qui avait appris aux paysannes à filer le coton avec un fuseau et à le tisser avec un métier. Sans compter qu'il serait possible, en parallèle, de travailler la laine : dans la région, les moutons se multipliaient à la vitesse des mouches.

En l'écoutant exposer ses plans, évoquer aussi des idées de développement dans un tout autre domaine, l'agroalimentaire, qui lui avaient été suggérées par une escale de son paquebot aux Antilles, Clément Boidin en était venu à regretter de n'avoir pas de fille. Il l'aurait jetée dans les bras de ce garçon à l'avenir prometteur.

Il importait, quoi qu'il en soit, de se l'attacher. D'autres projets se précisaient.

Aline n'avait pas parlé par hasard à son père d'investissements dans la confection. Une idée à elle : que la Lainor vende, par correspondance, du prêt-à-porter. « Puisque les femmes du peuple sont plus coquettes, ont plus de moyens, il faudra leur vendre des vêtements faits en série, qui rappelleront ceux des couturiers parisiens. »

Clément Boidin, que les bruits de guerre commençaient d'inquiéter, s'était pris à penser que, ligne Maginot ou pas, le scénario de la guerre précédente risquait de se répéter : le Nord pouvait être à nouveau exposé. Il envisageait de reprendre en Normandie une usine de bonneterie que les grèves et le vieillissement de ses machines avaient mise à mal : il y installerait de tout nouveaux métiers circulaires permettant de fabriquer une étoffe par tricotage à partir d'un seul fil.

Bref, de multiples réunions, un voyage à Elbeuf avec escale à Paris où Jany Star jouait toujours *Les Vignes du Seigneur*, des rencontres avec les banquiers dont le concours était nécessaire à la mise en œuvre de tous ces projets, l'avaient beaucoup distrait des soucis familiaux. Jusqu'au jour où le commissaire de police, sollicité pour intimider le détective nommé Deschamps, demanda à le rencontrer.

Ils se retrouvèrent dans l'arrière-salle du même café discret, proche de la gare de Lille. Le commissaire semblait embarrassé, tourna quelque peu autour du pot.

Ce Deschamps, décidément, ne se laissait pas dissuader si aisément. Au contraire. Le commissaire lui avait envoyé un de ses anciens collègues désormais retraité. Avec mission d'expliquer à ce nauséabond personnage qu'on trouverait bien des histoires à lui mettre sur le dos s'il s'obstinait à faire chanter M. Boidin.

Le retraité avait appris alors qu'il ne s'agissait pas du tout d'une grosse histoire de vols et de fraude, de femme licenciée par un chef d'atelier corrompu, et ainsi de suite, mais de la recherche d'un enfant naturel d'une fille Surmont-Rousset. « Il eût été préférable de m'en parler d'abord », susurra le commissaire en tapotant, machinal, le chapeau de feutre mou qu'il avait bizarrement gardé sur la tête. Boidin acquiesça et bénit le Ciel de ne pas rougir aisément.

Cette affaire-là, reprit le commissaire, était un premier problème. Délicat, mais que l'on pouvait sans doute résoudre en mettant le prix qui convenait. Il existait un deuxième problème, plus embarrassant : « Ce Deschamps, qui s'est constitué un petit réseau d'informateurs, qui a sûrement des accointances à la mairie, a réussi à se procurer par elles un acte de naissance de la deuxième fille de M. Surmont-Rousset, votre beau-père, celle qui se prénomme Blandine. Or, cet acte de naissance ne comporte aucune mention de son décès, ce qui devrait être le cas si elle était morte sur la Côte d'Azur, près de Menton, au lendemain de la guerre, comme votre famille, je veux dire celle de M. Surmont-Rousset, l'a toujours affirmé. »

Faire valser ce chapeau que le commissaire tapotait toujours, en l'observant : telle fut, une fraction de seconde, l'envie presque irrépressible de Clément Boidin. Il parvint pourtant à se contenir, à dissimuler sa rage. Rage contre lui-même qui avait eu tort de jouer au plus fin avec ce policier. Rage contre son beau-père qui, après avoir menti sur le sort de Blandine par crainte du scandale, et imposé son mensonge à tous, n'avait même pas pris l'élémentaire précaution de faire surcharger le registre d'état civil, ou d'arracher la feuille où figurait le nom de sa fille. Après tout, au lendemain de la guerre, dans la pagaille de l'époque, ce n'était pas vraiment impossible pour un Surmont-Rousset. Mais ces gens-là se croient inatteignables, tellement au-dessus du lot qu'ils négligent de prendre les précautions les plus élémentaires. Ainsi font, bêtement, les puissants ou ceux qui se croient tels. Jusqu'au jour où.

— Il ne vous reste qu'une solution, dit le commissaire en se levant après un long silence.

— En effet, dit Boidin.

Il se leva à son tour, remercia le policier très civilement, l'invita à déjeuner bientôt dans une très bonne maison, de l'autre côté de la frontière, en Belgique, car il importait de garder dans son camp cet homme si bien informé.

Le lendemain, il fit convoquer Deschamps. Le petit homme chauve, comme la fois précédente, observa, méfiant, les lourds rideaux des fenêtres, se permit même d'en écarter un pour vérifier qu'il ne dissimulait pas un témoin, posa son regard d'huissier sur chaque meuble, s'assit enfin sur l'extrême bord d'un fauteuil et attendit.

— Maintenant, lui dit Boidin, vous allez travailler pour moi. Et pour moi seul.

XII

Julia Bondues était dans tous ses états : ce dimanche-là, elle recevait les parents de Paul. Pas un repas de fiançailles, non. Ces deux-là étaient encore trop jeunes. Le garçon devait encore faire son service militaire, sans doute dans un coin perdu : on pouvait compter sur l'armée pour le punir à sa manière après son passage par les Brigades internationales. D'autant qu'il n'avait pas quitté le parti communiste. Aurélie, qui dévorait désormais les journaux, avait évoqué, sans le convaincre, un procès organisé à Moscou en grand tralala qui s'était conclu par la condamnation et l'exécution, rapide, d'anciens compagnons de Lénine traités de vipères et de chiens enragés. Paul n'avait pas craqué : si on les avait fusillés, c'est qu'ils étaient coupables. D'ailleurs, pas un grand intellectuel de Paris n'avait élevé la voix pour déclarer ces jugements iniques. Ni André Malraux, que Paul avait croisé en Espagne, ni Romain Rolland. Personne, ou presque. « Si c'était l'affaire Dreyfus, disait Paul, il y aurait bien un Zola pour crier "J'accuse". » Mais non. Donc.

Ils évitaient désormais les sujets qui pouvaient les diviser. Elle allait à la messe, c'était son affaire. Il participait aux réunions de cellule du parti, c'était la sienne. Chacun son Église.

Julia s'en inquiétait. Elle n'eût pas imaginé, jeune épouse, suivre une autre voie que celle de son François. Toute divergence, à ses yeux, eût entraîné la condamnation de leur couple. Elle le suivait donc. Il savait ce qu'il fallait penser du gouvernement, des syndicats et des patrons. Elle aimait qu'il le lui explique. Elle admirait, quand il le faisait, la clarté de ses raisonnements. Elle posait parfois des questions. Pas davantage. Les temps, apparemment, avaient changé. Ce qui ne faciliterait rien pour les jeunes, pensait-elle. Pourtant, ce couple-là, après l'orage, s'était reformé, solide.

On allait donc fêter cela en mettant les petits plats dans les grands. Elle avait réfléchi des semaines à son menu. D'abord les soles braisées accompagnées de crevettes grises cachées dans des tomates : le plus long à réaliser serait la sauce où têtes et carapaces de crevettes se mêleraient à du vin blanc et de petits légumes. Ensuite revenait le passage obligé de toutes les réunions familiales, le lapin aux pruneaux : une affaire de plusieurs heures dans la cocotte, un plat qui pouvait attendre le bon désir des convives et auquel elle ajoutait une touche personnelle en versant dans la sauce, à la dernière minute, quelques grammes de cassonade et une barre de chocolat.

Elle avait beaucoup tremblé, tergiversé, acheté plusieurs semaines à l'avance, à l'épicerie des Coopérateurs de Flandre et d'Artois des bouteilles de Byrrh, de Saint-Raphaël, et aussi le Monbazillac qui, sucré pourtant, accompagnait alors toutes les entrées. Aurélie pouvait bien lui répéter de ne pas s'inquiéter — « Ce sont des gens comme nous, des ouvriers... » —, elle avait lavé et relavé, des jours plus tôt, ses portes et ses vitres, balayé même la courée, avec une obstination de fourmi, en pestant contre l'insouciance de voisins qui laissaient déborder leurs poubelles et ne se souciaient guère de pousser jusqu'à la grille d'égout les eaux usées qui stagnaient sur les pavés.

Il avait fallu aussi, le samedi, accueillir Françoise et son mari venus de Paris participer à la rencontre. Ce qui signifiait que les uns dormiraient sur un sommier, que les autres allongeraient, sur le carrelage de la pièce à vivre, des matelas qu'il faudrait remettre en place au petit matin afin de préparer la table et pouvoir se déplacer autour de la cuisinière à charbon.

La nuit avait été courte. D'un matelas l'autre, les femmes avaient bavardé longtemps. Tôt levée le matin, Julia avait réveillé tout son monde au bruit du moulin à café. Elles devraient être parées, belles, disponibles, le repas prêt, la petite maison briquée et récurée, pour l'arrivée de l'autre famille.

A quelle heure, déjà ? « Midi ? Tu leur as bien dit midi ? » Julia harcela Aurélie qui, d'abord rieuse, s'était laissé gagner par la crainte, la nervosité, avait fini par faire tomber une petite tasse de porcelaine dont les débris, minuscules, dispersés entre les carreaux, semblaient défier toutes les recherches. Oui, elle leur avait dit « midi », mais on ne sait jamais avec les tramways, surtout le dimanche : ils passent à peu près n'importe quand ; Paul et ses parents pouvaient donc très bien se rendre tôt à la station de peur d'être en retard, et, pour finir, arriver à l'avance. Il convenait donc de se méfier.

A 11 heures, elles étaient fin prêtes. Soulevant tour à tour le couvercle de la cocotte pour humer le parfum des sauces. Écoutant, pour tromper leur impatience, les histoires du mari de Françoise, le chauffeur de taxi parisien qui, travaillant de nuit, avait assisté à de curieux et dérangeants spectacles, assurait même que des femmes s'étaient offertes à lui au terme d'une longue course pour le payer. Ce qui faisait rire les filles, un brin sceptiques quand même, et inquiétait Julia. Aurélie écoutait à peine, se précipitait à chaque minute à l'entrée de la courée pour attendre l'arrivée des invités, ne réapparaissait que pour s'installer devant le miroir, tapoter les ondulations de sa blonde chevelure, redresser le jabot décoré de petits personnages brodés qu'elle avait accroché au plastron de son corsage et qui montrait une fâcheuse tendance à pencher vers la gauche. « Le côté du cœur », disait en riant Françoise qui, devenue parisienne, se croyait tenue de jouer la joyeuse et la délurée, en rajoutait sur les plaisanteries à double sens que Julia accompagnait parfois de toussotements réprobateurs Pour la forme, tant elle était heureuse d'avoir retrouvé ses filles après une année lourde d'émois et de soucis.

Les moments de bonheur sont fragiles. Il faut les caresser et les protéger. Julia le savait. Elle s'y employa. Paul Bonpain et ses parents étaient arrivés à midi pile. Comme s'ils avaient patienté au coin de la rue voisine ou dans un bistrot.

La mère, une petite femme boulotte, qui avait apporté des mimosas — venus directement de Nice en une nuit, assurait-elle, les cheminots font des prouesses —, s'extasia comme il convenait sur la propreté de la maison, la coquetterie des rideaux représentant des scènes champêtres que Julia avait encore repassés la veille.

Le père Bonpain, un lourd gaillard aux joues rouges qui ne devait pas lésiner sur la bière, avait suggéré, dès l'entrée, que l'on s'appelât par les prénoms : on était en famille, tous des ouvriers, pas question de faire des chichis. Bien entendu, il intervertit bientôt ceux des jumelles et, voyant que cette erreur suscitait sourires et rires, s'empressa de recommencer. Ce qui entraîna la conversation, d'abord hésitante, sur les ressemblances : le front de celui-ci, la forme du visage de celle-là. Ils s'attardèrent sur les yeux d'Aurélie, hésitant à qualifier leur vert : tirant un peu sur le bleu, donc turquoise ? Vert bouteille, suggéré par Juliette, suscita des protestations. Vert comme la mer fut mieux accepté. Mais quand Julia évoqua l'émeraude, la mère de Paul chuchota que c'était la couleur du diable : à l'école de son enfance, les gamines chantonnaient « Les yeux verts iront en enfer » et elle avait connu, petite bonne, une patronne qui avait refusé une bague ornée de cette pierre, la jugeant maléfique.

Bien qu'elle ait aussitôt tenté de réparer les dégâts en feignant de rire d'une peur aussi ridicule, ce propos avait jeté un léger froid. Paul se hâta de le dissiper en sortant de la poche de son pantalon de golf une petite boîte de carton blanc, fermée par un élastique, qu'il offrit à Aurélie. Elle y trouva, reposant sur un morceau d'ouate rosâtre, une bague ornée d'une pierre rouge. On se récria. D'accord, ce n'était pas une bague de fiançailles mais un bien joli bijou, pas de ceux que l'on achetait « pour deux sous dans la sciure » sur les marchés et lors des ducasses. Aurélie dut la passer au doigt, présenter ensuite sa main à chacune et chacun. Elle songeait que le rouge de la pierre n'avait pas été choisi au hasard, s'en amusa et, pour remercier Paul, lui déposa quatre baisers sur les joues. Les deux sœurs et Julien, le chauffeur de taxi, scandèrent : « Un vrai ! un vrai ! » Il fallut s'exécuter, embrasser sur la bouche, sous les applaudissements. Julia essuya une furtive larme.

Victorine Bonpain, la mère de Paul, soucieuse de rattraper sa petite bévue sur les couleurs, commença de chantonner une rengaine d'opérette : « Un baiser, un baiser, pas sur la bouche. Pas sur la bouche, ça m'effarouche. » Les jumelles se regardèrent, se comprirent : celle-là était décidément un peu gaffeuse, mais possédait une jolie voix. Elles crièrent : « Une autre, une autre », obtinrent qu'elle se levât pour chanter « Parlez-moi d'amour », ce qui provoqua des regards attendris. Le père, qui semblait mal supporter de se voir voler la vedette, tenta de lancer une chanson apprise pendant les grèves :

Y a trop d'tout, y a trop d'tout
Pas besoin de guerre
Y a trop d'tout, y a trop d'tout
Travaillons moins d'heures
Y a trop d'tout, y a trop d'tout
Augmentons le salaire.

On applaudit : qui ne serait d'accord ? Julia, craignant pourtant que de tels sujets ne provoquent de ces débats qui divisaient souvent les familles, l'interrogea sur la locomotive que menait ce mécanicien de route. Une Pacific, très rapide, expliqua-t-il, qui faisait dans les quatorze mètres, pesait près de cent tonnes et se montrait capable d'en tirer cinq fois plus à quatre-vingt-dix kilomètres à l'heure, une belle bête qu'il devait malheureusement laisser parfois en d'autres mains. Il s'embarqua dans des histoires d'essieux moteurs et d'essieux porteurs qui lassèrent vite. Par chance, c'était le moment de la tarte et du mousseux. On évoqua l'avenir, l'obstacle du service militaire qui se dressait devant Paul. Julien, le mari de Françoise, indiqua qu'il connaissait vaguement un député, un Méridional qui lui donnait parfois rendez-vous le soir, à la Chambre, pour se faire conduire du côté de la Bourse, peut-être chez une maîtresse. C'était un homme très à droite, semblait-il, mais lui, Julien, ne faisait guère de politique. Il pourrait lui en parler, sait-on jamais, afin d'éviter au moins à Paul de se retrouver en Afrique du Nord parce que là, les soldats en bavaient : des marches épuisantes sous le soleil, une discipline idiote, la soif et pas grand-chose à se mettre sous la dent.

Julia, qui avait vu un voile troubler les yeux d'Aurélie, chercha de nouveau à mener la conversation sur d'autres voies. Françoise, à Paris, avait réussi à se faire embaucher chez une modiste connue, Rose Valois. Un atelier où l'on travaillait beaucoup, mais rien à voir avec l'usine. Elle avait commencé comme « petite apprêteuse », apprentie, quoi. Celles qui font chauffer les fers, ramassent les camions et les emballeurs, sont de toutes les corvées. Les camions ? Les petites épingles, tout simplement. Les emballeurs : les grandes. Pourquoi ? Allez savoir. Depuis, Françoise avait monté en grade, et se trouvait bien, là. Rien à voir avec l'usine. Pas le bruit obsédant des machines. On pouvait se parler, rire parfois, en dépit des jalousies et des rivalités comme il y en a toujours.

C'est alors qu'elle se tourna vers Juliette :

— Pourquoi tu ne viendrais pas, toi ? J'ai une copine chez Gabrielle Mono, place Vendôme. Ils cherchent des apprenties, parce que ça marche, en ce moment, le chapeau, et ça ne va pas s'arrêter tout de suite, avec les fêtes qui se préparent pour l'Exposition universelle. Après ce que tu as eu, tu ne vas pas retourner à l'usine, quand même ?

L'allusion au sana, l'idée d'un départ de Juliette, qu'elle devinait fragile encore dans la tête autant que dans le corps : deux blessures pour Julia. Mais sa fille souriait, approuvait, enchantée des perspectives d'une vie nouvelle, fascinée par les brillances de la mode et l'attrait de Paris où elle reverrait — qui sait ? — des anciennes du sana.

Dans l'esprit des jumelles, qui se retrouveraient ainsi, l'affaire, d'évidence, était déjà conclue : « Au début, tu coucheras chez nous. Le temps de trouver quelque chose à toi, pour ton indépendance. »

Julia regarda Aurélie.

Elle approuvait, chaleureuse.

Cet hiver avait, pour Juliette, un parfum de printemps.

De Paris, sa sœur lui avait écrit que l'affaire se présentait bien. Une amie de sa copine lui avait fait rencontrer une « première », une chef quoi, de chez Gabrielle Mono, qui lui avait presque promis une embauche pour le début de mars. Cette femme, sérieuse disait-on, ne jetait pas sa parole en l'air. Donc, se préparer, faire confiance.

Pour se préparer, Juliette se préparait. Elle avait écumé tous les grands magasins de Lille, les plus petits aussi, ceux des rues étroites tenus par de vieilles demoiselles qui présentaient, posés sur des champignons de bois, des bonnets en forme de casque comme on n'en faisait plus depuis les années 20, des rossignols dont aucune femme n'eût osé coiffer sa tête, sauf peut-être au fin fond des plus reculées campagnes flamandes. Alors Juliette marchandait, tenace, obtenait des rabais, puis des rabais sur les rabais, rentrait parfois le soir avec d'immenses cartons, tachés de vieillesse mais bourrés de bibis, de melons, de taupés, voire de canotiers d'hommes et d'antiques panamas.

Julia, inquiète les premiers jours, s'en était vite réjouie. Sa fille, qui se languissait depuis le retour du sana, semblait avoir trouvé enfin une raison d'exister, se pomponnait même, chaque matin avant de partir en tournée avec « Soir de Paris », la poudre signée Bourjois qui avait conquis les femmes du quartier.

Aurélie, elle, s'était vite prise au jeu. Quand elle rentrait de la bonneterie où elle avait, comme Julia, fini par se faire embaucher, elle dressait l'inventaire des trouvailles de sa sœur, s'ingéniait avec elle à ajouter là un morceau de ruban gros-grain, ailleurs un bout de rideau ou de voilette. Elles avaient, ensemble, dans l'espoir de dénicher des accessoires, mis à sac le petit grenier, puis fait le tour des voisins, à commencer par le vieux Fauconnier, pour accroître leur stock, obtenir ici une capeline bossue, ailleurs bonnets et bérets, auxquels elles se plaisaient à accrocher des fleurs artificielles brisées de vieillesse, des ailes d'oiseau empaillées qui s'émiettaient, des voilettes ou des fragments de bonnets de dentelle.

Julia avait fini par se joindre à elles : depuis l'époque où elle rabattait les pantalons par dizaines, la couture restait comme un passe-temps choisi, plus qu'une nécessité peut-être. Avec les patrons de papier achetés dans les merceries, elle s'était flattée de faire presque toutes les robes de ses filles. Alors, les chapeaux ! C'était à qui s'amuserait à cabosser un vieux taupé pour lui donner, avec une autre forme, une nouvelle jeunesse, qui s'appliquerait à coudre des boutons-pression permettant d'entourer les toques de rubans amovibles, qui utiliserait d'antiques baleines de corset pour tenir droites des dentelles qui rappelleraient les coiffes bretonnes, qui aussi tenterait, après avoir longuement chauffé un fer, de transformer un feutre avachi en bibi arrogant. Ensuite, elles prenaient des poses, rieuses, excitées, invitaient parfois une voisine à venir partager ces réjouissances.

La courée tout entière, peu à peu, se mit de la partie. Les courées voisines aussi. Julia, un soir qu'elle rentrait du travail, avait trouvé devant sa porte un sac de jute empli de bonnets en tous genres, ne s'étonna plus, ensuite, d'en découvrir dans des cartons à demi déchirés, de vieilles toiles à matelas transformées en vastes musettes que des mains anonymes avaient déposées là. Bientôt, interdite, elle vit débarquer, les week-ends, des voisines ou des cousines, belles-sœurs, filles de voisines qui souhaitaient faire transformer un chapeau, y ajouter une voilette, raccommoder un canotier dont la paille se défaisait.

Elles avaient d'abord résisté, argué que la modiste du quartier en prendrait ombrage, que Juliette n'était en somme qu'une apprentie, même pas apprentie à dire vrai, qu'elle s'exerçait seulement, faisait des essais, se préparait pour le jour, s'il arrivait enfin, où les gens de Paris — Mme Gabrielle Mono, place Vendôme pour être précis — voudraient bien lui faire signe. Mais dans le peuple, n'est-ce pas, on est bien placé pour savoir que rien n'est jamais acquis, que les grives ne tombent pas du ciel toutes rôties. Même pas les merles.

Ces explications ne désarmaient pas les clientes potentielles. On leur avait dit que. Donc, ça ne serait pas gentil de. Elles paieraient ce qu'il faudrait. Quelques-unes exhibaient même, en guise d'appâts, des bouts de dentelles de fond de grenier, des cerises de celluloïd de fêtes foraines qui feraient si joli, là, tenez, sur le bord de ce chapeau, ou encore des épingles à grosses boules de fond de tiroir.

Et puis elles racontaient petits bonheurs et grands malheurs : une communion qui se préparait là, un baptême ailleurs, un deuil parfois.

Juliette avait cédé la première. Pour un deuil, justement. Une femme, et ses trois filles, qui devaient enterrer le mari, un ivrogne passé sous un camion. Une délivrance, en un sens. Quand même, il fallait faire les choses normalement. Donc teindre de vieux feutres bleu marine et leur accrocher de longs voiles de crêpe.

Ce fut comme une brèche. Les commandes et les demandes furent bientôt assez nombreuses pour lui interdire de courir, dans la journée, les vieilles chapelleries de l'agglomération. Le soir, les trois femmes s'attelaient au raccommodage et au remodelage sous le poste de radio, un Philips acheté d'occasion pour lequel Paul avait créé une étagère. Elles écoutaient Radio-Cité ou Radio-Paris. Les filles préféraient Charles Trenet. Julia chassait sur les programmes du journal les heures de passage des disques de Tino Rossi ou de Berthe Silva.

Elle aimait la douceur de ces soirées, rêvait qu'elle s'éternisent, tentait de les prolonger en offrant à ses filles, tard dans la nuit, des tisanes où elles trempaient des petits Lu qu'elles dégustaient en prenant leur temps, et plus encore. « Pour faire durer le plaisir », disait Juliette.

Un mardi du début de mars arriva une lettre de Françoise. Voilà. C'était d'accord. Fin de ces soirées de travail et de tendresse. Juliette devrait se présenter le lundi suivant chez Gabrielle Mono, place Vendôme. Qu'elle ne s'inquiète pas pour le logement : elle trouverait bien quelque chose, on construisait des Habitations à Bon marché du côté de Gentilly et d'Arcueil. En attendant, sa sœur l'hébergerait. On se serrerait un peu. D'ailleurs, Julien, le mari, travaillait la nuit, ce qui arrangeait tout.

La veille du départ, alors qu'elles entassaient vêtements et sous-vêtements dans une lourde valise, Aurélie fit remarquer que Juliette n'avait pas choisi la plus mauvaise voie. Ce serait, à coup sûr, tellement mieux que l'usine, et ce commerce semblait marcher très bien.

Julia sursauta : celle-là ne parlait jamais pour ne rien dire. Quelle idée avait-elle en tête ?

XIII

Céline sourit en pénétrant dans la vaste bibliothèque aux murs sombres : son père, chez qui la proximité du printemps avait provoqué un rhume interminable, prenait force inhalations, et c'était, comme à chaque fois, la jeune Odile qui lui tenait autour de la tête une serviette pour éviter qu'aucune vapeur purificatrice ne lui échappe.

Céline était presque certaine qu'il multipliait et prolongeait ces séances exprès, pour sentir près de lui le corps de la jeune fille, sa main, parfois, qui lui glissait sur le crâne, caressante, sous prétexte de redresser le linge. Car la bonne n'était pas tout à fait innocente, sans doute, trouvait les gestes qu'il fallait, discrets, presque fortuits. Elle se sentait à coup sûr la préférée, la désirée, ce qui devait lui valoir, à l'office, ricanements et jalousies. Mêlés d'un prudent respect, parce qu'on ne sait jamais.

Laurent Surmont-Rousset se redressa, reprit ses lunettes.

— Alors ?

— Alors, c'est prêt. Mon maquettiste m'a apporté les dernières pages, le cinéma et la mode. La mode. C'était le plus difficile, le plus cher aussi, parce qu'il faut éviter de faire catalogue, donc trouver des trucs, des photos dans la rue, sur la tour Eiffel, à bord d'un bateau sur la Seine, des choses comme ça.

— Je te l'avais bien dit. Mettre une robe à côté d'une

robe, une combinaison à côté d'une combinaison, c'est comme La Redoute ou le journal de ton beau-frère à la Lainor. Des catalogues, à présent, les femmes en reçoivent tous les jours. Même Saint-Étienne s'y est mis. Une manufacture d'armes qui vend des corsets et des manteaux !

Il rit, toussa. Son rhume était peut-être réel, après tout. Comme son « Je te l'avais bien dit », un refrain depuis deux mois.

La petite bonne s'écartait. Il la retint.

— Reste ; j'ai besoin de ton avis aussi, ma fille. Toi, ici, tu fais la cliente. Celle qui va acheter *La Vie en rose*. Approche. Nous allons regarder.

Céline étalait les maquettes sur l'immense table.

— La loupe, apportez-moi la loupe. Avec ces lunettes, je ne vois plus assez bien, je devrais en changer.

C'était, à chaque fois, la même histoire. Il se levait alors, loupe en main, se penchait, souple, pour observer, page après page, chaque détail, s'attardait plus longtemps — Céline l'avait remarqué — sur les décolletés les plus profonds, les silhouettes les plus évocatrices.

— Bien, bien. Ça y est presque. Seulement, là, je me demande où il va mettre la légende de la photo, ton maquettiste. Et là, le titre. Il faut bien qu'un article ait un titre, quand même.

Il attira la jeune bonne.

— Regarde bien. Ça te plaît ?

— Bah ! Y a rien à lire, alors... Que des lettres sans suite. C'est beau, c'est sûr. Mais tant qu'on ne peut pas lire, on ne peut pas dire.

— Ce sont des maquettes, tu comprends. Les articles viendront après. Quand on construit une maison, on ne commence pas par le papier peint. Eh bien, les articles, c'est comme le papier peint : ce qu'on met à la fin, entre les grandes portes d'acajou, les cheminées de marbre et les grands miroirs. Tu comprends ?

— Eh bien, si c'est comme ça, il n'y a pas assez de papier peint là.

— Où, là ?

Elle montra une photo de Marlene Dietrich, d'une insolente et radieuse beauté ; d'autres encore tirées de *L'Impératrice rouge*, le film qui continuait de remplir les salles après deux ans.

— Moi, j'aimerais savoir des choses sur cette Allemande. Comment elle vit depuis qu'elle a quitté son pays à cause de Hitler, les hommes qu'elle aime, ce qu'elle fait pour être aussi belle, tout ça. Là, il y a de belles photos, c'est sûr. Celles du film, presque toujours. Pas celles de sa vie. Mais pas assez de place pour le papier peint, comme vous dites.

— Tu l'entends, Céline, tu l'entends ? Voilà ce qu'il faut. Raconter des histoires. Des histoires d'amour qui font rêver.

— Mais là...

— Il n'y en a pas assez. Il n'y en aura jamais assez. Tu dois le dire à tes adjoints. La rédactrice en chef, c'est toi. Je l'ai bien dit. Si j'étais dans tes bureaux, à Paris, je collerais partout de grandes affiches où je marquerais : amour, beauté, confidences, intimité, bonheur, rêve.

— Sexe, pendant que tu y es.

— Ça, non. Je ne veux pas avoir les curés contre nous. Et puis, ce magazine, il faut qu'il puisse traîner dans la maison, que les gosses puissent le regarder. Tiens, demande à Odile. Écoute-moi, toi : quand tu retournes dans ta famille, tu y vois des journaux ?

— Oui, monsieur. *Le Pèlerin* et puis *Le Journal des Flandres.*

— Et où sont-ils rangés ?

— Les journaux ? Quand mes parents ont acheté la TSF, il leur a fallu une petite table pour poser le poste. Ils en ont acheté une avec un petit tiroir et une petite étagère, en dessous. C'est là qu'il sont, les journaux.

— Voilà. C'est là qu'ils sont. Même un gamin de quatre ans peut les attraper. N'oublie jamais cela, Céline. Il faut penser au gamin de quatre ans, comme aux rêves d'Odile.

« Et au père qui lorgnera à la dérobée les décolletés et les jambes », pensa-t-elle. Mais il le lui avait déjà dit et ne le répéterait pas devant la bonne. Vieil hypocrite. Elle sourit à nouveau, rassurée. Une chance que son père ait été habité, presque obsédé, par cette idée de magazine à créer, quand elle était arrivée de Paris pour lui expliquer les raisons de son divorce.

Bien sûr, il avait commencé par grogner, ce jour-là, fulminer même. « Ça ne se fait pas. Et ce n'est pas toi qui vas commencer. Je sais bien que tout fout le camp. Mais pas chez nous. » Une diatribe et un sermon qui s'étaient étendus durant plus d'une heure. Elle s'y était préparée, avait patienté, se répétant un vieux proverbe de la grande Augusta, la nounou de son enfance, qui lui en avait légué toute une provision : « Mieux vaut bonne attente que mauvaise hâte. » Ne rien brusquer. Il finirait bien par s'arrêter, fatigué, las de ressasser les mêmes arguments.

Ce qu'il fit. Elle lui avait alors parlé des frasques de son mari : une maîtresse attitrée et quelques passades à Madrid, avant la guerre civile, bien sûr ; depuis, elle ne savait pas exactement. Tenir une comptabilité, non merci. Elle avait eu d'autres soucis, devait préserver ses enfants. Elle lui avait connu d'autres maîtresses à Prague, Washington et Budapest, avant qu'il soit nommé en Espagne. Aussi, lors d'un bref séjour à Paris, la femme d'un banquier et même, en guise de supplément, une petite actrice de cinéma qui se faisait appeler Jany Star.

Alors, Laurent Surmont-Rousset : « Tant que ça ! Eh bien, alors. » Elle s'était demandé si cette manière de crier « tant que ça » ne cachait pas un brin de jalousie ou de regret. Mais déjà il jouait les sûr-de-lui, comme toujours : « Je l'avais bien dit. Je n'étais pas trop chaud pour ce mariage. Tu te souviens ? Non, tu l'as oublié bien sûr. On se hâte d'oublier ce qui dérange. Mais toi : un diplomate, un "de, de, de". Tu te voyais déjà dans les réceptions, les grands bals. Remarque : tu étais jeune encore, et ta pauvre mère n'était plus là pour te mettre en garde. »

Contre ? Il savait bien mentir. Mais elle l'avait attendu à cette étape facile à pressentir, cet attendrissement, bien décidée à jouer la contrition — « Je le sais bien que j'ai eu tort. Si vous saviez comme j'ai regretté » — avant de passer à l'offensive : elle ne pouvait accepter, lui non plus, d'être ainsi ridiculisée. C'était une question d'honneur. Les Surmont-Rousset s'étaient faits eux-mêmes, depuis des générations. Les Lontrade s'étaient peut-être illustrés aux Croisades, mais ensuite ils avaient vécu comme des rentiers, au long des siècles et des siècles. Ils méritaient une leçon, à commencer par les parents de son Olivier qui faisaient mine de tout ignorer mais devaient bien être au courant : « Ils ne sont pas toujours dans leur château du Lot. Et à Paris vous n'imaginez pas. C'est un petit monde où tout se sait. » Il ne voulut pas être en reste : si, il imaginait. Très bien même. Ce qui les rapprocha.

Un peu plus tard, il lui demanda si elle-même... Elle ne lui répondit pas. « Chaque chose en son temps », disait aussi la grande Augusta.

Puis il suggéra une annulation du mariage en Cour de Rome. Il connaissait des précédents dans les grandes familles. Ces procès étaient longs et finalement coûteux ; on commençait par l'évêché avant de faire appel au Vatican si l'on n'avait pas obtenu satisfaction. Ça durait ce que ça durait mais, ensuite, on se trouvait en règle avec l'Église. Et ça clouait le bec aux médisants. On pouvait même se remarier en grand tralala.

— Moi, lui dit-elle, je ne triche pas avec Dieu. Et puis, avec deux adolescents, je ne pourrai pas prétendre que le mariage n'a pas été consommé.

Il parut surpris. Sourit. Pas mécontent peut-être.

Il n'en reparla plus.

Le lendemain, dès le petit déjeuner, il avait évoqué ce projet de magazine. Comme pour gommer l'autre avenir, le divorce : « Le petit Boidin, là, je l'ai eu. Il était venu me faire la leçon : je t'expliquerai. Comme ça, sûr de lui, un petit coq sur ses ergots. Aline à ses côtés, ils faisaient bloc. Avec de nouveaux plans dans la confection. Une nouvelle usine aussi, à créer au Brésil, pour faire des cotonnades. Ce qui n'est pas bête, c'est vrai : là-bas, les salaires ne coûtent rien. Mais qu'est-ce que ça signifie ? Écoute-moi bien, Céline. Tu t'en souviendras dans dix ans, dans vingt ans, quand je ne serai plus là. Cela signifie que le textile, ici, c'est bientôt fini. Question prix, on ne pourra pas tenir. Il restera seulement des petits bouts de choses, par-ci par-là, parce qu'on sait travailler quand même. Alors, il faut songer à d'autres activités. La Lainor, ça n'est pas mal. Là, le petit Boidin a eu raison. Le commerce, il y aura toujours du commerce. Mais il faut chercher d'autres pistes. Regarde Prouvost, avec son *Paris-Soir*. Une bonne idée. Mais pas suffisante. Ce qu'il n'a pas encore compris, Prouvost, c'est le côté femmes. Les femmes lisent plus que les hommes : j'ai consulté les statistiques. Donc, je vais faire un grand magazine pour les femmes. Beau. Du papier glacé et tout. Pour qu'elles se sentent considérées. Elles aiment ça, les femmes : être considérées, adorées. »

Elle avait saisi l'appât — ou l'occasion —, expliqué qu'une telle aventure la passionnerait. Il s'était étonné, ou avait feint la surprise : une entreprise aussi risquée ne pouvait être menée que par de vrais professionnels. Elle : « Justement. Les vrais professionnels, comme vous dites, sont englués dans leurs routines, leurs petites habitudes. Je ne dis pas qu'ils sont mauvais : mais un bon coup de vent venu du dehors les secouerait. » Elle avait dévoré, alors que son mari venait d'être nommé à l'ambassade de Washington, la presse américaine. « Les journaux de mode, les journaux pour la maison, les revues de cinéma, tout. Il y a des tas d'idées à copier, des tas d'astuces à reprendre. Ils ont vingt ans d'avance sur nous. » Ils

227

avaient bataillé, ou fait semblant, toute la matinée. Empilé des idées. Noté des noms. Établi un calendrier. Alors que les cloches sonnaient midi, il avait confirmé : « D'accord. Ce sera ta responsabilité. Mais sous mes ordres. Et avec toi, dans les quinze jours, une femme et un homme choisis parmi les meilleurs de Paris. Pas dans deux mois. Dans deux semaines. Paie-les ce qu'il faudra pour qu'ils sortent de leurs journaux sans attendre. Va consulter Dermont aussi : il a des relations dans l'imprimerie. D'ailleurs, je vais l'appeler tout à l'heure, lui annoncer ta visite. »

Elle le voyait comme un général dans son poste de commandement, droit, ses rares cheveux en bataille, montrant de son unique bras une direction puis l'autre, sonnant les bonnes, secouant les paperasses et feuilletant son carnet de notes, près de trépigner comme un gamin.

Au moment de la quitter, il avait seulement ajouté, comme si l'affaire était classée, rangée au rang des formalités : « Pour ton divorce, prends rendez-vous chez Lambron. Je l'ai eu au téléphone, hier soir. Il m'a dit que ces Lontrade sont des retors. Les aristocrates sont souvent comme ça. Tu l'écouteras bien. Pas de constat d'adultère surtout. Ni d'abandon du domicile conjugal. Ne pas te mettre dans ton tort. La loi est plutôt contre les femmes. Tiens, voilà une idée d'article pour notre journal : la loi contre les femmes. Il faudra crier à l'injustice. Cela plaira aux lectrices. » Elle s'était retenue, trop contente, soulagée, de lui répondre que sa conduite passée envers sa femme et ses filles ne le plaçait pas en bonne position pour dénoncer de telles injustices.

Depuis, elle avait navigué sans cesse entre Lille et Paris. Louant dans la capitale de grands bureaux, engageant, cher, journalistes, photographes, dessinateurs de mode, faisant signer des contrats d'exclusivité aux plus grands écrivains pour qu'ils lui écrivent des nouvelles, « des *short stories*, comme disent les Américains, pas de longues descriptions ni d'interminables analyses de sentiments, une histoire bien menée, vite menée, avec de l'amour, un peu de larmes, un peu de désir, beaucoup de bonheur ». Les premiers avaient d'abord grimacé, vite cédé. La rumeur avait ensuite galopé : les autres s'étaient précipités. Il lui fallait aussi du vrai, plutôt du vécu ayant toutes les apparences du vrai. Elle avait lu, le soir, tous les ragots et les potins des revues de cinéma, de France, d'Amérique et d'Angleterre, convoqué plusieurs journalistes qu'elle jugeait capables de faire, en ce domaine, plus et mieux. En vain. Jusqu'au jour où elle avait découvert un petit bonhomme aux énormes et rondes lunettes nommé Legris, qui avait fait trente-six métiers avant de se lier à une pseudo-princesse géorgienne, Roussana Mdivani, dont le père avait été aide de camp du tsar. Ça, disait Legris, c'était vrai. Le titre de princesse ? Une autre histoire.

Cette Roussana, dite Roussy, superbe jeune femme aux cheveux blond cendré, s'était introduite sans peine parmi les artistes parisiens les plus lancés, mariée avec José-Marie Sert, le peintre espagnol en vogue. Coco Chanel, qui la guidait partout, avait organisé la fête et fait inviter le couple, pour son voyage de noces, par son amant du moment, le duc de Westminster, l'homme le plus riche d'Angleterre.

Cela encore, n'était rien. Car cette Roussy avait deux frères, deux jeunes et séduisants chenapans, qui couraient en Californie les stars et les héritières. L'un d'eux avait décroché le gros lot, épousé Barbara Hutton, réputée la femme la plus riche du monde. Un mariage vite défait. Mais le bonhomme était reparti avec des millions de dollars. Direction l'Europe, cette fois. Où il s'était adjugé une maîtresse fortunée, l'Allemande Maud Thyssen. Qu'il avait tuée, et lui du même coup, dans un accident de Rolls-Royce sur la Côte. Un vrai roman.

Les journaux, bien sûr, en avaient parlé. Mais le petit bonhomme aux énormes et rondes lunettes nommé Legris en savait beaucoup sur cette histoire et sur bien d'autres. Il pourrait écrire pour Céline une sorte de feuilleton « à suivre ». Elle avait topé là, établi avec lui une liste de vedettes dont il devrait conter la vie et les amours — Dietrich, Garbo, Gaby Morlay, Claudette Colbert, d'autres encore. Il disposait, assurait-il, de correspondants à Hollywood prêts à l'aider et bien introduits : il suffisait de payer suffisamment ces dames et leurs agents pour obtenir l'exclusivité de leur confidences ; au besoin, elles s'inventeraient des aventures et des amours, trop heureuses qu'on parle d'elles.

Peu à peu, le projet avait ainsi pris corps. A la fin février, Céline et son père avaient pu annoncer pour mai la parution du premier numéro de *La Vie en rose*. C'est lui qui avait imposé le titre — elle eût préféré *Capucine* —, exigé aussi qu'une photo de femme figure en gros plan sur chaque couverture : « Les femmes ne regardent que les femmes, disait-il. Elles se rêvent à travers la beauté des autres femmes. Tes couvertures doivent être des miroirs : trompeurs bien sûr. »

Laurent Surmont-Rousset insistait aussi pour qu'elle ornât davantage le journal de couleurs. Ce qui ferait gai. Cela viendrait, assurait-elle, mais, pour les photos, les techniques n'étaient pas au point encore. Elle lui montrait, pour preuve, des essais malencontreux. L'une des quatre couleurs de base, le rouge le plus souvent, débordait. Il prenait des colères : la technique, ça se maîtrise, on n'était plus au XIXᵉ siècle. Elle répondait en citant Coco Chanel, dont elle était férue : « Les femmes pensent à toutes les couleurs, sauf à l'absence de couleur. J'ai dit que le noir tenait tout. Le blanc aussi. Ils sont d'une beauté absolue. Mettez des femmes en blanc ou en noir dans un bal : on ne voit plus qu'elles. » Il rétorquait que dans un magazine on n'était pas au bal et que Chanel, en réalité, lui donnait raison en soulignant l'amour des femmes pour toutes les couleurs.

Il en avait apparemment oublié les usines et les soucis familiaux. Presque tous abandonnés, désormais, à son gendre. Lequel était revenu le voir, un jour d'hiver, souriant cette fois, mais d'un sourire que Laurent Surmont-

Rousset n'avait pas aimé : trop sûr de lui, un brin narquois, presque moqueur.

Boidin disposait d'une carte maîtresse : l'acte de naissance de Blandine où ne figurait aucune mention de décès, cette formidable erreur qui mettait la famille, et l'entreprise par-dessus le marché, à la portée de n'importe quel maître chanteur. Quand on commence à mentir, il ne faut laisser aucune issue à la vérité, ne négliger aucune précaution, répétait-il, presque narquois. Or, celle-là était élémentaire. Laurent Surmont-Rousset avait failli baisser la tête, comme un gamin repentant. Avant d'apprendre, soulagé, que Boidin y avait mis bon ordre en faisant ajouter sur le registre d'état civil mention d'un décès survenu en 1919 dans un village perdu du Var. Un faux qui avait coûté très cher, évidemment. Qui continuerait à coûter : on pouvait imaginer que ceux qui l'avaient accompli en avaient gardé des traces qui leur constitueraient une sorte de rente.

Boidin s'était gardé d'en dire plus et de mettre en cause Aline dont l'intervention auprès du détective avait, en somme, déclenché cette histoire.

Laurent Surmont-Rousset s'était gardé, lui, de poser aucune question.

Un long et lourd silence avait suivi. Les deux hommes s'observaient, faisaient mine, ensuite, de regarder ailleurs, avant de se guetter à nouveau, de se détendre enfin. Boidin attendait un merci, qui n'était pas venu. Mais il était sorti du bureau de son beau-père avec le sentiment que le pouvoir lui avait été légué, sans enthousiasme, mais légué enfin.

Ils n'en avaient plus reparlé.

— Dans un mois ?

— Dans un mois.

— Tout est prêt ?

— Non. J'ai appris au moins une chose depuis que je me suis lancée dans cette histoire : la presse, c'est une aventure qui se vit dans l'urgence. On n'est jamais prêt. Jamais. Il faut savoir tout transformer à la dernière minute, parce que l'actualité a changé, parce que l'air du temps s'est modifié, parce qu'un livre vient de sortir et ainsi de suite. Pour le reste, oui, on est prêt. Les affiches, la publicité sur les radios avec une petite chansonnette : « La vie en rose, ça vous dispose, pour le bonheur... », et ainsi de suite. Tout cela est prêt. Le journal, non.

Aline avait débarqué dans les bureaux du magazine, rue de la Paix, sans prévenir. Aussitôt, fascinée par l'agitation de jeunes hommes et jeunes femmes qui couraient d'un bureau à l'autre sans la voir, les couloirs encombrés d'affiches et de paquets, les pages crayonnées punaisées au mur, les sonneries des téléphones, les cris, la musique éraillée d'une radio que l'on ne voyait pas. La vie. Une autre vie sous ses yeux. Elle avait aussitôt songé à son père, enfermé dans la grande bibliothèque de sa maison lilloise et qui, en vérité, guidait tout ce monde, n'avait pourtant jamais mis les pieds dans cette autre usine.

Régnant sur ce désordre, Céline. En tailleur de tweed écossais, maquillage impeccable, qui, abandonnant photos et maquettes, s'était jetée à son cou pour l'entraîner dans une sorte de ronde autour de son domaine. Expliquant, volubile. Appelant à la rescousse pour lui montrer les premières pages, déjà prêtes pour l'imprimerie. Avouant qu'il lui manquait encore des collaboratrices. « Tiens, pour répondre au courrier des lectrices qui disent leurs peines de cœur, leurs difficultés avec leurs gosses. On a prévu une page pour ça. Mais on n'a pas encore déniché la personne qu'il faudrait. Les unes écrivent trop vrai, trop cru, les autres trop mièvre. Tu devrais t'y mettre, toi : le courrier de tante Aline. »

Elle riait. Aline protesta. Elle avait bien assez à faire :

la maison, les enfants, Boidin, plus leur père qui prenait de l'âge : « Toi, quand tu vas le voir, ça l'excite, ce journal, toutes ces histoires. Tant mieux. Moi, le lendemain, il est usé. » Et puis voilà, elle était peut-être d'une autre génération, où les femmes aidaient leur mari, les poussaient, les guidaient parfois, mais ne dirigeaient pas officiellement. Elle se garda bien de le dire à sa sœur. Celle-ci avait peut-être, pensait-elle, la partie facile : les enfants en pension, pas de mari, sans doute un amant, mais les amants occupent moins que les maris ; on les met dans la case « loisirs », parfois « nuit », il faut mentir bien sûr, faire comme si ; ça n'occupe quand même pas l'esprit et les journées, sauf en cas de vraie passion peut-être ; mais les passions existaient-elles ailleurs que dans les chansons et les livres ? Si. Blandine.

Céline ne s'interrompait pas. « J'aurai pour mon premier numéro une interview de Coco Chanel. Je l'ai vue, grâce à des amis anglais. Quand elle a su qui j'étais, quand elle a entendu parler de père, des usines tout ça, tu sais ce qu'elle m'a dit ? "Vous lavez trop les laines, vous, là-bas. Il faut les laver moins pour leur laisser du moelleux." Voilà ce qu'elle m'a dit. Quand je l'ai répété à père, il a haussé les épaules. Il y a des choses, comme cela, pour lesquelles il n'est pas encore dans le coup, ton mari non plus, si je peux me permettre. Quand Chanel a créé, à Asnières, une usine de bonneterie qui tisse du jersey de laine et du jersey de soie, peux-tu me dire qui, chez nous, y a pris garde ? Je ne te parle pas seulement de père ou de ton mari, mais de tous les autres, dans le Nord. Et quand Chanel veut mettre au point la texture ou les couleurs des mailles, où va-t-elle s'instruire ? En Angleterre. Chanel, qui fait ici la pluie et le beau temps. Nous sommes en train de perdre, nous, tu comprends ? »

Aline comprenait. Mais elle croyait retrouver une vieille rengaine. Tout au long de sa vie, elle avait entendu dire que les Anglais allaient devant, plus vite, plus loin, plus fort. L'éternel lamento des patrons du Nord. Que sa sœur s'y mette, en invoquant la caution de Chanel, ne la troublait guère. Ce journal, au moins, apporterait nouveauté, fraîcheur, invention. Prouverait que le Nord n'était pas à la traîne.

— Pour ton courrier des lectrices, coupa-t-elle, mi-plaisantant, mi-sérieuse, tu devrais solliciter Blandine.

— Blandine ? Je l'ai eue au téléphone, avant-hier.

— Pour le lui demander ?

— Tu rêves ? Non. Comme ça. Pour parler. Elle ne va pas bien. A l'usine, ils jouent de mauvais tours à son mari, tout simplement parce qu'il est allemand. On l'appelle le « Boche ». Ou bien on le prétend juif, parce qu'il est réfugié. Tu me diras que ce n'est pas une insulte, mais, lui, il n'aime pas. C'est son droit. En plus, l'administration ne cesse de le tracasser pour les papiers. Comme s'il leur était facile d'en fournir alors qu'ils ont voulu échapper à Hitler et à sa clique. Elle ne sait pas, Blandine, s'ils pourront rester dans ce coin, ils sont trop repérés.

— A Paris, on se fait moins remarquer qu'à Roanne. On se noie plus facilement dans la foule.

— Où veux-tu trouver, ici, du travail pour un ingénieur du textile, maintenant spécialiste du textile artificiel ?

— Je ne sais pas, moi. Il pourrait se faire engager chez Chanel, par exemple.

Elles échangèrent de petits rires, timides, qui ne prirent pas forme.

Un jeune homme entra, cigarette au bec, carton à dessin sous le bras :

— Patronne !

Aline se sentit importune, inutile, voulut partir. Sa sœur l'accompagna, un peu inquiète, incertaine de ce qu'il fallait dire ou faire. Insista pourtant pour qu'elle revînt. Cette visite lui avait fait chaud au cœur, dit-elle, quoique Aline puisse penser : bien sûr, ici, on était toujours dérangé mais elles pourraient bien trouver un moment, un soir, à Paris ou à Lille, à Paris plutôt où elles ne seraient pas prises par la famille. Aline était tentée.

— Tu ne m'as même jamais raconté ton retour d'Espagne.

— C'est vrai. Quelle aventure pourtant ! Mais dès mon retour, il y a eu ce projet de journal. Mon divorce aussi.

Des livreurs les bousculaient, qui apportaient d'immenses classeurs.

— Père m'a parlé d'une montgolfière.

— C'est vrai. Pour quitter Madrid avec un ami, les enfants et puis un jeune homme, un communiste qui en avait assez de la pagaille du camp républicain. Un garçon de chez nous qui avait travaillé dans la filature de père.

Aline écoutait à peine, déjà sur le palier où les livreurs posaient à présent de hauts tabourets. L'activité de ce lieu, l'évidente exaltation de sa sœur la troublaient.

Elle s'était réjouie d'abord de ce projet de magazine qui avait donné à son père un coup de jeune, s'attendrissait aussi, presque maternelle, des attentions qu'il prodiguait à la petite Odile, mais se sentait désormais écartée, supplantée, par Céline. La complicité qui l'avait unie au long des années à son père se défaisait chaque jour un peu plus. Son mari, certes, l'entourait davantage depuis la scène qui les avait opposés ; il l'informait de ses projets, de la marche de l'usine, l'interrogeait, tenait compte de ses avis. Mais ils n'avaient plus reparlé, de peur de rouvrir des plaies, des problèmes de Blandine et du détective nommé Deschamps. Elle se sentait seule, se prenait souvent à regretter de n'avoir pas eu de fille.

Céline devina ce que le visage lisse de sa sœur, à peine touché par les ans, cachait de regret ou de peine. Elle la retenait sur ce palier où elles embarrassaient les livreurs, ainsi que deux employés des téléphones arrivés pour installer des lignes supplémentaires.

— Donnons-nous rendez-vous un soir, répéta Céline. Un petit dîner rien qu'entre nous. Dans un bon restaurant. Ça ne surprend plus personne maintenant, deux femmes seules entre elles, le soir, même dans les meilleures maisons.

Aline lâcha un oui machinal, se dégagea. Elle souhaitait maintenant demeurer seule avec cette douleur, aiguë, qui la pinçait au creux du cœur, le sentiment d'avoir commis, voici tant d'années, une erreur qui avait tout gâché.

— Donne-moi une date, insista Céline. Je me débrouillerai pour être libre. On se racontera tout. Moi, l'Espagne, le marquis qui nous a aidés...

Il y avait donc un marquis. Aline l'aurait juré, depuis le retour de sa sœur. Mais ne s'y intéressait guère, ce matin-là, trop lasse.

— Et j'y pense, dit soudain Céline, ce garçon, le communiste qui était avec nous : il m'a raconté que son père était dans le renseignement, l'espionnage si tu veux, à Lille, comme toi, pendant la guerre. Une histoire qui ressemblait à la tienne. Je lui avais même parlé de ton Dautriche. Mais ça ne lui disait rien. Il ne connaissait pas.

Alors, un sursaut, une lueur.

— Et lui, son nom ?

— Lui, qui ?

— Ton communiste.

— Ça, j'ai oublié. Mais ça pourrait me revenir. Et puisqu'il a travaillé chez nous, on pourrait le retrouver ? Pourquoi ? Il t'intéresse ?

— Ce Dautriche, c'est à lui que j'avais confié la fille de Blandine, comprends-tu ?

Aline avait saisi les épaules de sa sœur, la secouait. Mais Céline :

— Comment veux-tu que je le sache ? Vous cachiez tout.

— On ne pouvait pas faire autrement. Les Allemands qui étaient là. Les autre aussi. Père et mère qui ne devaient rien savoir. Et toi, tu te souviens de ton âge à ce moment ?

Elle se jetèrent dans l'ascenseur pour échapper à l'agitation, aux livreurs.

— Ensuite, tu aurais pu me dire...

— A quoi bon, puisqu'il avait disparu, Dautriche. J'ai

tellement enquêté partout. Essaye de te souvenir du nom de ce communiste.

Céline promit, jura. De toute manière, argua-t-elle, en cherchant parmi les ouvriers de leurs usines, on pourrait repérer ceux qui avaient pris leurs cliques et leurs claques depuis le début de la guerre d'Espagne : ils n'étaient certainement pas trente-cinq.

Elle avait raison. Elle devait avoir raison. Regagner Lille. Poursuivre sa quête, en dépit des promesses faites à Clément Boidin qui ne voulait plus voir son épouse se mêler de cette affaire.

Aline traversa la place Vendôme sans un regard pour les vitrines qui étalaient diadèmes, broches, bagues et boucles d'oreille scintillants et colorés. Rue de Rivoli, elle trouva un taxi : « Gare du Nord. »

La petite douleur qui la pinçait au creux du cœur s'était réveillée. L'espoir aussi.

XIV

Céline avait voulu frapper un grand coup. Les trois coups plutôt. Ceux qui ouvriraient les fêtes du printemps, les mille et une réjouissances qui accompagneraient l'ouverture de l'Exposition universelle de 1937. Les pavillons et les stands des pays, des provinces et des arts, dont la construction avait souffert des grèves et de la pagaille administrative, étaient toujours encombrés de plâtras, de ferrailles, de fils et de câbles. Mais pour les soirées et les bals, chacun se sentait prêt, disponible.

Les journaux faisaient grand bruit d'une fête du Directoire, dite de « l'après-Thermidor », un bal contre-révolutionnaire en somme, qu'organiserait le 18 juin le Comité des fêtes de Paris, ce qui semblait à quelques-uns du plus mauvais goût, à d'autres d'une folle actualité, au moment où le gouvernement du Front populaire agonisait. On y verrait, dit la rumeur, le retour d'Égypte de Bonaparte, précédé d'une fanfare, entouré d'un étincelant état-major, de sa garde et de sombres mameluks. Les danseuses de Tabarin joueraient les Merveilleuses dans un ballet « transparent ». Les « gorges libres » feraient partie de la fête. Les messieurs vêtus en muscadins, coiffés d'immenses chapeaux, serrés dans des redingotes à triple collet, cachés par d'étourdissantes cravates, pourraient donc joyeusement se rincer l'œil.

Céline avait voulu faire mieux, plus actuel surtout. *La Vie en rose*, dont sortirait le même soir le premier

238

numéro, ne cultiverait pas la nostalgie. Pour célébrer cette naissance avec le tout-Paris, où ce qui se prétendait tel, il importait d'être à la mode du jour, pas celle de la veille. Elle ne pouvait, bien sûr, transformer tout à fait le plus grand hôtel de la capitale qu'elle avait annexé, démonter ses rampes dorées et arracher ses épais tapis de haute laine. Mais elle avait obtenu que son armée de domestiques et de servantes abandonnent les livrées gros bleu avec culotte mastic et gilet rayé noir ou les strictes robes sombres au profit de tenues pimpantes, drôles, inhabituelles en ce lieu, style garçon de café pour les hommes, jupes courtes et corsages largement échancrés pour les femmes. Dans un salon, un orchestre sud-américain. Dans un autre, des Noirs débarqués de La Nouvelle-Orléans avec cuivres et batterie. Plus loin encore, des Parisiens en canotier qui enchaînaient fox-trot et valses, tangos et lambeth-walk, la dernière danse à la mode.

Une foule se pressait, sautant sous le fouet des cuivres, se balançant au bercement des violons. Une bigarrure d'étoffes vives et d'épaules nues, comme brûlées par les étincelles vives des bijoux, entre les habits noirs et les tentures rouges des rideaux à franges d'or. Les buffets, dressés contre les murs, étaient au pillage. Des mains se croisaient au milieu des viandes, des volailles truffées, des canapés et des pâtisseries. On s'enfonçait les coudes dans les côtes, on se marchait sur les pieds, les hommes en profitaient pour serrer une taille, caresser un sein, respirer le parfum d'une épaule, effleurer de leurs lèvres un cou.

A l'écart de ce flot, cette folie de couleurs et d'appétits, ce tohu-bohu, des groupes de messieurs graves et de jeunes femmes aux mines décidées, cheveux courts, dressées sur leurs talons comme pour se hausser toujours davantage, s'étaient réfugiés dans les embrasures. Parlaient chiffres, budgets de publicité, parfums nouveaux. S'inquiétaient de la violence des derniers débats parlementaires ou se réjouissaient de l'usure du gouvernement

Léon Blum qui n'avait même pas un an d'âge. Échangeaient des pronostics sur l'évolution de la guerre d'Espagne où Mussolini venait d'engager cinquante mille hommes, ou les intentions d'Adolf Hitler contre lequel le pape venait de publier une encyclique — mais que pouvait donc le pape ? — et encore la situation au Proche-Orient où colons juifs et arabes s'affrontaient chaque jour davantage tandis que les troupes britanniques évacuaient les trois quarts de l'Égypte, trop tôt aux yeux de beaucoup.

Dans un petit salon où l'on ne marchandait ni cognac, ni champagne, ni liqueur, Céline, en longue robe de crêpe blanc et corsage broché argent signés Chanel, retrouva un groupe de mal-vêtus, à peine cravatés, accompagnés d'une jeune femme, décolletée avec un grand mépris ou un grand désir des regards, qui leur racontait comment, pendant le tournage d'*Hélène*, l'été précédent, deux des acteurs principaux, Madeleine Renaud et Jean-Louis Barrault qui s'étaient presque connus là, et que le scénario contraignait à s'embrasser passionnément dans une prairie de montagne, n'avaient pas cessé de le faire, longtemps après que la caméra fut arrêtée, les projecteurs éteints, le barda des techniciens rangé. Une passion qui venait de naître. La jeune femme, qui se présenta aussitôt — Jany Star — et qui semblait pressentir avec un flair aigu qui était qui et qui comptait, dévidait avec un léger accent un chapelet d'anecdotes et de potins. Le même Jean-Louis Barrault, annonçait-elle, venait de refiler un immense grenier de la rue des Grands-Augustins à Picasso, auquel le gouvernement espagnol, le vrai, le républicain, venait de commander un tableau pour son pavillon de l'Exposition. Et Picasso, bouleversé par la destruction de la ville basque de Guernica, où cinquante tonnes de bombes allemandes avaient fait plus de mille cinq cents morts, s'était enfin mis au travail, devant une immense toile.

C'était, pensa Céline, irritée de ne pas avoir connu ces informations par ses journalistes, le genre d'histoires qu'il faudrait raconter au plus vite dans son magazine. Avec des photos, des photos, et encore des photos. De Picasso, s'il voulait bien. Et de sa nouvelle compagne, cette Dora Maar à la mâchoire un peu lourde mais au regard rayonnant, clair, éclatant. Très photogénique en somme. Un bonheur, en plus, pour la presse. Ne racontait-on pas que, piquée d'astrologie, elle avait dressé l'horoscope du peintre et découvert, stupéfaite, qu'il se calquait exactement sur celui de Louis XIV ? Il faudrait lancer un journaliste sur la piste de cette Jany Star au décolleté généreux, qui — Céline en fut époustouflée — venait de se jeter au cou d'un personnage en habit tellement strict qu'il faisait tache en s'ajoutant à ce groupe de presque dépenaillés : son beau-frère, Clément Boidin. Elle chercha Aline à l'entour, ne la vit pas.

Il lui faudrait pourtant la trouver, d'urgence. Une inquiétude la taraudait, depuis le matin. Elle avait longtemps espéré que Laurent Surmont-Rousset pourrait régner sur cette fête, sa fête en somme, puisqu'il avait inventé, conçu ce journal, *La Vie en rose*, que des porteurs viendraient bientôt distribuer dans les salons, l'encre à peine sèche à la sortie des rotatives, les pages presque collées peut-être. Mais son père traînait des malaises depuis le début d'avril. Une sorte de bronchite interminable, une fatigue qui le cassait et à laquelle les médecins consultés, l'un suivant l'autre chaque jour, ne trouvaient qu'une explication : l'âge.

Céline avait rêvé que, pourtant. Téléphoné chaque jour et plusieurs fois par jour. Mais, au matin, Aline lui avait dit qu'il fallait en rabattre : le vieil homme, l'initiateur de toute cette aventure, avait décidé, le cœur brisé, de s'abstenir.

Céline, alors, avait téléphoné, commandé à sa secrétaire d'envoyer à chaque heure, pile, un télégramme pour manifester à son père qu'elle ne l'oubliait guère quoiqu'elle ait à faire avec les traiteurs, les maîtres d'hôtel, ses journalistes, les invités qui, à la dernière minute, se décommandaient, ceux qui se pressaient aux portes et dans les longs escaliers, qui comptaient, avaient compté ou espéraient compter, les importants et les intrigants, les obligeants et les obligés, gauche et droite mêlées, harassés, usés ou vifs et conquérants.

Aline, pensait-elle, devait avoir obtenu, sur la santé de Laurent Surmont-Rousset, des informations plus fraîches. Mais, courant d'embrasure en salon, de buffet en buffet, elle ne la trouva pas.

Lucien Rousset n'avait pas douté un instant quand Céline lui avait presque jeté cet Espagnol dans les bras. Deux mots seulement, avant qu'elle se précipite vers un autre groupe, accueille un couple, embrasse une élégante. Mais les regards, le geste caressant qu'elle avait eus pour pousser vers lui ce marquis dont il n'avait pas bien compris le nom : entre ces deux-là existait plus qu'une connivence. Elle le lui confiait donc, ainsi qu'à Isabelle. C'était leur rôle, en somme, dans cette famille, d'accueillir ceux qui avaient besoin d'être accompagnés, soutenus, écoutés ou guidés. Lucien Rousset avait fini par s'en convaincre, en tirer quelque fierté qu'il ne manifesterait bien sûr jamais.

L'Espagnol brûlait de s'expliquer, de justifier sa participation à des festivités parisiennes, loin de son pays en sang, fureurs et larmes. Oui, lui, marquis, avait basculé vers le camp républicain le jour où les autres avaient assassiné un vieux bonhomme, un ancien mineur accueilli quelques années plus tôt sur son domaine et qui en était devenu une figure.

« Les autres » : quatre hommes en chemise bleue avaient surgi un matin, claquant violemment les portières d'une longue voiture noire, courant presque vers la petite baraque isolée où ce Javier couchait depuis tant d'années.

Ils l'avaient secoué, réveillé, un pistolet enfoncé dans les côtes, amené à coups de crosse et de pied, mains sur la nuque jusqu'à l'auto où un personnage en civil, presque caché par un énorme cigare, avait secoué la tête. Une tête qui disait oui, c'était bien l'homme recherché. Alors, ils l'avaient battu davantage, matraqué, injurié, avant de le tuer d'une balle dans la nuque, sous les yeux d'un jardinier aussitôt accouru qu'ils avaient menacé de gifler avant de repartir dans un vacarme de portes et de moteur rugissant.

Ce qu'ils reprochaient sans doute à Javier, avait ensuite appris le marquis, c'était sa participation, lointaine, très ancienne, à une grève. La fin de celle-ci l'avait contraint à abandonner son travail et sa région pour retrouver un vague cousin dans ce domaine proche de Madrid. Il s'était rendu utile au moment des récoltes. On ne lui avait rien demandé. Rien donné non plus. Accepté seulement. Depuis des années, il vivait seul dans une ancienne écurie, ne se mêlant aux ouvriers du domaine que pour réparer les mécaniques déglinguées — un travail où il s'était révélé expert — ou leur chanter, les soirs d'été, quand la pesante chaleur dissuadait de chercher à dormir, de graves chansons qui faisaient pleurer. Le reste du temps, il fabriquait des paniers et cultivait des oignons, qu'il vendait de village en village, trottinant au côté de sa mule, menu sous sa blouse noire, solide encore, d'une force qui tenait à son courage.

— Parfois, le soir, disait le marquis, je m'approchais du groupe, à distance, pour l'écouter chanter. Quand j'ai appris comment ils l'avaient tué, j'ai pleuré. Moi, un homme : j'entendais en même temps les notes d'une étrange habanera, pas trop rythmée, qu'il sifflotait souvent le matin en partant pour sa tournée. Pour entraîner sa mule peut-être. Quand ils l'ont tué, je me suis dit qu'ils étaient devenus fous, tous, que l'Espagne était devenue folle. Mais j'en ai voulu surtout aux généraux, Mola, Franco, les autres. Ils étaient responsables de la guerre, n'est-ce pas ?

Il quêtait une approbation, qu'Isabelle lui accorda d'un battement de paupières.

Lucien Rousset attendait qu'elle l'interrogeât sur sa rencontre avec Céline, leurs liens. Elle saurait, pensait-il, l'amener sur ce terrain avec plus d'astuce. Mais elle se taisait, une larme au bord de l'œil. Il décida d'emprunter un chemin détourné, comme il se plaisait à le faire avec ses nièces. Ou leurs enfants, presque des adultes désormais. Il l'interrogea donc sur sa famille.

— Tous de l'autre côté, dit le marquis. Tous. Depuis le début. Moi, je ne savais pas. La politique, tout ça...

Il eut un geste vague pour indiquer qu'il en était resté très longtemps éloigné. Et soudain, rapide :

— J'apprends à piloter des avions, ici, à Villacoublay. Je savais un peu, pas bien. Pour faire la guerre, il faut être le meilleur.

— Faire la guerre ?

— Vous savez, les autres, quand ils ont connu mes opinions, ils ont tué mes paysans. J'ai dû partir. Mais je retournerai. Le gouvernement a besoin de pilotes. Je serai volontaire. Cela m'ennuie pour...

Il s'approcha, murmura :

— Pour Céline. Je ne lui ai pas dit.

Il montra la foule, la cohue autour d'eux.

— Elle est tout entière occupée à son projet, alors... Le reste, elle s'en fout un peu.

Lucien Rousset sursauta. Ce mot d'abord. Et ce qu'il traduisait de déception, de désarroi peut-être. Il eût voulu dire au marquis que si Céline le lui avait amené, c'est qu'elle tenait à lui, qu'il comptait beaucoup pour elle. Mais on le tira par la manche. Blandine. Grave. Le marquis salua, s'éclipsa dans un sourire, une promesse de se revoir très vite, tout à l'heure peut-être.

Blandine n'était venue, discrète et seule, à cette réception que dans l'espoir d'apercevoir enfin son père. Au fil des années, elle supportait moins d'être ignorée, bannie. « Bannissement : action d'écarter ce qui est considéré comme néfaste. » Elle avait trouvé cette définition dans un dictionnaire consulté à Munich quand elle aidait ses filles à apprendre le français. Et conclu que son père la considérait comme néfaste. Pis que morte : on pleure une fille morte, on va jusqu'à sa tombe, on prie pour elle. Mais néfaste !

Elle ne parvenait pas, pourtant, à lui en vouloir vraiment. Se disait parfois que tout aurait pu se dérouler autrement, si elle avait eu le courage de dire, dès les premiers jours, la vérité à ses parents, si elle leur avait accordé un petit brin de confiance. Elle en voulait parfois à Aline de ne pas l'y avoir entraînée, de s'être faite sa complice dans la dissimulation. Hans lui-même, quand elle l'avait retrouvé à la fin de la guerre, s'était étonné. Il ne comprenait pas qu'elle ait choisi de tout cacher. Mais avait bien vite cessé de lui en parler. Sans doute, pensait-elle, parce qu'il ne voulait pas aviver cette plaie, paraître lui reprocher la disparition de leur fille. Ils n'en parlaient guère, même dans leurs plus grand moments d'intimité. Un silence qui lui pesait. Qui provoquait souvent des pleurs qu'elle cachait.

Céline avait insisté : qu'elle assiste à cette fête. Si elle ne voulait pas être vue par leur père, elle pourrait se dissimuler dans la foule. Et si, par hasard — par chance ? — il l'apercevait, la reconnaissait, il se garderait bien de faire un éclat. Surtout dans ce milieu. Trop malin, trop prudent. Ou soudain touché par on ne sait quelle grâce. Les rancunes pouvaient s'user, comme toute chose. Blandine avait cédé. Elle viendrait.

La veille encore, pourtant, elle avait failli renoncer. Un nouveau coup au cœur. Rangeant dans les chambres de ses filles des robes qu'une retoucheuse venait de lui rapporter, elle avait découvert dans celle de l'aînée, Guida, un petit paquet d'enveloppes portant des timbres à l'effigie d'Adolf Hitler. Elle avait hésité un instant : elle s'imposait, depuis leur plus jeune âge, de respecter l'intimité de ses enfants, leur droit à garder des secrets, n'avait jamais même feuilleté le journal personnel que tenait, régulière, la plus jeune, Erika.

Mais ces enveloppes venues d'Allemagne ! Elle portaient, c'est vrai, le nom et l'adresse d'une jeune Roannaise, une camarade de classe de Guida que Blandine avait parfois rencontrée.

Elle avait ouvert, tremblante, la première, couru au bas de la quatrième page, trouvé enfin la signature : Martha. Martha, la jeune führerin du BDM à Munich. Martha, qui avait défié Hans, devant elle. Contribué à précipiter leur départ. Ainsi, Guida entretenait toujours une correspondance avec cette fille. En se cachant. Elle n'avait donc rien perdu de son attirance pour les idées nazies et le cachait aussi. Faisait toujours comme si. Parlait peu, c'est vrai, mais ne laissait rien deviner. Avait même indiqué à cette Martha où ils avaient cherché refuge.

La déchirure. Le sentiment, poignant, d'un échec. Bien plus, d'une trahison. Comme une mutilation, la perte de sa fille. La peur aussi, puisque les Allemands savaient, pouvaient savoir.

Blandine avait quitté la chambre en titubant. Elle s'accusait de n'avoir jamais évoqué ces problèmes de front avec Guida : le temps, pensait-elle, ferait son œuvre ; l'influence de cette Martha, qu'elle ne supposait pas si vive, serait chaque jour un peu plus gommée, oubliée ; d'autres idées, en France, se substitueraient à celles que propageaient, en Allemagne, les enseignants et les dirigeants du BDM. Bien pis, elle qui avait si longtemps regretté l'impossibilité de parler clair avec ses parents ne s'était pas montrée capable, ou soucieuse, de dialoguer avec sa fille. La même erreur, la même faute, pouvait donc se transmettre de génération en génération ? Elle avait payé si cher pour connaître le prix des silences familiaux. Et voilà que.

Voilà que. Sortie de cette chambre, elle avait longtemps pleuré. S'était interrogée. Impossible de consulter Hans, parti pour l'Angleterre s'informer sur de nouvelles machines, ce qui permettrait d'expliquer son absence délibérée — pour éviter un éclat avec Laurent Surmont-Rousset — à la réception de Céline. Une réception dont l'idée même, ce soir-là, révulsait Blandine. Des mondanités sans aucun intérêt où il faudrait jouer les sanssoucis.

Mais il faudrait d'abord dissimuler, quand les filles reviendraient de classe. Car ce n'était pas l'heure d'engager le débat. En parler avec Hans, d'abord.

Dissimuler donc, comme au temps où elle était enceinte de la petite Aurélie. Une fatalité ?

Mais cela ne durerait pas, cette fois. Elle se l'était juré, s'était reprise. Et les filles, en rentrant, l'avaient trouvée presque gaillarde.

Plus soucieuses de leur mère que de leurs propres affaires, elles auraient peut-être remarqué que son regard, toute la soirée, était longtemps revenu vers Guida, s'y attardait, s'embuait un peu. Par instants.

— Lucien Rousset, c'est vous !

Alors que Blandine commençait de lui parler, il avait été accroché par une grande bringue en robe gitane, boléro pailleté et bijoux clinquants — la dernière mode, celle de Schiaparelli — qu'il ne reconnut pas d'abord. La femme, âgée déjà, s'agrippa. Lui rappela leur ancienne rencontre. A l'hôpital, sa deuxième blessure, et ce « charmant garçon », comme elle disait, qui était mort soudain, remis sur pied, d'une crise cardiaque. Un mineur dont ils cherchèrent en vain le nom. Le temps qu'il se montrât courtois, répondît à quelques questions sur sa situation actuelle — « Si vous passez par Cognac, je serai heureux de vous revoir, faites-moi signe » — et pût s'arracher à cette encombrante.

Le numéro un du magazine venait d'arriver, que des gamins déguisés en poulbots à casquettes distribuaient, que l'on faisait mine de s'arracher à grands cris, bousculades, mêlées presque brutales. Et que chacun, chacune, ensuite, feuilletait, avide, mimant l'espoir d'y trouver le secret d'une vie meilleure, la recette du bonheur, la révolution de la beauté. C'étaient alors des « oh ! » et des « ah ! », ou des « regarde ! » qui se voulaient admiratifs, qui l'étaient peut-être parfois. Ou des chuchotis dans les embrasures. On s'écrasait autour de Céline et de ses journalistes les plus connus. Seuls quelques indifférents, grossiers, gourmands ou délivrés à jamais de toute tendance à l'hypocrisie, profitaient de l'instant pour s'approcher aisément des buffets.

Blandine usa de l'occasion pour attirer l'oncle et la tante dans une embrasure. Soulagée, apaisée : elle trouvait enfin à qui se confier. N'omit aucun détail. Précisa même qu'elle avait fini par lire toutes les lettres — des histoires de jeunes filles, ordinaires, mais aussi des considérations politiques, quelques plaisanteries antijuives et antianglaises — et découvert dans la dernière que la jeune Martha annonçait son arrivée en France : elle avait été sélectionnée pour travailler au pavillon allemand de l'Exposition.

Lucien Rousset, que ses nièces consultaient si volontiers, commit cette fois une erreur :

— Tu veux, proposa-t-il, que je parle à ta fille ?

Alors Blandine éclata :

— Surtout pas. C'est mon affaire et celle de Hans. Mais comment s'y prendre ?

Aline était arrivée, haletante. Se tut d'abord, les yeux fixés sur ceux de sa sœur, si brillants, si brûlants. Ces yeux qui... Mais il y avait plus urgent.

— C'est père, souffla-t-elle. Il a eu une attaque. On m'a téléphoné. Le médecin. Mauvais pronostic. Je rentre.

XV

— Je veux les revoir, toutes.

Toutes ? Aline n'hésita pas longtemps. C'était de ses usines qu'il parlait.

Laurent Surmont-Rousset avait survécu à cette attaque. Mais ne s'en relèverait jamais tout à fait. Il le savait. Il cachait mal son impatience. Il supportait à peine son état de grabataire, incapable même, les premiers jours, de s'asseoir dans son lit au chevet duquel se relayaient deux infirmières recrutées en hâte, souvent rabrouées. Et s'il acceptait que la plus âgée des bonnes, une forte Belge nommée Alicia, le lave, le rase et le bichonne chaque matin, c'est qu'il trouvait quelque douceur à se trouver pressé contre sa lourde poitrine. Il ne supportait plus la compagnie de la petite Odile, désormais confinée à l'office. Peut-être comme un impossible rêve.

Revoir ses usines ? Toutes ? Aline songea d'abord à des photos. Elle engagerait un professionnel qui enroulerait, vite, pellicule sur pellicule, de Roanne à Elbeuf et de Lille à Roubaix. Elle imagina même d'installer dans la chambre du malade un grand écran et un appareil de projection analogue à celui qu'Henri utilisait au patronage de la paroisse. Son père la détrompa aussitôt. Il entendait aller sur place, les voir vivre encore avant de mourir, croiser les ouvriers, regarder les ouvrières dans la lumière bleu-jaune des ateliers, entendre les grondements et les battements des métiers et des courroies, renifler la puanteur des graisses et les odeurs animales des laines, souffrir une fois encore de la caresse brûlante des puissantes machines à vapeur.

— Mais vous ne pourrez pas vous lever.

— Tu vas vc'r.

Il prit appui sur son seul bras, se redressa, maugréant contre couverture et drap qui l'embarrassaient, pivota, retomba.

Elle le prit dans ses bras.

— Laisse-moi.

Il se dégagea, recommença. Il finirait par gagner. Elle était sûre qu'il finirait par gagner. Voulut encore l'aider pourtant.

— Laisse-moi, je t'ai dit.

Elle recula.

Il se retrouva assis sur le bord du lit, jambes pendantes, vacilla, se reprit. Elle était éperdue d'admiration et de peur.

— Ne fais pas cette tête.

Elle voulut sourire, n'y parvint pas.

— Papa.

Elle avait dit « papa ». Pour la première fois. Après tant d'années. Il grimaça. C'était peut-être un sourire. Sans doute un sourire. Elle désirait le serrer, le bercer.

Il avançait sur un pied, jusqu'au sol. Vacilla encore. Se reprit encore. Elle se précipita. Il allait tomber. Il s'appuya un instant sur elle, lourd, à écraser ses seins, la repoussa.

— Lâche-moi.

Elle courut jusqu'au cordon de la sonnette, tira.

— Pourquoi ?

Il était furieux, bien sûr. Mais se redressa davantage. Raide. Pour impressionner la bonne.

Ce fut un succès. La grosse Alicia était accourue, chignon défait, s'arrêta aussitôt, statue de marbre, une main sur la bouche.

Il eut un petit rire, étrange. Se laissa retomber sur son lit.

— Vous voyez, Alicia...

— Je... Monsieur ne devrait pas.

— Qui dirige ici ?

Il avait retrouvé une voix de commandement.

— Écoute-moi, Alicia. Il faudra me préparer mon costume gris, le bleu foncé aussi, du linge pour plusieurs jours, et mes manteaux de voyage. Et puis sortir les valises, les grandes. Mais ça n'est pas pour demain. Ça peut attendre. On commence par ici.

La bonne ne comprenait pas, secouait la tête, interrogation et surprise mêlées, se tourna vers Aline qui lui fit signe d'obtempérer.

Laurent Surmont-Rousset tenta à nouveau de s'asseoir. Plus facile cette fois.

— Tu vois.

— Il faudrait en parler au Docteur Labarde.

— Labarde ? Tous les médecins nous préfèrent couchés, tu le sais bien. C'est leur métier, de s'occuper des couchés. Je l'entends d'ici, Labarde.

— Peut-être, mais il doit connaître un système d'ambulance, d'infirmier.

— Ambulance, infirmier, tu veux rire ? Tu me vois arriver au peignage en ambulance, sur un brancard ? Ou à la Lainor ? J'en connais qui seraient trop contents.

— Mais...

— Tu m'accompagneras, toi. Partout. Ton Boidin comprendra. Il ferait comme moi, j'en suis sûr.

— Mais vous ne voulez même pas que je vous soutienne...

— Je... Je sais ce que tu peux faire.

De nouveau ce petit rire, étrange. Comme si sa gorge était encombrée.

— Tu te serreras contre moi, partout. Et l'autre aussi.

— L'autre ?

— Timothée, mon chauffeur. Ça compensera : il n'a pas été trop à l'ouvrage ces temps-ci. Même pas quarante heures, même pas vingt. Préviens-le. Qu'il fasse réviser la voiture aujourd'hui même. Si nous devons aller jusqu'à Roanne...

Roanne. Il voulait aller jusqu'à Roanne ? Elle pensa à Blandine, Hans, leurs filles. Les prévenir, pour qu'ils se retirent avant, sous un quelconque prétexte ? Elle avait le temps d'y réfléchir. Elle espéra qu'il y renoncerait, que les premières visites l'épuiseraient. Se le reprocha aussitôt. S'approcha à nouveau du lit. Fit voler un baiser jusqu'à sa joue.

— Répète-le, chuchota-t-il.

— Quoi ?

— Tu le sais bien.

— Justement non.

— Mais si.

Elle s'interrogeait, hésitait, crut comprendre enfin, osait à peine y croire. Se hasarda. Tant pis.

— Papa.

Il l'attira contre lui. Ils faillirent basculer. Elle rit, un peu faux, pour ne pas pleurer.

La première fois, elle le crut ressuscité.

Il l'attendait, dans le hall de sa grande maison, affalé quand même dans un vaste fauteuil que les bonnes avaient poussé là. Muni aussi d'une lourde canne à pommeau.

Il avait presque réussi à se hisser seul dans la grande Peugeot, faisait mine de se passionner pour les mouvements de la rue et les affiches, nombreuses, criardes, qui mêlaient meetings populaires et publicité pour Byrrh, Monsavon, Bébé-Cadum, ouate Thermogène et vermifuge Lune.

Elle avait cru le voir chanceler à l'entrée de l'usine. Comme s'il était ébloui, brusquement, par cette agitation.

Mais sa main droite s'était crispée sur le pommeau de la canne, et il s'était avancé dans la cour, un peu automate, murmurant seulement qu'elle le tienne ferme. Et sourie. Les sous-chefs et les contremaîtres s'étaient aussitôt précipités, empressés. Il les avait tout juste salués, remerciés. C'était les ateliers qu'il voulait retrouver, respirer, sentir, c'était là qu'il voulait vivre encore.

Alors, Aline vécut des heures d'exception. D'atelier en atelier, la même scène recommençait. Dès qu'ils le voyaient entrer, ces hommes et ces femmes esclaves de leurs machines, contraints d'en suivre le mouvement, de se plier au rythme qu'exigeaient l'entrelacs de courroies et le rythme des mécaniques, s'en libéraient. Ils débrayaient, crochetaient les systèmes de sécurité comme on leur avait appris à le faire en cas d'accident, se tournaient vers ce vieillard au visage de momie, d'abord silencieux, puis murmurant. Les plus anciens expliquaient que c'était lui le grand patron, ce Laurent Surmont-Rousset qui était connu jusqu'en Australie, en Argentine et même d'autres pays dont on n'avait pas idée et dont on ignorait jusqu'aux noms. Une sorte d'empereur. Un peu comme Napoléon ou Louis XIV. Que l'on disait fichu mais qui ne l'était pas tellement, puisque le voilà qui s'avançait à petits pas, serrait ici une main, regardait là une machine nouvelle, tentait de lever sa canne comme pour les saluer tous. Mais alors, la grande belle femme qui l'accompagnait, sa fille, l'épouse du Boidin, pas toute jeune, c'est vrai, mais tu l'aurais dans ton lit tu ne t'ennuierais pas, le retenait, mine de rien, une main devant, au cas où, et l'autre, ça se devine, crispée sur son pardessus dans le dos. Il reposait sa canne, repartait. Les cliquetis et le battement des machines reprenaient. Il essayait de se retourner pour regarder encore. Certains, ensuite, diraient qu'à ce moment ils l'avaient vu pleurer.

Dans un atelier surchauffé, où les femmes étaient très nombreuses, une longue blonde, un peu cassée, s'avança vers lui, l'embrassa sur les deux joues. En larmes. Il sourit. Aline s'interrogeait, crut deviner. Elle ne pouvait entendre les ouvrières plus anciennes qui expliquaient que cette histoire avait duré des années, après la mort de Mme Surmont-Rousset. Une aventure, commencée comme tant d'autres, une femme basculée dans un coin, sur des balles de laine, mais qui avait pris une autre tournure, plus sentimentale. Il lui avait même trouvé un petit logement, payé les études de son gamin, mais n'en avait pas fait lui-même à cette veuve de guerre : ces riches savent comment s'y prendre.

D'un atelier à l'autre, Aline remarquait des clins d'œil, découvrait des connivences, constatait des différences. Mais toujours le même silence, fait de surprise et de respect. Oubliées, pour un temps, les grève et les manifestations. Peut-être les rancœurs et les colères. Ces hommes et ces femmes avaient trimé dur sous la férule de Laurent Surmont-Rousset, l'avaient souvent jugé injuste, trop rude, insensible. Mais les plus anciens avaient peut-être le sentiment d'avoir bâti quelque chose avec lui. Et avec lui c'était une partie de leur vie qui s'en allait, un pan de leur vie qui s'écroulait.

Le lendemain, il dut se reposer. Le jour d'après, il décida de visiter la Lainor. L'accueil fut plus distant. On savait, là, qu'il n'avait pas souhaité la création de cette centrale commerciale, que Boidin lui avait presque forcé la main. Les plus anciennes des femmes qui rangeaient dans de longs fichiers de bois les cartons aux noms des clients ou qui fermaient les colis de laines et de bonneterie se souvenaient de ses premières visites, d'un scepticisme qu'il ne prenait même pas la peine de cacher et qui les avait tant inquiétées. Elles avaient accueilli, trois semaines plus tôt, la création de *La Vie en rose* comme un défi à leur catalogue, et personne n'avait même songé à les rassurer, leur expliquer que cela n'avait rien à voir. Elles avaient rarement aperçu Laurent Surmont-Rousset. Aline lut surtout dans leurs regards curiosité et méfiance. Cette visite-là ne se prolongea guère.

Bientôt, le rythme fut pris. Une usine tous les deux jours. Entre-temps, l'industriel lisait et annotait *La Vie en rose* qui, sur des pages et des pages, racontait le divorce enfin prononcé de l'Américaine Wallis Simpson qu'allait retrouver, de retour d'Autriche, l'ex-roi d'Angleterre, Edouard VIII, désormais duc de Windsor, dans un château français proche de Tours, Candé, la propriété d'un milliardaire franco-américain, Charles Bedaux. Un étrange personnage que Laurent Surmont-Rousset croyait avoir croisé dans les premiers mois de 1914 en Belgique d'où, soupçonné d'être un espion allemand, il avait été expulsé. Il téléphona à Céline pour qu'elle fasse vérifier cette histoire, pour qu'elle tente aussi d'engager les photographes Capa et Cartier dont il avait aperçu les clichés dans *Ce Soir*, le nouveau quotidien communiste lancé par Aragon. Il nous faut les meilleurs, lui répétait-il. Et Céline, comme Aline, s'émerveillait de cette vitalité retrouvée. Comme si la visite de longs bâtiments gris où rouge brique qui formaient son domaine lui rendait vigueur et sang nouveau. Il avait même exigé que l'on renvoie les infirmières, se laissait pourtant toujours bichonner par la forte Alicia, ce qui faisait sourire Aline.

Il fallut bientôt songer aux usines normandes, celles qu'avaient achetées Boidin pendant la guerre et dont Laurent Surmont-Rousset s'était peu préoccupé jusque-là. Aline lui proposa le train : ils feraient halte à Paris, il pourrait revoir Montparnasse. Il tenait à la voiture. Il avait lu que Montparnasse n'était plus Montparnasse, que dans les brasseries et les bistrots on discutait surtout politique, violemment, fascistes et sympathisants des nazis contre hommes de gauche, que régnaient soupçons et exclusions, un monde dont il se jugeait trop usé, éloigné, pour s'y mêler. Il répétait qu'une nouvelle guerre était inévitable et pressait Aline de s'y préparer : « Moi, je ne la verrai pas. »

Elle fit aménager la voiture, une longue limousine noire, pour qu'il puisse s'y tenir allongé. Il refusa une fois de plus la compagnie d'une infirmière, et même celle d'Alicia. « Nous irons seuls, plaisanta-t-il. Comme pour un voyage de noces. »

Elle savait bien qu'il l'avait toujours un peu considérée comme sa seconde épouse et Boidin comme un rival. Qu'il était heureux de l'enlever. Vengeance, pied de nez, cruauté, revanche : elle hésitait entre les qualificatifs. Elle pensait chaque jour à l'étape finale, Roanne. Il ne lui en avait jamais dit mot. Pas plus qu'à Blandine. Ne sachant quelle attitude adopter, elle se résignait à n'en choisir aucune. N'avait même pas téléphoné à l'oncle Lucien, son recours habituel. « Il n'arrive que ce qui doit arriver », disait dans son enfance la grande Augusta, l'inépuisable dictionnaire de proverbes. Elle verrait bien, frissonnait souvent, espérait aussi. La fatalité n'est parfois que le fruit de notre passivité.

Il avait voulu passer d'abord par Saint-Étienne. Un détour qu'Aline n'avait pas compris. Il s'était obstiné, prétendait que le catalogue, diffusé depuis 1893 dans toute la France, et traduit dans vingt langues, par la Manufacture d'armes et cycles installée dans cette ville, l'avait toujours fait rêver. Qu'il souhaitait donc voir, tout simplement, à quoi ressemblait cette maison.

Elle s'était étonnée, à leur entrée dans la ville, de le trouver à nouveau revigoré, gaillard. Il avait fait remarquer au chauffeur que ces longues usines, cette foule ouvrière roulant à vélo, ces gris bâtiments rappelaient les quartiers industriels du Nord, n'étaient les hauteurs qui les cernaient et le ciel encrassé de fumées : « Chez nous, le vent les balaie, pour les expédier en Belgique. » Il en avait ri, longuement, avait guetté ses compagnons de voyage, puis insisté, souhaitant d'évidence qu'ils apprécient la plaisanterie, et insisté encore, avec le ton légèrement suppliant, soudain, d'un enfant qui se heurte à l'incompréhension des adultes.

L'âge, pensait Aline, c'est l'âge. Mais à l'hôtel où ils s'étaient arrêtés, il avait d'abord refusé d'entrer dans l'ascenseur. Et au cours du dîner, il avait plutôt abusé du côte-rôtie, expliquant qu'il s'agissait peut-être d'un des plus grands vins rouges, tellement puissant, long en bouche avec, quand même, un petit goût de framboise. Aline l'écoutait à peine, songeait au lendemain, à la rencontre probable avec Hans, à l'usine.

Elle se décida enfin :

— Père, vous savez qu'à Roanne...

— Quoi, Roanne ?

Il tendit le bras, peu discret, montra une femme âgée qui entrait dans la salle, soutenue par deux jeunes gens :

— Regarde. C'est difficile de l'imaginer à vingt ans, cette pauvre vieille. Pourtant, elle a dû tourner des têtes, susciter des désirs. Souvent, quand je rencontre des femmes comme cela, toutes cassées, j'essaye de les imaginer jeunes filles. C'est difficile. Tiens, à Lille, Mme Vercruysse, tu connais, tu vois comme elle est. Mais en 1900... Une poitrine, une taille. Elle en faisait tourner des têtes.

Il rit, gaillard encore. Elle ne l'écoutait pas. Se lança à nouveau.

— Roanne...

— Encore Roanne ? Bah ! Ça doit ressembler à Saint-Étienne, en plus petit. Pas très gai. Moins bien que Munich en tout cas. Mais il a bien fait, ton mari, d'engager là-bas son beau-frère.

Elle faillit s'étouffer. Il savait, bien que Clément Boidin ne lui en ait jamais soufflé mot et qu'il ne se soit jamais préoccupé de ce qui se passait dans ces usines-là. Il savait ! Il avait donc toujours su, suivi Blandine à la trace. N'en parlant jamais. Sauf l'année précédente, quand il lui avait confessé son inquiétude, refusant d'aller plus loin dans la confidence et le pardon.

Elle enragea de ses silences et de ses manœuvres. Comme un chat avec une souris, pensait-elle.

Elle s'en voulait tout autant. Dépitée. Regrettant de

n'avoir jamais tenté, même dans les derniers jours, de lui parler de sa sœur, de son exil et de ses souffrances, de n'avoir jamais osé.

Comme une gamine. Elle s'était conduite comme une gamine et il l'avait traitée de même. Logique.

Elle voulut partir, quitter la table. Il la retint, appuyant, brusque, presque brutal, sur son bras.

— Pourquoi crois-tu que j'aie voulu venir jusqu'à Roanne ? Cette usine-là, ce n'est pas mon affaire, c'est ton mari qui l'a achetée. Il a bien fait. De créer l'autre aussi. Mais ce n'est pas Roubaix, ni Lille. Alors...

— Demain, vous allez... ?

— N'en parlons plus. On verra bien.

Toujours cette voix de commandement, celle qu'il prenait pour la chasser, quand, toute petite, elle pénétrait dans son bureau. Depuis, elle avait fait du chemin, bien sûr, échappé à son autorité. Un peu. Transformé leurs rapports en complicité. Mais complicité dans l'inégalité. Il menait toujours le jeu, même si elle remportait des petites victoires, qu'elle avait eu tort de juger parfois décisives. Et Boidin avait dû constater, dès le début, qu'elle n'était pas toute à lui puisqu'elle était tant à son père.

Elle tremblait de colère, ne parvenait plus à saisir fourchette, couteau ou verre. Partir. Impossible dans cette grande salle austère et vieillotte, presque silencieuse, où quelques couples âgés, qui n'avaient plus rien à se dire et s'ennuyaient, les observaient, avaient compris peut-être qu'une grosse partie se jouait là. Et puis, elle était soulagée d'apprendre qu'il s'était toujours soucié de Blandine. Elle ne voulait pas non plus l'humilier en le plantant au milieu du repas. Se demanda même comment il regagnerait sa chambre après avoir tant apprécié le côte-rôtie.

Elle se lança à nouveau, quand elle se jugea calmée, assez forte.

— Pourquoi ?

— Pourquoi, quoi ?

— Toute cette comédie, ce silence. Alors que vous

saviez, que vous avez toujours su. C'est votre orgueil, votre sale orgueil.

Elle regretta le mot « sale », à peine l'eut-elle lâché. Il n'avait pas cillé. Lui prit la main. Tendre cette fois.

— Il faut des règles, dit-il. Ta sœur avait failli. Et il y avait les autres, derrière. Céline et Delphine. On ne pouvait pas...

— Mais...

— N'en parlons plus.

Elle n'en tirerait pas davantage. Il avait repris, vif et rapide comme pour lui interdire de placer un mot, son discours sur le côte-rôtie, un vin sous-estimé disait-il, comme tous les côtes-du-rhône, expliquait que la vigne, là, était cultivée sur des coteaux très abrupts, que l'on distinguait entre côte brune, plus corsée, et côte blonde parce qu'un certain aristocrate, dont le nom lui échappait, avait partagé ses terres entre ses deux filles, une blonde et une brune.

Elle ne l'écoutait pas, elle ne l'écoutait plus, se prit soudain à penser que l'histoire de la Manufacture des armes et cycles n'était que poudre aux yeux et faribole, que s'il avait souhaité, à l'improviste, ce détour par Saint-Étienne, c'est qu'il appréhendait, sans oser l'avouer, un face-à-face qu'il avait pourtant souhaité. Une appréhension telle qu'il avait bu plus que de coutume. Comme un gamin, en somme. L'âge.

Elle n'avait plus de pensée que pour cette rencontre, tremblait d'imaginer le pire, tentait d'inventer le meilleur. En vain.

A la fin du repas, elle le reconduisit dans sa chambre. Il semblait tituber un peu. Ce côte-rôtie ! Il l'embrassa longtemps. « Tu as été très bien, comme toujours. » Elle n'en était pas certaine. Se moquait-il encore ?

Elle lui proposa de l'aider à se coucher. Il refusa :

— Que crois-tu ? Ah oui, le vin ? Mais regarde.

Il fit quelques pas, raide, dans le couloir, s'efforçant de suivre la ligne droite du tapis. Elle ne l'avait jamais vu ainsi. Elle s'effraya davantage.

Il entra enfin dans sa chambre.

Elle descendit aussitôt. Pour téléphoner à Blandine.

La voiture abordait un léger tournant lorsqu'il demanda au chauffeur de s'arrêter.

— Je ne peux pas, monsieur ; dans ce virage on risquerait un accident ; on ne serait pas visibles.

— Puisque je vous dis d'arrêter.

Il criait presque. Aline le regarda, souriante :

— Un petit besoin ? Vous ne pouvez pas attendre ?

L'âge, pensa-t-elle. Peut-être la prostate, encore qu'il ne se fût jamais plaint.

Il se tourna vers elle, les yeux vides. Le visage de douleur, réduit aux os et aux nerfs. Elle voulut le prendre dans ses bras, mais il la repoussa, avec une force dont elle s'étonnerait ensuite, quand elle revivrait cette scène.

— Respirer, dit-il seulement.

Le chauffeur avait enfin trouvé un coin d'herbe où s'arrêter, sur un bout de route presque droit qui longeait un petit bois.

— Aidez-moi, lui dit-elle.

Son père comprit qu'elle voulait le sortir, secoua la tête. Non.

— Respirer, répéta-t-il.

Elle ouvrit toutes les portes. Il s'était laissé un peu glisser, haletait, grimaça. Elle fouillait son sac, à la recherche des cachets que le médecin de Lille leur avait conseillés pour le cas de crise, sortit la bouteille Thermos et son gobelet.

Le chauffeur les regardait, immobile, inutile. Elle s'énerva, lui cria de courir quelque part, de trouver un téléphone pour appeler un docteur. Il eut une sorte de mauvais sourire, méprisant, pour indiquer qu'il serait tellement plus facile, et rapide, de repartir avec la voiture. On trouverait bien un village, et Roanne n'était plus si loin à présent. Il avait déjà commencé de refermer les portes.

Mais Laurent Surmont-Rousset :

— Non.

Le chauffeur s'arrêta, surpris, interrogea Aline du regard. Elle observait son père : ses paupières supérieures étaient gonflées, barraient le visage d'un trait mauve. Elle le redressa, avec des gestes tendres et délicats, lui baisa le front, ordonna au chauffeur de démarrer.

— Non.

La voix avait repris de sa puissance. Le chauffeur, peut-être, ne l'entendit même pas. Il avait repris la route, pestait contre un vieil autocar de couleur marron, un de ces Citroën qui sillonnaient alors les départements, et celui-ci semblait peiner dans cette côte où l'on ne pouvait le dépasser tant étaient nombreux les tournants.

— Non, redit Laurent Surmont-Rousset. Plus bas encore.

Aline avait réussi à lui faire prendre ses cachets, mais observé que deux filets d'eau lui coulaient le long du menton. Les tamponner. Essuyer la sueur qui perlait sur ce front si blanc, cette peau de parchemin. Ne pas s'affoler. Attendre l'action des médicaments.

Le moteur rugit. Le chauffeur doublait le bus, en klaxonnant furieusement, comme soulagé, vainqueur. Laurent Surmont-Rousset ouvrit les yeux, à peine, comme si les paupières mauves étaient décidément trop lourdes. Des yeux d'enfant, pensa-t-elle soudain.

C'était peut-être l'effet des cachets.

— Vous vous sentez mieux ? Dites-moi ?

Ses lèvres remuèrent, comme pour un sourire, qui s'effaça.

Sa tête balançait, de droite à gauche et de gauche à droite. Elle posa la main, douce, pour la retenir. Ce regard d'enfant encore. Comme s'il était rendu à l'innocence.

Roanne. Combien de kilomètres encore ? Elle interrogea le chauffeur. Il ne savait pas. Une dizaine peut-être. Ou davantage.

Elle pensa qu'ils seraient interminables.

— Vous vous sentez mieux ?

Il cligna les paupières. Oui. Oui sans doute. Oui sûrement. Il parla, soudain, très bas, pour conter une histoire qu'elle ne comprit pas d'abord. Une histoire de chevaux, pendant la guerre, qui couraient le ventre ouvert, les tripes pendantes, après la chute d'un obus. Des chevaux dont la plainte rugissante, aiguë, rendait les hommes fous. Alors les soldats leur avaient tiré dessus. Et tiré. Et tiré. Jusqu'au silence.

Elle se demandait d'où il tenait cette histoire : un souvenir de la prise de Lille, en 1914 ? Ou la confidence d'un ancien soldat ? Pourquoi la racontait-il ? Mais s'il était encore capable d'aller jusqu'au bout d'un tel récit, les cachets sans doute, les cachets sûrement...

— Nous serons bientôt à Roanne, cria-t-elle, comme si la souffrance l'avait rendu sourd. Vous voudriez d'abord aller chez le médecin ou chez... Blandine ?

Il referma les paupières, garda le silence. Elle fut tentée de poser à nouveau sa question, y renonça. Il avait entendu, elle était sûre qu'il avait entendu. Elle brûlait d'impatience et d'inquiétude.

Il lui saisit, brusque, la main droite, celle où s'appuyait la tête. Bredouilla. S'affaissa légèrement, se redressa :

— Blandine, tu lui diras...

Un cri. Il glissa. S'effondra.

Elle se laissa tomber sur le long sofa du salon, chapeau et long voile de crêpe noir abandonnés au sol, bonnes chassées. Épuisée.

Des funérailles grandioses dans une église tendue de longs voiles noirs marqués de taches argentées en forme de larmes. Des théories d'enfants de chœur en surplis et deux douzaines de prêtres mobilisés à grand prix. Des voitures chargées de fleurs menées par des chevaux en tenue de deuil des oreilles jusqu'aux pattes. « C'était mieux que pour Salengro ; d'ailleurs, il n'était pas passé par l'église », avait chuchoté, flatteuse une bonne aussitôt priée de se taire.

Une rude épreuve surtout. Les regards à affronter, les mains à serrer, les formules de remerciements à répéter, mécaniques. Le déjeuner qu'elle avait dû présider pour les amis et les cousins venus de loin parfois, que l'on connaissait à peine, que l'on ne rencontrait que pour mariages et enterrements et qui, en fin de repas, presque joyeux de se retrouver, couraient d'une table à l'autre, cachant à peine rires et sourires. Mais d'abord la vision du lourd cercueil de bois que les porteurs avaient installé face à l'autel et que les fossoyeurs ensuite faisaient glisser doucement sous la grande dalle de marbre. Le sentiment, alors, de se trouver désormais en première ligne, seule à garder la mémoire de tant de confidences, de rêves, d'aventures, de bonheurs et de malentendus. La vie d'une famille, en somme, dont elle était l'aînée.

L'aînée accablée, les jours précédents, non seulement par la peine, les soucis d'organisation, mais par la décision.

La décision.

La question avait surgi quelques instants seulement après la mort de Laurent Surmont-Rousset sur la route de Roanne. Avec une telle force, lancinante, qu'Aline en avait été presque honteuse : Blandine et son mari pouvaient-ils, comme ils le souhaiteraient à coup sûr, assister au premier rang, leur rang, aux funérailles ?

Celle que l'on avait dite morte pourrait-elle se montrer, devant toute la région, auprès de son Allemand, de son « Boche », diraient quelques-uns, beaucoup peut-être.

Elles en avaient discuté dès le premier soir. Aline ten-

263

tait de supputer ce qu'aurait souhaité son père. Il ne détestait pas les provocations, certes. Et s'il avait voulu ce voyage alors que les usines de Roanne lui importaient si peu, c'était évidemment pour revoir sa fille, connaître enfin ses petites-filles. Mais avouer devant toute sa ville, ses meilleurs amis, ses concurrents, ses clients, que l'on avait menti depuis près de vingt ans, c'était une autre affaire.

Aline le revoyait, au dernier instant, sentant la mort toute proche, ses yeux d'enfant sous les grosses paupières mauves. Et ce cri : « Tu lui diras... »

Tu lui diras quoi ?

Ce premier soir, elle avait convaincu Blandine d'attendre leurs sœurs qui arriveraient le lendemain : l'affaire était trop importante, supposait un accord familial.

Elles avaient, pour faire diversion, plutôt parlé de Guida, révoltée, en pleine crise, depuis que ses parents l'avaient interrogée sur sa correspondance avec la Führerin du BDM, Martha. Mais au petit matin, était survenu, avec une rapidité qu'elle avait appréciée, Clément Boidin, débarqué d'un train de nuit. C'est lui qui avait emporté la décision dont elle rêvait mais qu'elle craignait. Que l'on en finisse avec secrets et mensonges. On échapperait du même coup aux chantages et aux rumeurs.

Elle s'était sentie soudain secourue, appuyée. Un mari, elle avait un mari.

Il avait voulu frapper fort, d'emblée. D'abord, dans la longue annonce des obsèques que publieraient dès le lendemain *L'Écho du Nord* et *Le Figaro*, inscrire au deuxième rang, après les Boidin puisque Aline était l'aînée, « Monsieur et Madame Schmidt-Surmont-Rousset et leurs filles ». Ce qui provoquerait à coup sûr, avait-il indiqué, une saturation des lignes téléphoniques entre Lille, Roubaix, Tourcoing, voire Paris. Il s'était même permis de prendre des poses, mimant les dialogues que ces annonces susciteraient, les « Je l'avais toujours pensé », les « Ils ne manquent pas d'audace » et les « C'est bien simple : je ne parviens pas à y croire, il m'a fallu relire trois fois cette ligne pour comprendre que c'était bien de Blandine qu'il s'agissait, moi qui étais en pension avec elle chez les Dames de la Providence et qui avais ensuite longtemps prié pour le repos de son âme ».

Aline, l'entendant, souriait malgré son chagrin. Elle le découvrait sous un autre jour, nouveau, et n'avait pu s'empêcher de penser que la mort de son père avait en quelque sorte libéré son mari. Ce qui l'avait poussée à objecter : était-il bien raisonnable de braver ainsi l'opinion ?

Mais Boidin : « Était-il raisonnable de donner cette fastueuse réception l'an dernier, dès le lendemain des grèves ? Tu l'avais voulu pourtant. »

Il ne semblait même pas gêné par le souvenir des raisons qui avaient provoqué ce défi à leur petit monde. Se hâta d'évoquer d'autres problèmes : l'acte de naissance de Blandine, récemment trafiqué, qu'il faudrait reconstituer ; le silence de Deschamps, le petit détective, qu'il faudrait acheter, régler une fois pour toutes. Aline lui en voulut un instant d'évoquer cette affaire, l'admira presque aussitôt de tenir la barre avec une telle habileté. Elle ne pouvait qu'acquiescer, d'autant qu'il multipliait les arguments, appuyé par Blandine, soulignant qu'une telle annonce, deux jours avant les obsèques, permettrait d'amortir le choc : chacun pourrait se composer une attitude, les malveillants imaginer des perfidies supportables, les bienveillants chercher les mots disant à la fois regret pour la disparition du père et bonheur pour la réapparition de la fille.

Il n'empêche, la journée avait été rude. Terrible. Les bienveillants étaient rares, les curieux nombreux, les malveillants presque arrogants. Quelques-uns, au moment de défiler devant la famille pour présenter leurs condoléances à chacun, avaient fait mine d'ignorer la présence de Blandine et de son époux. Ou encore, ils multipliaient les démonstrations d'affection à celle-là et se détournaient de celui-ci. Aline se sentait guettée, bénissait pour une fois le long voile de crêpe noir qui lui cachait le visage, se tournait à chaque instant vers Blandine, très raide, qui avait pourtant failli par deux fois s'écrouler mais avait résisté aux sollicitations de Hans Schmidt, impassible, glacé, qui lui proposait de s'écarter.

Résister. Il avait fallu résister plus de deux heures, en s'appuyant parfois sur l'épaule de Clément Boidin, attentif. Rester sourde aux questions. Ignorer les sous-entendus. Interrompre ceux qui s'attardaient. Se souvenir de dire, plus tard, deux mots au curé qui avait cru bon, dans son sermon, de saluer « cette famille enfin réunie ». Noter quelques absences surprenantes. Se borner à évoquer, avec les bavards, la mémoire de Laurent Surmont-Rousset. Rabattre leur caquet à deux femmes de médecin qui s'informaient du divorce de Céline. Saluer quand même ce mondain qu'elle aurait voulu gifler, venu là comme au spectacle dans le seul but d'ironiser ensuite dans les dîners et les salons. Surveiller enfin toute la famille rangée là en bon ordre et qui, Dieu merci, faisait mur, faisait bloc. Avait tenu. L'aînée de Blandine elle-même n'avait rien laissé paraître de ses colères, du fossé qui s'était creusé.

A présent, seule dans le salon, Aline pouvait pleurer, et ne s'en privait pas. Revivant chaque moment, revoyant tant de visages. Soulagée quand même, fière aussi de la dignité qu'avaient montrée tous les siens et dont ses parents eussent été tellement satisfaits.

Une porte s'ouvrit, doucement. Elle crut à l'entrée d'une bonne, se prépara à la renvoyer. C'était Clément. Elle se dressa, se jeta presque sur lui :

— Merci. Oh, merci.

Il gardait le silence, l'avait seulement accueillie dans ses bras, protecteur.

— Comme à Dunkerque en 1914, dit-il bien plus tard. Ce mouvement que tu as eu vers moi ce soir, c'était le même. Je peux bien te le dire maintenant : ce jour-là, j'ai su que je t'aimais.

XVI

Samedi. Le soleil avait lancé un rayon dans la courée. C'était l'heure du repassage, l'affaire de Julia Bondues qui se targuait de compter, à ce travail, parmi les meilleures. Elle avait préparé le terrain, soigneuse : une antique couverture pliée en deux, un molleton, presque neuf, et enfin le morceau de drap tout blanc, un peu usé d'être sans cesse lavé. Tandis que les fers, rangés comme des soldats sur la cuisinière, se gorgeaient de calories, elle trempa les doigts dans une cuvette d'émail, les secoua au-dessus des pièces de linge qu'elle roula ensuite très serré, saisit le premier fer, en éprouva la chaleur en l'approchant de la joue. Aïe. Tout juste. Presque trop chaud. Elle le posa, esquissa un sourire : le léger chuintement que fait la vapeur, son tout petit nuage lui plaisaient, comme une promesse, l'assurance de créer beauté et propreté en faisant glisser le fer sur les manches du corsage, en guidant sa pointe sur les plis de la collerette. Aurélie, encore partie chez Paul, apprécierait, lui ferait, sur la joue, de ces baisers bruyants qu'elle appelait des grosbais.

Les coups, à la porte, la surprirent. Elle ne voyait, d'ordinaire, personne à cette heure. A moins qu'une voisine... Ou le vieux Fauconnier, mal fichu depuis quelques jours. Elle cria d'entrer. Rien. Julia posa son fer, courut vers l'entrée, ne reconnut pas d'abord, à travers vitres et rideaux, la haute dame en noir qui attendait. Une silhouette qui n'était pas à sa place en ce lieu.

Elle ouvrit enfin. « Madame Boidin ! »

Elle hésitait, se le reprocha presque aussitôt : « Entrez ! » Elle se sentait bafouiller, voulait s'excuser : voilà, la maison, bien sûr, n'était pas rangée, elle ne pouvait pas prévoir, il fallait bien s'occuper du ménage, qui occupait presque tous ses moments de liberté. Elle croyait deviner le regard d'Aline sur l'étroite pièce — à la fois salle à manger, cuisine et salon —, le carrelage inégal sur lequel elle avait projeté depuis longtemps de poser un linoléum, les papiers peints et le buffet surchargé de photos-souvenirs et de statuettes en plâtre. Bien sûr, elle avait reçu déjà cette dame, une jeune femme alors, dans une maison qui n'était guère plus brillante, loin de là, mais c'était au village et à la fin de la guerre, ce qui pouvait tout excuser.

— Le brûlé, dit Aline.

— ...

— Ça sent le brûlé, ne trouvez-vous pas ?

Il ne manquait plus que cela ! Le fer ! Elle avait posé le fer à repasser sur le corsage d'Aurélie qui commençait à roussir. Vite. L'écarter. Les autres aussi qui, sur la cuisinière, prenaient un vilain rouge.

— Excusez-moi, reprit Aline. Excusez-moi. Vraiment, je...

Voilà qu'elle commençait à bafouiller, elle aussi. Elles hasardèrent des sourires, comme pour quêter chacune l'indulgence de l'autre.

— Mettez-vous, murmura Julia.

Et comme Aline n'avait pas bougé.

— Je veux dire : asseyez-vous.

Elle saisit une chaise, fit voler d'un coup de main trois miettes de pain qui s'étaient aventurées là, pestant contre elle-même, trop empressée de faire passer repassage avant nettoyage.

— Je vous dérange, je vous dérange, répéta Aline qui avait reculé jusqu'à la porte, prête à partir semblait-il.

— Mais non, madame, c'est moi. Je... Prenez cette chaise, je vous en prie.

Elle accepta enfin.

Julia retirait, nerveuse, la couverture, le molleton et le drap qui recouvraient la table, en profita pour souffler sur sa main droite que le contact d'un fer avait brûlée. Ses mains. Elle cherchait toujours à les dissimuler, les jugeant rougies par trop de lessives, fissurées par le travail de l'usine ou le froid de l'hiver. Aurélie lui achetait des crèmes, pas très efficaces à son avis même si elles adoucissaient quelques instants. Cacher ses mains. Ôter son tablier. Se tapoter les cheveux, mine de rien, en passant devant le miroir.

Alors, elle éprouva un léger sentiment de liberté. Elle se reprocha même son embarras. Il pouvait, certes, s'expliquer par la surprise. Mais quoi ? Elle ne devait pas avoir honte ni de son logement, plutôt propret, ni de sa tenue, ni de son travail. C'était la condition des ouvriers. Les patrons devraient le savoir.

Aline gardait le silence, faisait mine de répartir avec harmonie, sous son manteau, les plis de sa jupe, tête baissée. Comme quelqu'un qui ne sait par où commencer, pensa Julia. Elle voulut lui venir en aide en proposant café et biscuits, comme elle l'eût fait à une voisine, se le reprocha dans l'instant — « Ces gens-là doivent préférer le thé » —, fut surprise de la voir accepter, s'affaira aussitôt à la recherche des tasses en porcelaine de Limoges, un cadeau de ses filles, l'un de ses biens les plus précieux, donc le plus difficile à attraper au fond de son buffet.

Aline en profita :

— Je voudrais vous parler de femme à femme.

Voilà. La partie commençait. Julia faillit laisser tomber une des tasses enfin retrouvée. Quelle partie ? Une dame comme celle-là ne s'était pas hasardée dans la courée un samedi après-midi pour une affaire sans importance. Elle croyait deviner.

— C'est à propos de votre fille, celle qui se prénomme Aurélie, je crois...

— Elle va bien, madame, je vous remercie. Nous avons retrouvé du travail, toutes les deux, chez Lauwick, vous savez, l'usine de bonneterie et de rubans... J'avais eu peur. Le chômage, en ce moment...

— Elle l'avait voulu, si j'ai bien compris, votre... Aurélie.

— Vous savez ce qu'on lui avait fait à l'usine. Ce M. Dussart. L'humiliation...

— Je sais. Si vous m'en aviez parlé... Je vous ai toujours reçue et écoutée, elle aussi, vous le savez bien.

— Non, madame. Si vous permettez, je vous dirai que nous ne pouvons pas toujours être à votre porte pour demander des faveurs. Ça ne se fait pas.

Julia se sentit plus à l'aise soudain. Heureuse d'avoir pu essuyer tasses et soucoupes, puis les poser sans trembler, sans trop montrer ses mains, heureuse surtout d'avoir osé parler ainsi.

— Je vous comprends.

— Ah !

C'était dit doucement, comme un soupir.

Julia retourna, satisfaite, vers sa cuisinière où l'eau commençait à bouillir. Elle allait pouvoir la verser sur le café.

— J'ai une sœur, dit Aline lentement. J'ai une sœur, vous le savez peut-être, que l'on a crue morte après la guerre. C'est toute une histoire. Compliquée. Elle avait un caractère... Elle aurait fait comme votre Aurélie, je crois... Maintenant, on l'a retrouvée, ma sœur.

— Ah ! Vous avez dû être heureuse. J'ai vu dans le journal, avec l'annonce du deuil, mais je ne connais pas bien.

Julia, repartie vers la cuisinière, versait maintenant l'eau. Presque goutte à goutte. Afin d'éviter de faire face. Où voulait donc en venir cette Mme Boidin ? Cette visite n'annonçait sans doute que des soucis.

Le silence, à nouveau.

Il fallait bien faire demi-tour, revenir jusqu'à la table en portant la cafetière. Sans trembler, si c'était possible.

Aline était à nouveau aux prises avec les plis de sa jupe.

Redressa brusquement la tête comme si elle venait de rassembler toute énergie et tout courage.

— Elle ne vous ressemble pas, Aurélie...

— Vous trouvez ? C'est...

— Elle ressemble à ma sœur, justement.

— Votre sœur ?

— Oui, celle dont je vous parlais, qu'on a retrouvée, qui a un de ces caractères... qui aurait fait comme elle à l'usine. Douce en apparence. Et en fer aussi. Tout à fait. Mais surtout, comme vous le savez sûrement, je l'ai rencontrée il y a quelques mois, votre Aurélie.

— Oui, quand...

— Eh bien, ce qui m'a frappée, c'est qu'elles ont exactement les mêmes yeux.

— Les mêmes...

— Oui, les mêmes yeux. Vert émeraude. Avouez qu'ils sont beaux !

— Bien sûr, je l'ai toujours dit.

Ne pas trembler en offrant du lait, en prenant la tasse. Où voulait en venir cette Mme Boidin ? Elle n'allait quand même pas prétendre que... L'image, soudain, devant les yeux : l'abbé Vanparys et ce grand bonhomme portant un bébé aussi mal que des hommes peuvent porter un bébé, embarrassés, lourdauds.

— Aurélie, c'est bien votre fille ?

— C'est ma nièce, madame Boidin. Souvenez-vous, quand vous étiez venue me voir, après la guerre, c'est vieux ça, c'est loin bien sûr, les gamines jouaient dans la pièce à côté. Mes deux jumelles. Et ma nièce. Ma nièce. Si vous permettez, je ne veux plus que l'on m'embête avec ça. Il y a déjà un sale bonhomme qui a interrogé mes voisins du village. Je l'ai su. J'ai tous les papiers. Je vous les montrerai si vous voulez. Même son acte de naissance.

— Je... Je ne voulais pas vous blesser. Je ne vous veux pas de mal, madame Bondues. J'ai toujours essayé de vous protéger. En raison de ce que vous avez fait pour ma mère. Je ne l'oublierai jamais. Mais comprenez-moi

271

bien. Une femme peut quand même comprendre cela, je pense. Ma sœur, Blandine, celle qui a les mêmes yeux qu'Aurélie, exactement les mêmes. Et son caractère, en plus. Mais vous me direz : les caractères... Ma sœur a eu un enfant, une fille, que l'on a confiée à quelqu'un pour la cacher, un monsieur Dautriche, ou Berton vous connaissez ces noms ?

— Il avait deux noms, ce monsieur ?

— C'était la guerre. Il avait pris un pseudonyme, un faux nom si vous préférez. Vous l'avez connu ?

— Jamais. Je n'ai jamais entendu ces noms.

Le grand bonhomme peut-être. Dautriche ? Berton ? Pas possible. En parler à Aurélie. Ne rien dire, là.

— Vous êtes certaine de ne pas l'avoir connu ? Il fréquentait votre curé, l'abbé Vanparys.

Pas possible. Pas possible. Pourvu que ce ne soit pas possible.

— Je... C'était la guerre. Et moi, je n'habitais pas tout près du presbytère.

Aline s'était levée, s'approcha.

— Vous êtes une mère, une maman. Vous pouvez imaginer la peine d'une mère qui a perdu son enfant. Et la joie d'une mère qui le retrouve, même des années après.

— Si vous permettez, madame Boidin : pourquoi l'avait-elle abandonné, alors, l'enfant ?

— Essayez de comprendre, si vous le pouvez. Mes parents ne devaient pas être au courant de cette naissance, voilà. Alors, on a tout caché, confié l'enfant à ce monsieur, donné de l'argent régulièrement pour qu'elle soit bien soignée. Et puis, il a disparu, ce Dautriche. Les Allemands l'ont arrêté. Souvenez-vous : c'est pour cela que je cherchais l'abbé Vanparys, à la fin de la guerre. Pour retrouver l'enfant.

— Mais vous ne m'avez pas parlé de l'enfant cette fois-là. Ni après. Jamais.

Julia s'était levée à son tour. Criant. Comme folle.

— Jamais. Jamais ! Depuis tant d'années. Vous ne m'avez rien dit.

Elles se faisaient face, se défiaient, hagardes. Puis retombèrent sur les chaises.

Après un long moment, qui leur parut très court, Aline se leva.

— Excusez-moi. Je reviendrai.

Julia n'eut pas un geste. Ni un mot.

A nos lectrices.

Vous êtes plus de trois cent mille à présent. Plus de trois cent mille à nous faire confiance, chaque semaine, à vous montrer fidèles au rendez-vous avec votre magazine préféré : La Vie en rose.

Nous en sommes très fières, nous qui, chaque semaine, composons ce journal en cherchant à vous plaire, à vous informer et vous distraire, à vous rendre service. Le succès de La Vie en rose *est pour nous une grande joie.*

Mais les grandes joies peuvent être traversées, parfois, de grandes peines. Nous avons perdu celui qui avait voulu ce journal, qui nous avait, dans l'ombre, aidées de ses conseils : Laurent Surmont-Rousset, un grand monsieur de l'industrie textile et du vêtement, qui souhaitait que les femmes soient toujours plus belles et plus heureuses. Il vient de mourir. Alors, en votre nom à toutes, nous lui avons dit, le jour de ses obsèques, un grand merci. Parce qu'à La Vie en rose *nous partageons nos joies et nos peines.*

Céline.

Paul regarda les photos qui, sur une double page, accompagnaient cet éditorial, appela Aurélie qui bavardait avec ses parents :

— Tu vois, celle-là, à côté du vieux Surmont-Rousset,

c'est elle que j'ai rencontrée en Espagne. Sa fille. Avec un revolver à la main, une chemise d'homme. Je n'avais jamais vu ça. En Espagne, il faut dire...

Elle fit mine de s'intéresser aux images qui montraient Laurent Surmont-Rousset dans ses usines et ses bureaux, examinant aussi les maquettes de *La Vie en rose*.

Paul lui avait rarement parlé de l'Espagne. Elle l'avait peu interrogé, imaginant la déception qui avait provoqué son retour, ayant appris aussi que les anciens combattants gardaient d'abord le silence, comme incapables de traduire et transmettre les épreuves qu'ils avaient traversées, avant de se lancer dans de longs récits, toujours les mêmes, qui ennuyaient leurs proches.

Elle avait à peine ri de cette coïncidence qui avait fait rencontrer à Paul dans des circonstances dramatiques d'abord, et drolatiques ensuite, la fille de son patron. Sur ce passé-là, elle voulait tirer un trait.

Mais, peut-être un peu fier d'avoir partagé durant quelques heures l'existence d'une femme dont l'image apparaissait maintenant dans un grand magazine parisien, il s'était lancé, racontait à tous son face-à-face avec le tireur isolé et inconnu, la bière partagée dans la maison rose sale au fond de ce jardin qu'il avait cru ne jamais pouvoir traverser, leurs retrouvailles ensuite avec ce marquis et cette montgolfière. Une histoire folle, quand il y repensait.

— Mais ils sont tous un peu étonnants dans cette famille. Elle m'a même raconté que sa sœur, pendant la guerre, avait fait partie d'un réseau de renseignements, pour aider les alliés, comme toi papa.

— Quelle sœur ?

— L'aînée, je crois. La femme de Boidin. J'y ai tout juste fait attention. On avait autre chose à penser, avec cette montgolfière à préparer et les autres qui pouvaient arriver à tout moment, qui ne nous auraient pas loupés. On ne peut pas savoir avec ces gens-là.

Aurélie se serra contre lui.

Il pensa qu'elle ne voulait rien savoir, justement, que

ces histoires ennuyaient les femmes, qu'elle aimait trop ces samedis après-midi dont ils disposaient librement depuis quelques mois. Des suppléments de bonheur, accordés par la loi, qu'elle ne voulait pas laisser gâcher par des souvenirs horribles ou terrifiants. Il lui avait promis de l'emmener au cinéma, dans cette rue de Lille où, pour la première fois, il l'avait prise dans ses bras.

Ce fut le père Bonpain, absorbé jusque-là par les mots croisés d'un quotidien, sa passion, qui les arrêta alors qu'ils s'apprêtaient à sortir.

— La fille Surmont-Rousset dont tu parlais tout à l'heure...

— Celle de Madrid ?

— Non, l'autre, celle qui était dans un réseau...

— Mme Boidin alors.

— Tu sais dans quel réseau ?

— Ça t'intéresse ?

— Un peu. Comme ça. Toutes ces histoires-là, tout ce qu'on a vécu...

— Attends... sa sœur m'a parlé d'un type qui dirigeait ce réseau, un grand bonhomme qui a disparu ensuite, sans doute arrêté par les Boches.

— Berton ?

— Pas ton copain, non. Un autre nom. Je ne sais plus moi. C'est vrai, je lui avais dit que je t'en parlerais, parce qu'elle aurait voulu en savoir plus. Comme toi. Après, j'ai oublié. C'est déjà vieux, tout ça. On dit des choses, et puis on ne les fait pas.

Aurélie écoutait avec attention maintenant, mais s'impatientait, regarda l'horloge qui régnait sur la cheminée entre deux douilles d'obus, au cuivre très astiqué, transformées en vases. Elle se permit de murmurer, lançant un clin d'œil au père Bonpain pour se faire pardonner, qu'elle n'aimait pas entrer dans un cinéma quand le grand film était déjà commencé.

— Il avait un nom de pays, ce type, je crois, dit Paul Bonpain déjà sur le pas de la porte. Ça faisait drôle.

— Attends. Ce n'était pas... Dautriche, par hasard ?

— Si. C'est ça. Dautriche. Tu le connais ?

— C'est un nom que Berton donnait parfois pour ne pas être repéré. Un nom de guerre comme ils disent. Il en avait d'autres : Rouleau, Fontaine, et ainsi de suite. Si c'est Dautriche, cela veut dire que Mme Boidin appartenait aux Pyramides.

Aurélie avait tressailli. Paul, qu'elle enlaçait pourtant, ne s'en aperçut pas.

— Il y avait des femmes dans ce réseau ?

— Quelques-unes, sûrement. Mais je répète toujours que l'on ne se connaissait pas. Berton avait mis sur pied ce système où tout marchait par trois. On ne connaissait que la pointe de la pyramide, du triangle. Et la pointe, comme il disait, formait une autre pyramide, avec d'autres gens. Une question de sécurité.

Paul sentait qu'Aurélie le tirait, qu'elle ne voulait plus attendre. Il s'en agaçait, résista.

— Pourtant, tu m'avais raconté qu'à toi, il te disait tout, ou presque.

— Parce qu'on était de vieux copains. Ce n'était pas la même chose.

— Moi, dit Aurélie, je vais partir toute seule.

Il lui trouva une voix étrange, soudain, céda.

Ils s'envolèrent.

« On ne la prend pas quand elle est démontée. » Trois lettres. Facile. Le père Bonpain inscrivit *mer* au 7 horizontal.

« La première à aller à l'eau. » Celle-là, il la connaissait, l'ayant déjà rencontrée dans tant de mots croisés : l'Aa, la petite rivière qui se jette dans la mer du Nord entre Dunkerque et Calais.

Il songea que les auteurs de ces jeux manquaient

d'imagination, ou de vocabulaire, que l'on y retrouvait toujours les mêmes mots, comme Io, dont le dictionnaire lui avait appris que, prêtresse d'Héra, l'épouse de Zeus, cette pauvre et belle fille, aimée par celui-ci, avait été transformée en génisse, par lui aussi, pour échapper à la jalousie de sa femme.

« Victime du chemin de fer. » En six lettres, au 8 horizontal. Il songea à la vache, à cause de Io sans doute. Mais non : cinq lettres seulement. Et puis les vaches se contentaient de regarder passer les trains. Alors ? Diligence, ce serait logique ; mais trop long. Il fallait se méfier, prendre « chemin de fer » dans un autre sens : cette définition comportait peut-être une ruse.

Il ne trouva pas, posa son crayon. C'était toujours la même chose : on ne gagnait rien à s'obstiner sur un mot que l'on trouverait soudain, tout à l'heure ou demain, au moment où l'on y penserait le moins. Une drôle de machine, le cerveau, que l'on ne pouvait jamais contrôler entièrement, qui faisait surgir soudain des souvenirs et des visages. La preuve : il avait presque oublié cet autre nom de Berton, Dautriche.

Un as, qui avait échappé des dizaines de fois aux pièges des Boches avant d'être coincé. Bêtement.

A cause d'une histoire de femme. Pourtant, il en avait réussi de jolis coups. Mais trop bon, prêt à rendre des services aux gens, à jouer les intermédiaires dans des affaires qui n'avaient rien à voir avec le renseignement.

Alors, le choc. Impossible. Quoique...

Il chercha son épouse, occupée à nettoyer le clapier. Leurs lapins, c'était son affaire. Elle n'acceptait pas qu'il y touche, sauf pour les tuer et les dépiauter quand ils atteignaient bonne taille ou qu'une fête approchait : elle se réfugiait alors dans leur petite cuisine pour cacher ses larmes.

Il l'appela :

— Qu'est-ce qu'il y a ?

— Viens !

— Tu vois bien que je suis occupée !

— C'est plus important que tes lapins.

— Mes lapins... T'aimes bien les manger. Là, y a pas...

— Viens, j'te dis.

Elle prit peur soudain. Elle n'aimait pas ce ton-là, s'approcha.

— Ça ne va pas ?

— Écoute : je me demande si je ne vais pas devenir fou. Mais j'ai pensé à quelque chose.

— Tu es blanc, on dirait. Assieds-toi... Qu'est-ce qui se passe ? Attends...

Elle alla vers le buffet, sortit deux petits verres et une bouteille de genièvre.

Dans son désarroi, il fut tenté de sourire : elle aimait boire, sans exagérer, saisissait volontiers chaque occasion.

— Alors ?

— Tu étais encore là ou tu étais déjà partie aux lapins quand Paul a parlé de cette fille Surmont-Rousset qu'il avait rencontrée du côté de Madrid et qui connaissait Berton, mais sous un autre nom, celui de Dautriche ?

— Bien sûr j'étais là. Tu ne vois plus clair ? Tu as perdu la mémoire, ou quoi ?

— Justement, la mémoire. Berton, il me racontait parfois comment il rendait des services aux gens puisqu'il se débrouillait pour traverser la région sans être inquiété.

— Et alors ? Explique.

— Laisse-moi parler. Un jour, un an avant la fin de la guerre à peu près, il a transporté comme ça un bébé, une petite fille qui venait de naître dans une famille haut placée, très haut placée.

— Quelle famille ?

— Laisse-moi parler. Il ne m'a pas dit qui. Il savait être discret, Berton. Dans cette famille, une jeune fille venait d'accoucher en cachette de ses parents — elle avait honte, quoi — et c'était la tante...

— Je n'y comprends rien. Quelle tante ?

— Tu comprendrais si tu me laissais parler. La sœur aînée de la jeune fille, de la jeune mère si tu veux. Elle connaissait bien Berton puisqu'elle appartenait au réseau.

Elle lui a demandé de trouver une nourrice pour le bébé, en cachette bien sûr : elle lui donnerait tant par mois et on réglerait ça après la guerre. Berton a trouvé quelqu'un, par l'intermédiaire d'un curé...

— Tu... ?

Elle se leva, la main devant la bouche, suffoquée.

— Tu ne crois pas que ?

— ...

— Tu veux dire : le bébé de Berton... Aurélie ?

— Laisse-moi parler. Ça correspond à ce que Mme Bondues nous avait raconté : le curé et le grand bonhomme. Sa taille l'avait frappée. Elle disait : le « grand ». Toi, Berton, tu l'appelais double mètre.

— Ça n'est pas possible. Pas possible.

Elle se versa un nouveau genièvre.

— Laisse-moi parler.

— Tu m'énerves avec tes « laisse-moi parler ». Comme si je t'empêchais. Mais je ne peux pas te croire.

— Réfléchis. Il avait dit, Berton, que c'était un village, pas trop loin de Carvin. Je ne sais même pas s'il n'a pas parlé d'une femme de mineur, comme Mme Bondues.

— Là, c'est peut-être toi qui rêves.

— Tu n'y étais pas, toi. Mais admettons que, là, je rêve. Il y a quand même tout le reste.

— Et pourquoi tu n'as pas pensé plus tôt à cette histoire ?

— Je n'avais pas fait le rapprochement. C'est quand Paul, tout à l'heure, a nommé Berton et expliqué que la fille Surmont-Rousset le connaissait, celle qui a épousé Boidin ensuite. Cette histoire, moi je l'avais presque oubliée. Même quand il a parlé de Berton, ça ne m'est pas revenu aussitôt.

— Et quand Aurélie avait dit, la première fois, qu'elle était une enfant abandonnée, tu n'y as pas pensé non plus ?

— Encore moins. Il y en a eu tellement pendant la guerre. Rappelle-toi, on n'a pas posé trop de questions, on ne voulait pas être comme des méfiants, gêner ces femmes. Elle ne tenait pas non plus à en parler trop, à mon avis. Ce n'était pas honteux, pourtant. Pas de sa faute. Mais on voyait bien que ça la gênait.

— N'empêche qu'Aurélie avait dit, une fois, qu'elle aurait bien voulu connaître sa famille.

— Depuis qu'elle connaît Paul, elle a autre chose en tête.

— Quand même, tu te rends compte de ce que tu es en train de me raconter ? Aurélie serait une petite-fille de ce Surmont-Rousset, son ancien patron, et quel patron, celui qui a été enterré l'autre jour en grand tralala ! Aurélie Surmont-Rousset. Et sa mère, ce serait la Mme Boidin ?

— Non, je t'ai dit. Tu ferais mieux de m'écouter. D'après Berton, c'était la tante, Mme Boidin. La mère, ce serait une autre fille.

— Je n'arrive pas à y croire.

Ils gardèrent le silence. Quelques minutes plus tard, elle emplit à nouveau les verres de genièvre, en fit tomber sur la toile cirée. Elle tremblait. Hasarda :

— On ferait peut-être mieux de garder ça pour nous. C'est pas sûr, après tout. Tu te trompes peut-être. Je vais aller finir les lapins.

Il la laissa partir vers la cour. Il tortura sa mémoire, revoyait Berton lui racontant cette histoire dans un vieux bistrot de Lille, près de la citadelle où s'activaient des Allemands, retrouvait presque le goût de la bière qu'ils avaient bue ensemble et qui manquait cruellement de sucre. Ils se rencontraient parfois là, parce que le patron était un ami de Berton qui s'arrangeait pour les laisser en paix, dans une sorte de renfoncement. « Un beau bébé », avait même dit Berton. Et encore : « Tu me vois d'ici, avec ce gosse dans un sac à provisions. J'avais toujours peur qu'elle se mette à hurler ou qu'elle s'étouffe. »

Ils avaient ri. Une détente dans ces rudes moments. Mais des histoires comme celle-là, pas toujours aussi extravagantes, quand même, Berton en avait récolté des stocks. Si bien que Bonpain en était venu parfois à en douter. Ou à s'embrouiller, mêlant l'une à l'autre. Celle des prisonniers évadés déguisés en bonnes sœurs qui étaient passés en Hollande. Celle du wagon de munitions qui avait explosé près de Roubaix. Celles des faux laissez-passer, des chevaux dérobés qu'il avait fallu tuer au bout de quelques jours parce que les Allemands étaient sur la piste, allaient les retrouver. Celles, nombreuses, de familles réunies après que les enfants, des adolescents, avaient été déportés pour aller travailler dans les forêts des Ardennes. Des adolescents qui avaient aussi fait des gosses parfois. Toutes les histoires, enfin, d'approvisionnement en tabac ou en farine, d'abattages clandestins de veaux et de porcs. C'était Berton. Finalement arrêté, ça devait arriver, parce qu'il aimait trop les femmes aussi, Berton, dont on n'avait jamais retrouvé la trace. Berton... Avec Aurélie dans un sac à provisions. Difficile d'imaginer. Pourtant...

La porte claqua. Les vitres tremblèrent.

— J'ai fini les lapins. Tu sais ce qu'on va faire ?

— ...

— On ira voir Mme Bondues. Tout de suite.

Il se leva, rangea crayon et mots croisés. « Victime du chemin de fer. » Le chemin de fer était aussi un jeu, avait-il appris, qui se pratiquait dans les casinos. Victime du chemin de fer : joueur. En six lettres. Ça marchait. Berton, un joueur aussi.

— Je le savais, dit Aurélie.

Elle eut un très léger sourire, qui s'évanouit aussitôt.

Le silence. Un silence de tombe. Julia Bondues crut voir tourner la cuisine comme un manège fou, s'appuya à la table, se ressaisit enfin :

— Assieds-toi.

Mais non. Aurélie tenait Paul par la taille.

Ils étaient tous debout autour de la table, rangés comme des statues.

— Je le savais depuis hier, répéta Aurélie. Je n'ai rien dit parce que je n'étais pas certaine, certaine.

Elle les regarda les uns après les autres comme pour s'excuser, quêter une approbation. Paul s'approcha davantage, si c'était possible. Julia hocha la tête, baissa les paupières. Un pardon.

— C'est tout à l'heure chez vous, fit Aurélie en s'adressant au père Bonpain, quand vous avez parlé de ce Dautriche. Tout cela s'enchaînait. Pour moi, c'était comme un éclair. J'ai voulu en parler à Paul tout de suite. Vous pensiez que j'étais pressée d'aller au cinéma ? La vérité, c'est que je voulais m'expliquer avec Paul, vous comprenez. Et puis, quand on a trouvé chez vous le petit mot disant que vous étiez ici, on a su que vous aviez deviné, vous aussi.

Le silence encore. Comme si personne n'osait poser les questions qu'ils avaient tous en tête, formuler les hypothèses qu'ils agitaient. La crainte de tourner la page, et quelle page ! D'ouvrir une nouvelle période de leur vie, chargée d'inconnu.

Aurélie tenta à nouveau de sourire, comme pour les rassurer, renonça vite, regarda Paul qui lui fit un petit signe de la tête. Encourageant.

Il fallait donc se lancer. Elle raconta comment un petit homme chauve l'avait abordée trois soirs plus tôt, au sortir de l'usine. Elle l'avait remarqué auparavant, sans y prêter plus d'attention, pensant qu'il attendait une autre ouvrière, un de ces coureurs comme il y en a tant. Cette fois, elle l'avait rabroué. En vain. Il était revenu, l'avait suivie à bicyclette, un peu essoufflé quand même, répétant que ce n'était pas ce qu'elle croyait, pas du tout, mais qu'il avait à lui faire des révélations sur ses origines. Alors, là, elle s'était arrêtée. Ils pouvaient tous la comprendre, n'est-ce pas, l'approuver. Elle chuchota même qu'elle avait craint, un instant, qu'il prétende être son père. Il lui déplaisait, ce bonhomme, qui parlait vite, trop vite, en observant la pointe de ses chaussures.

— Il bégayait presque. Au début, je n'ai rien compris. J'ai fait le geste de remonter sur mon vélo. Mais il a cité ton nom, maman : Julia Bondues. J'ai pensé qu'il fallait se méfier, l'écouter. Quand il a vu que je restais, il a eu un sourire — je ne sais pas comment dire — crasseux. Oui, crasseux. Au point que j'avais honte de me trouver dans la rue à côté d'un bonhomme comme cela. J'aurais voulu me cacher. J'étais toute rouge, je crois.

Elle s'interrompit. Impatients d'en savoir plus, ils comprenaient qu'elle tardait à en venir au fait, ne se seraient pas permis de lui dire qu'ils en connaissaient l'essentiel.

— Vous savez ce qu'il m'a dit ? « Votre vrai nom, ce n'est pas Aurélie Bondues, mais Aurélie Surmont-Rousset. » J'aurais bien voulu lui éclater de rire au nez, ou faire celle qui ne le croyait pas. Mais je ne pouvais pas, bien sûr, je ne pouvais pas.

Elle se laissa glisser sur une chaise, la tête dans les mains. Paul lui prit les épaules.

— Je ne pouvais pas, reprit-elle. Parce que la façon dont cette Mme Boidin m'avait parlé une fois, comment elle nous avait rendu service... Je sais bien : la mort de sa mère devant nous... C'était bizarre quand même. Ça me posait des questions : elle n'avait pas tant de raisons de se montrer si gentille. Le bonhomme, lui, il a vu que je l'écoutais, que j'étais intéressée, prête à le croire. Alors, il a prétendu qu'il avait des preuves et qu'on pouvait faire payer les Surmont-Rousset et les Boidin, qu'ils me devaient bien ça. Ils préféreraient donner de l'argent que laisser éclater un scandale. M. Boidin surtout. Pas sa femme. On partagerait. Il me dégoûtait, tout me dégoûtait. Pourquoi on m'avait abandonnée, moi, jetée comme un rat mort ? Qu'est-ce qu'on me reprochait ? Je n'étais pas responsable quand même. Et ce bonhomme qui me parlait seulement d'argent.

Elle pleurait, criait, violente. Julia se précipita pour la

prendre dans ses bras, comprit qu'elle gênait Paul, recula, ne put s'interdire de penser qu'il avait été le premier à éloigner d'elle sa fille.

Les Bonpain n'avaient toujours pas bougé. Le père sortait une blague à tabac et un carnet de feuilles à cigarettes. Son épouse lui tapa sur le poignet. Il les rangea, penaud.

— Moi, intervint Paul, quand elle m'a raconté cela, j'ai d'abord pensé à une mauvaise plaisanterie, à un piège. Je ne comprenais pas pourquoi le bonhomme avait besoin d'elle pour faire chanter les Surmont-Rousset : s'il a tellement de preuves, il peut se passer d'elle. Il ne serait pas obligé de partager l'argent. Ensuite, j'ai compris : il n'est pas tout à fait sûr de son coup. Il a besoin d'une autre preuve, vivante : elle.

— Quand même, dit Aurélie, je ne l'ai cru qu'à moitié. Mais je n'arrivais pas à m'en débarrasser. J'ai fini par lui répondre que je voulais voir ses preuves. Il m'a donné rendez-vous dans un café pour lundi prochain à la sortie du travail. Je voulais y amener Paul. Mais tout à l'heure quand j'ai entendu l'histoire de ce Dautriche qui connaissait si bien Mme Boidin, je ne pouvais plus avoir de doute.

Le silence à nouveau. A peine rompu par un murmure du père Bonpain — « Aurélie Surmont-Rousset » — à qui son épouse donna une petite tape, pour lui intimer l'ordre de se taire.

Des enfants passèrent dans la courée, criant. Puis la cloche d'une église tinta, lointaine.

Julia, restée plantée aux côtés de Paul et d'Aurélie, crut devoir prendre une initiative, proposa de faire du café. Personne ne répondit. Elle alla pourtant chercher son moulin sur l'étagère, s'activa.

Un peu plus tard, la mère de Paul osa un mot :
— Alors ?
Aurélie parut sortir d'un abîme de réflexions :
— Alors, voilà. On vient d'en discuter avec Paul. Il va

devancer l'appel, parce qu'on ne veut pas se marier avant son service militaire.

— Tu crois que les Surmont-Rousset accepteront ? demanda le père Bonpain. Nous ne sommes que des ouvriers.

— Les Surmont-Rousset ? Mais cela ne les regarde pas. Ce sont nos affaires.

Julia posa son moulin.

— Ma petite fille — tu veux bien que je t'appelle encore comme cela ? —, il y a quelque chose que tu ne sais pas. Tout à l'heure, au début de l'après-midi, quelqu'un a frappé à la porte. Une grande dame avec un voile de deuil. Tu comprends ?

— Mme...

— Oui, Boidin. Mme Boidin. C'est de toi qu'elle voulait parler, de toi et de sa sœur. Elle est à peu près certaine que tu es la fille de sa sœur. Je ne savais pas quoi dire. Je sentais qu'elle avait raison, mais je ne voulais pas le reconnaître. Pour rien au monde. Elle est malheureuse, cette femme. Elle doit être très malheureuse pour venir ici, tu comprends, dans la courée. Sa sœur aussi est très malheureuse, tu comprends. Ta mère.

— Ce n'est pas ma mère. C'est toi. L'autre, je ne sais même pas son nom, elle m'a abandonnée.

— Ne dis pas l'« autre ». Ne parle pas comme ça. On ne sait pas. C'était la guerre. Elle était peut-être obligée. Ne juge pas si vite. Tu es encore jeune...

— Ah non, cela, je ne veux pas l'entendre. Tu ne vas pas faire comme les gens du comité pendant la grève : tu es trop jeune, tu es encore jeune. Je connais le refrain.

Elle s'était dressée, elles s'affrontaient. Aurélie s'appuyait sur la poitrine de Paul. Les Bonpain s'étaient reculés après que le père eut cru bon d'intervenir pour souligner qu'Aurélie n'avait pas été totalement abandonnée puisque Dautriche avait été chargé de trouver une nourrice et qu'il avait, jusqu'à son arrestation, apporté de l'argent. Argument vite balayé : « L'argent ne suffit pas.

285

Et puis, après la guerre, ils ne m'ont pas beaucoup cherchée. »

Aurélie n'avait même pas détourné le regard, toujours fixé sur Julia.

Elles se lançaient des mots, des bouts de phrases, sur le pardon, l'amour, la fortune, la guerre, les mères. Chaque mot faisait resurgir des images : leur conversation, sur la plage, quand Julia avait confié à Aurélie qu'elle n'était pas sa fille ; l'épuisant travail de l'usine ; la haute stature, parfois aperçue, de Laurent Surmont-Rousset ; sa grande maison de Lille ; leurs rencontres avec Aline ; des souvenirs de maladies infantiles ; les jumelles et les visites au cimetière où l'on avait ramené le corps de François Bondues. Chaque image ouvrait une nouvelle plaie, faisait éclater une cicatrice oubliée. C'était un duel où chacune se reprochait le chagrin qu'elle faisait à l'autre, la blessure que peut-être elle lui infligeait. Elles titubaient presque, écrasées de douleur, de questions et de doutes.

— Plus tard, dit enfin Aurélie, on verra plus tard.

— Quoi ?

— Pour ça. En attendant, il faut partir. Parce qu'ici personne ne nous laissera en paix. Le bonhomme non plus. Il faut disparaître. Vite.

— Disparaître ! S'en aller ! Tu rêves !

— Mais non. Tu t'imagines. On les aura tous sur le dos.

— Et si l'on s'en va, c'est pour aller où ?

— Paul et moi, on en a discuté. On va à Paris.

— On va à Paris ! On va à Paris ! Facile à dire. Et qu'est-ce que nous ferons à Paris ? Tu crois qu'ils nous attendent, à Paris ?

— On fabriquera des chapeaux !

Des chapeaux. Elle le ferait puisqu'elle l'avait décidé.

Julia se sentit vaincue, eut un rire nerveux. Elle titubait toujours.

Aurélie la prit dans ses bras. Elles s'appuyaient l'une

sur l'autre, effondrées, se donnaient partout des baisers, folles, se caressaient, douces et violentes, se serraient à s'écraser les seins, éperdues de tendresse.

Elles sentaient battre leurs cœurs.

Cet ouvrage a été composé par
Nord Compo (Villeneuve-d'Ascq)
et imprimé sur presse Cameron
par **Bussière Camedan Imprimeries**
à Saint-Amand-Montrond (Cher)
pour le compte de la Librairie Plon

Achevé d'imprimer en septembre 2000.

Imprimé en France

Dépôt légal : octobre 2000.
N° d'édition : 13274. N° d'impression : 004131/1.